文學之怨

——評中國的憤世小說

羅　盤◆著

太史公曰：「《說難》、《孤憤》，聖賢發憤之作也。」由此觀之，古之聖賢，不憤則不作；不憤而作，猶如不寒而慄，無病呻吟也。雖作何觀乎？

——李卓吾〈忠義水滸傳敘〉

寫在卷首

當我年少的時候，生活沒有現在這樣多彩多姿；沒有電視，沒有電腦。十幾歲時看的電影尚是默片；沒有聲音，只有畫面，放過些畫面以後再放映說明字幕。消遣娛樂方面，可以說是貧乏之極，智識份子家庭的少年們，唯一的娛樂，大概就是偷看「閒書」——閱讀小說了。

自少年時始就愛看小說。那時的小說主題大多教忠教孝，誨淫誨盜的很少，所以小說並非禁書，但父母卻不鼓勵，唯恐浪費時間，荒廢正式學業。因此許多小說都是躲在被子裡，藉手電筒來閱讀的。

很多人小說讀多了，就難免興起當作家的念頭。而我這種念頭並不很強烈。

三十年代有位很出名的小說家，他叫老舍。他寫了很多不錯的小說，但予我印象最深的，則是他那本《老牛破車》。那是一本談論寫作經驗的小冊子，其中也談一些寫作理論和寫作技巧。當時我沒有立下宏願要寫一部小說和他的《駱駝樣子》媲美。卻希望自己將來也能寫出一本《老牛破車》。

自少年時代起，除了愛看小說以外，也愛和人辯論小說，以及研究如何寫小說，雖然自己並不熱衷做小說家。這便是以後我從事評論小說的導因。

對於小說的構成，我認為它應該具有「主題」、「故事」、「人物」三大要素。主題在表現作者的思想、意識和情感；故事則是「劇本」。人物即是「演員」，演員表演故事的目的是在闡揚書中的主題；意即表現作者的思想意識和情感。所以名儒李卓吾說：「聖賢非憤不作，不憤而作，猶如無病呻吟。」

準此而論，我們可以了解，施耐庵為什麼寫《水滸傳》，吳承恩為什麼寫《西遊記》，李汝珍為什麼寫《鏡花緣》了。

中國的憤世小說當不只這麼多，除此之外《官場現形記》也屬此類，不過就藝術成就言，當推此三書了。

時光易逝、歲月難留，近年病眼，視力日差，以後寫作的機會可能很少。特將以往陸續所撰蕪文，自費出版，目的不在牟利，旨在作為紀念也。

近苦於目疾，全書未能親校，有勞張慧雯小姐，十分感謝。

羅盤　二〇〇四年十月於台北

目次

目次

水滸篇

水滸的事蹟、版本與作者

《水滸傳》是中國古典俠義小說的重要里程碑，它不但影響中國俠義小說數百年，抑且蔚成社會行俠仗義之風，國人不論年歲的長幼、教育程度的高低、或性別的差異，無不直接或間接地是它的讀者、聽眾或觀眾。幾百年來，它的人物和故事，被取材於小說、話本、戲劇的，不知多少，謂其家喻戶曉，殊不為過。於今各書店無不有該書供應，盛況歷久不衰，於焉可見。

現在我們雖然只要以兩張電影票的代價，就可以買到一本印刷清晰、裝訂漂亮的《水滸傳》，然而，本書發祥演變，那段漫長複雜的過程，我們從書中並無法獲知。本文特就其事蹟、版本、作者等問題，作一簡略的介紹，以饗本書的愛好者。

水滸人事載於史蹟

《水滸傳》非歷史演義之屬，而它的人物事蹟，正史和野史都有記載。

《徽宗本紀》：淮南盜宋江等犯淮陽軍，遣將討捕，又犯東京，江北，入楚海州，命知州張叔夜招降之。

《侯蒙傳》：宋江寇東京，侯蒙上書曰：「江以三十六人橫行齊魏，官軍數萬，無敢抗拒，其才必過人。今清溪盜起，不若赦江，使討方臘以自贖。」

《東都事略》：宣和二年三月，方臘陷楚州。淮南盜宋江犯淮陽軍，又犯東京、河北、入楚海州。夏四月，庚寅，童貫以其將辛興宗與方臘戰於青溪，擒之。五月，丙申，宋江就擒。

屬於正史的記載並不止此，至於非正史的史資則更多。《大宋宣和遺事》有談梁山英雄的一大段。《水滸傳》中第十二、十四至二十、二十二、二十四、四十二、五十至五十五、五十九各回的故事，都是據此以出的。以及後來《征四寇》擒方臘等情節，也是以此為藍本。還有其他小說如《石頭孫立》、《青面獸》、《花和尚》、《武行者》等四種，都寫的是水滸人物故事。至於元代雜劇取材於水滸人物和故事者，就更多達數十種，不及備述了。除戲劇外，見於宋人筆記者也很多，其中王明清的《揮麈續錄》，就有高俅的記載。原來高俅是蘇東坡的書僮。蘇東坡外任中山時，原擬將他送與曾文肅。曾因書僮已多，沒有要。後來送給了王晉卿。晉卿和當時的端王佑陵是好友。一日，命高俅送東西到王府，正值端王在園中踢毬，高俅在那兒留戀不去，因高俅也長此道，興趣相投，就被端王留在身邊。後來端王登基作了皇帝，高俅就大紅大紫起來。

說話戲劇早已流傳

從以上的舉證，我們可以知道，宋江等人的故事，不僅見於正史，歷來說書人、戲劇家和文人的筆記，都引以為素材。我們可以相信這類故事在民間早已流行了，喧騰眾口。只是這些人物和故事在元代以前都還沒有定型；他們的神情由說書人或劇作家任意渲染，與定型後《水滸傳》所表現的人物性格不盡相同；所以一個粗獷豪邁的黑李逵，在元劇中竟曾「判獄斷案」，作得精明有緻。而且他又愛風流，又會酒後吟詩。同時在元代以前這些梁山人物還只是大盜，宋江只是「勇悍狂俠」而已。只為外患日亟，許多人不免對這些驃悍驍勇的草澤英雄寄予一些幻想和希望。所以有位名為龔聖與的畫家，不禁為宋江等三十六人作畫贊，而周密的跋，還稱之為「此皆群盜之靡耳」。把這些群盜演變為英雄的，當是明代以後的事。郎瑛的《七修類稿》就有「非禮之禮，非義之義，江必有之，自異於他賊他」的感歎，這些為人樂道的人物，便越來越美化了。

至於宋江等人的結果，有兩種不同的說法：宋江被張叔夜招降，而後征剿方臘，這是正史所載的。但是否如《夷堅志》所載有殺降的事？照近人周樹人在《中國小說史略》中說：「乙志成於乾道二年。去宣和六年不過四十餘年，耳目甚近，冥譴固小說家言，殺降則不容虛造，山濼（筆者按：即梁山泊）健兒結局，蓋如是而已。」但孟瑤女士在她的《中國小說史》中則表示：「這論斷恐未作深思，因宋江降張叔夜在宣和三年二月，蔡居厚之殺降在宣和六年，且一海州，一在鄆州，不能混為一談。所以『殺降』的事是有，但所殺的係另一批強盜，與宋江等三十六人無關。這些人真正的結局，恐怕還是死於征方臘一役。」筆者以為在後世讀者的心理言，但願如孟瑤女士所推論。

版本繁多不一而足

這個從宣和年間即喧騰眾口的故事，有「說話」，也有雜劇，然後還有人根據「話本」與雜劇把它寫成小說。前後約四百年的時間，曾經過無數文人的增飾潤色，也經過許多書商的改頭換面，所以版本之多，實難備述，依近人孫楷第在其《中國通俗小說書目》記載的共有二十種之多，有七十回、一百回、一百五十回、一百二十回、一百二十四回等篇幅不一。目前流行的是七十回本，其餘版本大多失散，少數倖存的，也多被藏之國內外的大圖書館，不易見到。但有數語值得介紹。

我國很多名著都有版本繁多的現象，究其原因不外有三：其一是後世學者認為原著寫得不夠完美，認有增刪潤飾的必要，予以改寫。由於當時印刷不便，尤其沒有大眾傳播的機構，消息閉塞，可能有幾人同時進行，於是版本增多；其二是書商們基於生意眼，針對讀者的興趣、市場的需要，變換一些不同的版本，大肆宣傳，以廣招徠；其三是某書影響至大，讀者意猶未盡，後人再予續貂。所以凡是一部名著，歷經數百年的發展，版本繁多已是很平常的事，《水滸傳》自不例外。

《水滸傳》素有「繁本」和「簡本」之別。「繁本」文筆較好，描寫生動，刻劃入微，具有文學價值。「簡本」故事內容較多，大都是書商迎合讀者興趣、或減少刻印成本者而為。茲將幾種重要「繁本」加以介紹。

一、羅本。《水滸傳》的作者，照現在一般的說法，都認為是施耐庵。大致說來沒有什麼不對。但是參與此書的工作者卻非施氏一人，所以有的版本，羅貫中與施耐庵的名字並列；有的寫施氏集撰，羅氏纂修、或羅氏編次；也有逕書羅氏編輯，而施氏不名的。凡此類版本，皆稱羅本。據推測羅氏必然曾經參與其事，當屬無疑。因此，有人認為施氏最初的寫本，略而不詳，羅氏為施氏門人，再加重飾未始沒有可能。

二、郭本。是由熟勳家中所傳出來的百回本。郭氏是一位對俗文學有興趣的人，傳自他家的尚有一本《英烈傳》，是歌頌其先人郭英開國功勳的事蹟。據說此書是出於他的手筆。

至於這百回水滸的本子，是他自己改寫的呢？還是出自他門客之手？目前還只能存疑。另一可能即是曾為此本作序的汪太函。汪氏也是一位修養有素的文學家。鄭振鐸氏認為：「他直將一部不大有情致的《水滸傳》改成一部生龍活虎似的大名作了。」可惜此本已殘，我們已難窺全貌了。

三、楊本。是由楊定見所編的一百二十回本。它是以郭本為依據，而插入征田虎、王慶兩段故事，成績卻無可觀。但此處不得不提者，乃是因此又引起了他人修改本書的興趣。

四、金本。是由金聖歎所刪的七十回本，也就是當前所流行者。金氏刪改水滸，除了因為楊本的水準不高外，他對宋江等受降招安的事也不表贊同。而且他認為水滸的精彩部份在七十回以前，所以他就加寫了一段一夢結梁山的文字，餘者皆予腰斬。所刪去的〈征田虎〉、〈征王慶〉，再加上〈征遼〉與〈征方臘〉單獨成書，是為《征四寇》。金氏是清代名學者，恃才傲物，屬於狂士型的人物。他將其所喜愛的《離騷》、《莊子》、《史記》、《杜詩》、《水滸》、《西廂》並列為六才子書。足見他對本書喜愛之深了。

作者為誰眾說紛紜

一本書的版本，不但涉及內容，也必然涉及作者。本書版本既多，作者為誰的問題自然複雜了。但我們從各種資料看來，施耐庵是第一個有關係的人，其次為羅貫中。事實可能是這樣：施氏是首將重重「話本」和「雜劇」中所流傳的水滸故事改寫纂編為小說的第一人，或者是他初稿寫得太簡略，後由羅貫中修補編次，或者是施氏謙虛，每完一個段落，即與門人羅貫中研討。羅氏出力亦多，所以羅氏也副署其名。不論二說何者為是？總之，施氏與本書關係最為密切，應屬無疑，所以我們就假定他是本書的作者。

關於施氏的生平，所得的資料也說法不一。大概可以確定的是：他是江蘇人，生於元代末年，曾舉進士，也曾在浙江做過兩年官，因看不慣當時朝政的腐敗，和權貴們的跋扈，乃效陶淵明先生恥折腰的作風，便辭官隱居起來。那時元末之際民間革命志士紛紛揭竿而起。張士誠為首領之一。張有一部將卞某，與施友好，傾施之才，就向張舉薦，施為張作過一段時間的幕府，後來張氏事敗，施便不得不隱居起來，但也有傳說：施並未應張之聘。張曾親造其宅，施仍堅不肯出，後因懼罪於張，只得隱逸起來。這兩種說法，恐以前說較可靠。持此一說者，可能是他的後人怕朱元璋加罪於施門也。可是還另有一段趣聞。據說朱元璋得天下後，因慕施名，欲請施氏出仕，施無意仕途，婉辭不出。朱乃派人查訪他作何生理？得知他閉門著作小說，便索來一閱。閱後大怒，就將他囚入天牢問罪。施乃託人向劉基先生求救，劉向來人說：「叫他怎麼來，就怎麼去！」施會其意，就在獄中寫了另一部小說，呈於朱元璋。元璋斥其內容荒唐，認為他是個瘋子，就把他釋放了。前者引起朱氏大怒的作品便是《忠義水滸傳》，後者解救他的作品乃是《封神榜》。這可能又是一種附會的趣談。

嚴格說來，本書是一本集體創作，我們今天所能讀到的本子，除了施氏所費的心血至多外，參與增修、編次、評點、刊行的人士還很多，除羅貫中外，尚有郭勳、汪太函、李卓吾、楊定見、葉晝、金聖歎等人，都是與本書有關的重要人物。有關羅貫中的生平容於評介三國演義時再談。此處擬就李、金兩氏略加介紹：

李卓吾名贄，福建晉江人，生於明代嘉靖六年，卒於萬曆三十年（公元一五二七—一六〇二年）。曾經擔任過雲南姚安的知府。以後辭官隱居在湖北黃安麻城等地，治學著述。作品有《藏書》、《續藏書》、《焚書》、《續焚書》等，屬於王陽明左派的泰州學派。是一個敢反抗傳統和懷疑傳統的人，他不以為孔子是判斷一切是非的標準，也反對程、朱，被目為異端。後被繫獄北京，自刭而死。他曾評點水滸，有大膽的言論，卓有貢獻。

金聖歎名喟，又名人瑞。江蘇吳縣人。一說原姓張，後改姓金。明末諸生，明朝滅亡以後絕意仕途，閉門讀書著作，為人狂傲有奇氣。胸羅萬卷，博學多聞，為文詼諧，雅俗雜揉。曾將莊、騷等書評為六才子書，尤愛水滸，曾說：「天下之文章，無有出水滸之右者，天下之格物君子，無有出施耐庵先生者。」他也曾評《三國志演義》，有很多卓越的見解，為後世所流傳，對於我國正統文學和通俗文學的發揚，都有很大的貢獻。

一九八三年十二月，《文訊》第四期

影響深遠的俠義名著《水滸傳》

故事概要

本書正文七十回，前有楔子一段，實則應視為七十一回。楔子所寫的情節，是本書人物和故事發展的張本。說的是宋嘉佑三年天下瘟疫盛行，為祈禳天災，救濟萬民，乃著使臣洪信去江西龍虎山請張天師至京設壇打醮。洪信在參觀上清宮時，放走了張天師所鎮鎖的一群妖魔，其中計有天罡星三十六員，地煞星七十二員。這便是梁山泊一百零八條好漢的來源。

正文的故事是自高俅的發跡開始。高俅本是個無賴，只因踢得一腳好氣毬受寵於端王。端王登基為帝後高俅便作了太尉。而八十萬禁軍教頭王進因與之有宿怨，便棄官逃走，要到延安去投靠老種經略相公。途中投宿於史家莊，得識九紋龍史進父子，並收史進為徒。以次筆觸轉史進身上。未久史進喪父，不事生產，家財耗盡，而少華山的草寇卻來借糧，山賊朱武等不是史進的對手，乞降而與史進作了朋友。時屆中秋，史進命家人王四齎書請朱武等下山飲酒賞月，王四途中失了回書，被人拿去告到官府，公人來捕，史進殺了公人，棄家逃到少華山，復擬去延安尋投乃師王進。茶肆中遇識魯智深。以次筆觸轉至魯智深。智深為抱不平，打死屠戶鎮關西，棄去提轄官職逃走。智深因救金女而結識趙員外，趙乃薦智深到五台山出家。智深在寺中不能遵守清規，吃酒吃肉，兩次大鬧寺院，乃師只好轉介到東京投相國寺。在那兒管菜園。一日弄棒被林沖瞧見，英雄相惜而結識。以下便寫林沖故事。林沖之妻進香被高俅義子發現，垂涎美色，定要強娶，兩次計騙均未得手，就嫁禍於林沖，設計使林沖入彀，誣林沖擅入白虎堂行刺高太尉，問罪充軍，發配滄洲，公人受賄，本擬途中害命，幸得魯智深搭救，一路護送。在滄州牢營，林沖吃苦受氣，高衙內又使人謀害，終被識破，林沖殺了幾個謀賊，卻不幸酒醉被捉，倒喜遇小旋風柴進。這柴進乃是後周柴世宗之後，好結天下英雄，便薦林沖去投梁山。

故事發展到第十回，筆觸才敘及梁山。其時梁山有王倫、杜遷、宋萬、朱貴等人占山為寇。

林沖投梁山，王倫刁難，要他立功。剪徑兩日均無所獲，第三日方遇到楊志。二人纏鬥數十回合不分高下，英雄相惜結為朋友。林沖方在山泊落草。楊志卻去東京。楊志本為制使，因失「花石綱」而去職，此次晉京係求復職，未果，反被高太尉羞辱。盤纏耗盡，落得在東京賣刀，又被無賴尋釁而殺人，問罪發配大名府。梁中書曾識楊志，就留在左右使喚。梁中書因欲提拔楊志，特行比武，使楊志獲得小小官職。嗣以梁之岳父蔡太師壽辰將屆，梁為示好，命楊志解送十萬貫壽禮（即生辰綱）赴京。

梁、蔡均為害民貪官，消息傳出，綠林好漢多欲染指。赤髮鬼劉唐來與晁蓋送信，又有智多星吳用獻策，住說三阮（阮小二、小五、小七），公孫勝又來協力，再添一白勝，這八人便在赤松林扮演了一齣智劫「生辰綱」的熱鬧故事。

楊志失「生辰綱」，無法復命，再度流落，遇魯智深。智深因救林沖被逐出相國寺，也無處投奔，二人便相約去打二龍山，於斯落草。

梁中書失去「生辰綱」，逼迫有司限期破案。觀察何濤由弟何清口中得知係晁蓋等一夥所為，就著鄆城縣都頭朱仝、雷橫去捉拿晁蓋，事為宋江知悉，就暗訪晁蓋透露消息。再加晁蓋一向為人仗義疏財，與朱仝等亦為舊好，朱仝乃故縱其逃走，投奔梁山去了。林沖火併了王倫，立晁為寨主。

第十七回才開始正寫宋江。宋江為鄆城縣押司，為人結義天下，江湖上有「及時雨」之稱。晁蓋因感宋江恩情，著劉唐下山寄書贈金，以示酬謝。不想此書落於閻婆惜手中。閻婆惜本是宋江出錢買得的風塵女子，生性淫賤，不安於室，又與張文遠私通。宋江雖知其事，卻懶得深究，只是疏遠而已。不意一日遇到閻婦之母，死活把宋拖去，二人言語不合吵鬧起來。次日宋江淩晨便去，卻遺下梁山來書與黃金，被閻婆惜得知。宋江憶起，回來索討，婆惜不給，就被宋江殺了。閻母賺得宋江到縣衙前大聲喊冤，宋江在慌亂中得脫，幸未被捕。知縣本與宋江要好，怎奈為閻婆惜頻頻相逼，只得派朱仝、雷橫兩都頭率人去捉。朱仝知道宋江藏在地窖中，卻假意搜捕一番放走宋江。宋江棄家去投柴進。卻遇武松。

武松臥病柴家。因其性情暴躁與下人不合，柴進受讒言影響，未予禮遇，宋江來後待遇才得改善。將息時日，疾病痊可，便要回里探親。途經景陽崗打死猛虎，名噪陽穀，轟動縣城，在縣衙作了都頭。不意乃兄武大也正在此卜居，貨餅為生。武大娶潘金蓮為妻。金蓮本為大戶使女，頗有姿色，性卻淫蕩，一見武松儀表堂堂，就有投懷之意，為武松所拒。嗣因武松公出，西門慶偶識金蓮，託王婆牽線，遂暗中成姦。為期長相聚首，乃將武大毒死。武松歸來心生疑竇，找出人證告到官裡，但官府受賄，不准，武松便憤而自行了斷，先殺淫嫂，再殺西門，衙中自首，發配孟州充軍。途經十字坡，投入孫二娘之黑店，結識張青夫婦。到了孟州，營管之子施恩所經營的快活林被蔣門神奪去，武松助他奪回，卻又因此結怨張都監，被陷為賊，禁入死囚。內中幸有葉孔目一力主張，才從輕發落，脊杖二十，刺配恩州。武松二度起解。行至飛雲浦，兩個受賄的公差原要害死武松，卻為武松所殺。武松一不作二不休，折回孟州將張都監、張團練、蔣門神三人均殺死，又殺其全家老小。報仇已畢，武松再投張青客店，得所贈行者衣物度牒，就改作行者，遂投二龍山落草，與魯智深、楊志合在一處。

宋江在柴進家中因受官府查緝不能久住，便欲投清風寨花榮處暫時安身。路往青風山被王矮虎、燕順、鄭天壽等所擒，本擬殺之，因聞宋江自道姓名，毅然拜納為友，留山款待。一日王矮虎劫一婦人，擬據以為妻，宋江等力勸，方才釋放。誰知以後宋江投花榮時卻被此婦所害，指為山賊。

原來青風寨有文武知寨二人，花榮為武知寨，劉高為文知寨，兩人素來意見不合。宋江所救婦人即劉高側室，此婦卻恩將仇報，指宋江為山賊，予以逮捕，花榮求情不允，兩人交惡，花榮強行救走宋江。劉高申報青州府，知府派黃信來勦。黃信詐稱為花劉二人調解，賺花榮赴宴，就在筵前將花榮拿下，與宋江一併解往青州，途中為燕順等所救。青州府再派秦明協力來勦。秦明不敵花榮，被擒。宋江又設計假扮秦明攻打青州，以絕後路，秦明無奈只得投降。黃信因慕宋江之名亦降，並聯手揮軍殺盡劉高一家。宋江遂引眾人投奔梁山。途中在客店吃酒，得識石勇。原來石勇正是下書人。宋江得悉父喪，乃別眾人逕回鄆城治喪，誰知其父竟然健在人間，只是太公思子心切，不欲宋江占山落草，而設此計。宋江甫返，即被拘拿，判配江州。道經梁山，吳用書薦戴宗就中照應。在揭陽嶺宋江險遭賊店所害，幸遇李俊搭救，並識水上好漢張順、張橫、穆弘、穆春等多人。宋江在江州營中無事，一日在潯陽樓吃了些悶酒，題了反詩一首，事為無為軍通判黃文炳得知，告於江州府，宋江被判死刑。

戴宗奔梁山求救，眾好漢至江州劫法場救下宋江，攻破無為軍，殺了黃文炳。梁山好漢回寨賀功。山寨中人馬日眾，氣勢日隆。

宋江雖自死中逃生，得以全命，但念江洲必然申報上司，到處緝捕，老父在鄉里又豈能無事，便要回鄉探父。及返，果被官兵追捕，逃於寺廟，幸得九天玄女神威庇佑，方免於難，並授天書三卷。其時，梁山弟兄亦來相助，救走宋江老小回山。

宋江接得老父上山奉養後，也勾起李逵的孝思，要回家接母，不意途中為母尋水解渴時，其母竟被老虎吃了。李逵只得殺了四虎為母報仇。

前此公孫勝亦下山探母，久久未歸，宋江就著戴宗下山尋訪，乃遇楊林、楊雄、石秀。

楊雄與石秀雖相逢萍水，卻義結金蘭，情同手足。楊雄服官，娶妻潘巧雲，不守婦道，私通淫僧裴如海，石秀殺了淫僧，楊雄殺淫婦，只得去投梁山。途中識得神偷時遷。時遷偷鸛佐酒，惹下大禍，引起梁山群雄三打祝家莊的激烈戰事。此後梁山發出大隊人馬，曠時甚久，最後雖獲勝利，卻勝得十分艱苦，而最大的代價則是藉此又收錄幾條好漢。

梁山一時無事。雷橫便回鄉探母。其時鄆城新到一賣唱女郎白秀英，有眼不識泰山，羞辱了雷橫。雷橫打死白秀英，被刺配充軍，朱仝做解差，義釋雷橫，自回頂罪，發配滄州。知府見愛朱仝，留在身邊。不久其幼兒與朱仝成了忘年交，一日朱仝攜此幼兒外出玩耍，被李逵等將小兒謀殺，逼得朱仝走投無路，只好奔投梁山。以此朱仝與李逵勢不兩立，李逵只好暫居柴進之家。柴進有一叔父住高唐州，花園被人強佔，柴進前去營救，反入囹圄，因而導致了梁山好漢攻打高唐州，次第又引出許多武藝高強的軍官，或於陣戰被擒，或為吳用智取，先後都落草梁山。

自四十六回起以次的二十五個回目，都是以描寫戰爭為主，鮮少單獨敘述個人故事。以次各役，場面均極浩大，戰況至為激烈，其中特著者，計有打大名、打青州、打華州，及三打曾頭市等。每次戰端，率多因梁山好漢被迫害而引起，而作者本意，實則是藉此以收錄各路英雄加入梁山，以湊足三十六天罡星及七十二地煞星之數也。及待其數已足，宋江被推為寨主，各英雄均封作頭領，一一派職，盧俊義便得一夢，夢到梁山好漢全被誅斬，以此結束本書故事。這便是現今所流行七十回版本的故事概要。

表現技巧

水滸人物故事在宋代已開始流傳，由宋而元而明，共歷三代，時約四百年，話本雜劇取材於斯者，不知凡幾。施耐庵寫本書，人物故事並非完全虛構，雖然編纂改寫的成分居多，而其創作的才華亦屬常人，明眼人可以看出：本書故事四十五回以前者，多為單線式發展，敘述各個英雄，如何出身，如何被迫上山落草，且多是採取「由此引彼」的手法。例如由王進引出史進、由史進引出魯智深、由魯智深引出林沖、由林沖引出柴進、王倫、朱貴及楊志，由楊志又引出劉唐、晁蓋、吳用、公孫勝、三阮，以後又引出宋江、由宋江引出柴進、武松，由武松引出孫二娘、張青，其後宋江發配江州引出的英雄更多，如戴宗、李逵、李俊、張順、張横、穆弘、穆春、薛永、童威、童猛等等，即使到了四十六回以後以描寫征戰為主的各個回目，每一戰役亦無不是由此而彼，將所要描寫的人物一個個次第引介出來，這種如何「穿針引線」的手法，雖不是施耐庵所獨創，而他卻是使用最早及最為成功之第一人。欣賞水滸故事，如同看西洋鏡（拉洋片），一景連一景，景景精采，景景又各不同。這種手法，我們姑且名之曰「聯珠式」。作者採用此種手法的主要原因，一則是由於本書人物和故事原本屬各別獨立者，很難將眾多的人物揉和在同一個故事中，不得不採用單線式手法。惟其作者表現手法嫻熟，當某人故事寫完，或到達某一階段後，另一人物即行出現，而後筆觸則跟著這一人物發展，絲毫不露拼湊痕跡，這是作者手法高明之處，欣賞本書，這一點不可不注意。

作者使用這種手法的第二個理由，可能是為了緊湊結構，生動情節。本書的人物故事，既原係各別者，其串聯的手法如不高明，勢必顯得鬆弛乏味，作者使用「聯珠」手法，不但緊湊了結構，尤其提高了可讀性，使得讀者開卷後便有欲罷不能之勢，恨不得一口氣將它讀完。這是作者筆力磅礴之處，使人不得不予敬服。尤其最後二十回各種仗戰之描寫，人物與故事的組合，更如珠聯璧合，天衣無縫。

此外，尚有一點須予補述的，則為「楔子」的運用，為本書人物舖下張本，這種手法在其他古典小說中雖也可見到，而本書的作者又屬先進了。

文學評價

水滸人物故事，經過施耐庵的改寫創作後，不但已統一為一部雅俗共賞的偉大說部，抑且亦賦予了新的文學生命；塑造了許多不朽的人物，活鮮了許多文學語言，為章回小說開拓了新的表現手法，為俠義小說奠定了堅實的基礎，成就是多方面的。

一、人物描寫傑出

本書人物描寫的成功，素為論者所稱讚，筆者願就愚者一得，再抒管見如下：

一、對主要人物的性格多所發揮。小說人物的成功與否，端在人物性格的刻劃，作者在這方面，用力至深成就至大，主要人物在性格方面都有深入的描寫。例如宋江是個江湖上人人尊敬的人，作者總不忘塑造成為一個教忠教孝、疏財仗義、禮賢下士的人；他是俠義之士的象徵，江湖人士的偶像，是人們心目中的「及時雨」。他縱然殺人放火，縱然抗拒朝廷，卻無損於人們對他的崇拜與喜愛，這是何等深厚的筆力。

李逵是另一種性格的典型，性情純真，心無城府，只講是非，不徇人情。好吃酒、好打架、好殺人、好打抱不平，遇事向前，不畏險阻，不邀功、不諉過，直話直說，常有驚人見血的真情實話，無形中成為作者的代言人。他性格粗鹵，脾氣暴躁，卻無損於予人憨直可愛的印象。

武松是打虎英雄，是血性男兒，他疑心哥哥的死因離奇，本要訴諸官府得一曲直，怎奈西門慶財大勢大，賄通了官府，告狀不准，只得蒐集人證物證，問出冤死實情，殺了潘金蓮，打死西門慶，將人頭祭奠於亡兄的靈前，為屈死的哥哥報了仇，然後到衙門去自首。這種敢作敢為的行徑，處事明快、條理分明的手段，坦蕩磊落的襟懷，與他在景陽崗上醉中打虎的英勇行為，叫人如何不敬不愛？

吳用有智多星之稱，是梁山的謀士軍師，梁山征戰，無役不與，每遇困難，無不是他獻計奏功。智劫「生辰綱」的故事，就是他首次才華的展露。他能料事如神，每每獻策必有新猷，從不落俗。他是宋江最得力的肱股，梁山人才濟濟，好漢如雲，卻沒有一個不敬服他的。

石秀似有武松的影子，但不盡同於武松。武松是為兄報仇，甘觸王法，而石秀的智殺淫僧裴如海，旨在為義兄捉姦。他曾被潘巧雲惡人告狀，先發制人，受了委屈，被人嫌疑，但他不遷怒，不氣餒，平心靜氣地查出姦情，殺了淫僧，然後再將實情告之義兄，除去淫婦。這種金蘭之義，又為俠義之士加多一層光彩。後來他一人獨劫法場營救盧俊義的冒險犯難行為，更值得喝彩。

江湖多義士。另一個特重義氣的是浪子燕青。燕青登場，本書的故事已近尾聲，作者用於他身上的筆墨不多，而留予讀者的卻是極為鮮明的印象；他被小人進讒於主東，不作任何分辯。向主人進忠言，未被採納，主人終於家破人亡，當主人最危急的時候，冒死來救。他以行乞維生，卻不忘飢主，那種忠主之義，真可同光日月。

二、對人物性格的異同把握得很好。人為圓頭方胝之物，同吃五穀雜糧，自必有同，亦必有異。江湖好漢，仗義疏財，勢所必同，但作者在相同之餘，又能寫出許多不同的細緻。譬如魯智深、林沖、楊志，此三人同為軍官出身，同樣各有一身的好武藝，和一顆善良的心。此為他們三人相同之處，但他們在書中所表現的，則各有不同。魯智深是個了無牽掛的單身漢，路見不平，就一往直前，打死鎮關西，然後棄官逃走。在五臺山當了和尚，卻不肯委屈自己的腸胃，有機會就吃肉喝酒，那無拘的性格，寺廟的清規也禁止不得。能任所欲為，做甚麼都能心安理得。而林沖則不然。他是一個奉公守法的禁軍教頭，娶有美麗的妻子，他的願望是與妻廝守，作一個忠於職守的好官，享受一種安和平靜的生活。但別人卻要強佔他的妻子，一再逼迫於妻，謀害於己。縱然被陷入罪，仍能逆來順受，但求有朝一日撥雲見天，與妻再聚，直到他走投無路的時候，才除了奸小，浪跡江湖。至於楊志，乃是將門之後，原也是安分守己要作個好官，冀能博個蔭妻封子，誰知時運不濟，在一次公差任務中失去了「花石綱」，被免去官職，後來得赦，娶些財物晉京，希能謀個復職，不意卻被高太尉羞辱一頓，逐出衙門。以後盤纏耗盡，只落得街頭賣刀，割讓傳家之寶。偏偏又時運多乖，遇到一個潑皮無賴，被逼殺人，才走上逃亡之途。這三人遭遇各有不同，他們所表現的態度各異，作者雖在描寫出身相同的人物，而同中有異，卻寫得非常細緻分明。

二、情節生動

在文學作品中，小說是讀者最多、最受歡迎的一種。其原因，端在小說有故事有情節，可讀性高。故事是由情節推動，情節也是構成故事的元素，欲求故事的精采，情節生動活潑勢所必須。但往昔小說之故事，率多偏向於縱的方向之發展，進程太快，而缺乏橫面的深入，以致故事只有一個軀殼，讀完全篇，只能留下一些空泛的印象，無可資回味的內容，感染力不夠，殊難引起心靈深處的共鳴。但是睽諸本書，卻有許多精細的情節，烙印在讀者的腦海。

本書有許多為讀者所樂道的人物，魯智深便是其中之一。他的音容笑貌，歷歷如在耳目。何以致之？因為作者以許多生動的情節烘托著他。魯智深為打抱不平，向鎮關西買肉，挑肥撿瘦，全是有意找碴，寫得多麼風趣？鎮關西被他三拳打死，身為軍官的他自知闖下大禍，他卻佯稱「這廝裝死」揚長而去，又是多麼機智？在五臺山兩次吃酒鬧事，所寫的都是他不守佛門清規的叛逆行為，而讀者皆不為忤，都以欣然的眼光，欣賞他率性的純真。他脾氣暴躁，性情粗鹵，然他粗中有細，智慧的光芒，也不時閃爍。作者頻頻以多彩多姿的情節，寫活了這麼一個粗獷豪邁的英雄。

林沖被人奪妻，遭到陷害；楊志謀求復職，受到羞辱。作者對這兩位秉性善良的軍官，賦予無限的同情。他細膩地寫出他們不幸的遭遇，情節至為感人。

對武松英雄形象的塑造，是歸功於打虎情節描寫的逼真。殺嫂祭兄的一段，更顯現這位英雄的睿智果敢。而王婆設計引誘潘金蓮入彀與西門慶成姦的情景，更為精妙絕倫，是任何讀者都不會忽略的焦點。

裴如海勾引潘巧雲，雖無中人媒介，所寫其挑逗手段的高明與種種設計之周延，和前文所述描寫潘金蓮的姦情，實有異曲同工之妙。

宋江知悉閻婆惜對他的不忠，本只欲以疏遠了之，而閻婆逼宋江去就女兒，以及宋江與婆惜的口角嘔氣，終致使宋江憤怒殺人，這些筆墨都不是泛泛的作品中可以欣賞得到的。

此外，由吳用所設計的智劫「生辰綱」，以及朱仝義釋晁蓋的情節，又是另一種搖曳多姿的風貌。

三、變化多端的戰爭

本書至少有三分之一的筆墨描寫戰爭，大小各役不下數十次之多。值得欽佩的是每一戰役戰鬥各有不同，每一陣仗又無不多所變化；戰況激烈，戰法新穎。朱仝攻打晁家莊，目的是在虛張聲勢，存心要縱放晁蓋逃走；晁蓋攻打梁山，是一次複雜的水戰，旨在側寫梁山水泊地勢的險要，以及吳用善於用兵的才華；宋江等人攻打無為軍，場面壯闊，戰況激烈，梁山好漢水陸用兵，智者獻計，英雄用力，各展所長，是梁山英雄早期最生動的一次戰役；梁山人馬愈集愈眾，對手也愈益強勁，三打祝家莊，陣容更是空前，宋江幾乎發出全部人馬，一攻不勝，再攻不成，後來幸得外援，又賴吳用良策，方才攻破，這一役氣勢更是不凡；以次攻打高唐州，能人迭現，勇將倍出，呼延豹善用連環馬，唯有鉤鐮鎗始可破，為了請出善使鉤鐮鎗戰法的徐寧前來相助，吳用派出了湯隆和時遷設計騙徐寧上山，在激烈戰仗之餘，作者又以詼諧的筆法，寫出一段輕鬆的插曲，調和了戰爭氣氛的窒息；呼延豹高唐失利，再投青州，青州一役又是轟轟烈烈。呼延驍勇，武藝超群，梁山好漢無人能以力取，宋江吳用施計，方得收降這一勇將，作者的手法又是與前不同；華州一役，用智尤多於力，吳用使人假扮奉旨進香的欽差，賺騙了守城知府，裡應外合，一舉而破，乃是一種別開生面的戰術；大名一役，關勝智勇雙全，力戰無功，只得運用人事關係，由呼延豹往說關勝，動之以情，說之以理，並附之以計，終於擒得關勝，破此一城；曾頭市一役，初由晁蓋領兵，不幸中箭身亡。曾家父子人人善戰，五子曾昇尤其出眾，更兼教師史文恭武藝又高一籌，是梁山用兵以來，動員人馬最多，付出代價最大，攻打最為艱苦的一次硬仗。作者最後破敵之法，又有新招。綜觀全書，戰仗無數，卻每每戰法不一，不特展現了作者在軍事方面的才華，抑且也滿足了愛好殺伐刺激的讀者。

四、足智多謀的計策

梁山軍師吳用的外號叫智多星，確是一個足智多謀的人，雖然不能衝鋒陷陣，卻無役不與，不但調兵遣將具有長才，而且每次獻計，無不奏效，傑作甚多。遊說三阮，表現了驚人的口才，智取「生辰綱」，是他導演的好戲，智激林沖火併王倫，使晁蓋順利地登上了梁山寨主的寶座，是他再次建功。梁山好漢部分來自江湖草澤，部分出身軍官，無不具有一身絕好的武藝，因而彼此力拼很難分出勝負，而且梁山聚義之始，力量並不雄厚，如何以弱勝強，以寡敵眾，莫不有賴智取。幾次大戰役的獲勝，許多高強猛將的收伏，無不是鬥智的結果。使時遷、湯隆賺徐寧，使賀太守自投羅網，都是高度智慧的運用。只是智賺玉麒麟，使得盧俊義家破人亡；為獲朱仝，而謀殺無辜的幼兒卻未免太過狠毒了。此外王婆為西門慶撮合姦情，使潘金蓮入彀，又何嘗不是高明妙計呢！作者在這方面的才華也表露無遺。

主題意識

小說是文學作品體式的一種，它構成的要素是主題、故事和人物。人物是扮演故事的，故事是表現主題的。主題是作品的靈魂，是作者欲表現的思想情感和意識。沒有主題的小說只能算作通俗小說，不是文學作品。文學作品負有其特殊的使命；其使命是：表現人生、反映人生、美化人生、啟迪人生和指導人生，簡言之，文藝的目的乃在為人生而文藝。明乎此，我們就不難得知一個文藝作家創作必有目的，易言之，其作品必有主題。那麼本書作者所欲表現的主題是甚麼呢？

認識作品應始於認識作者。施耐庵是元末明初的人，眼見元朝異族凌辱漢人，朝廷權貴暴虐不仁，所以他棄官隱居，而且還可能參加了反元的革命運動。有感於這次事件規模之浩大，波及範圍之廣泛，其間殊多可歌可泣的事蹟，於是就藉宋江等人的歷史故事，以小說的形式來反映這反黑暗統治的主題思想。一如明代學人李卓吾在《忠義水滸傳》的序文中說：「太史公曰：『《說難》、《孤憤》，聖賢發憤之作也。』由此觀之，古之聖賢，不憤則不作矣。不憤而作，譬如不寒而慄，不病而呻吟也。」故《水滸傳》者，發憤之所作也。盍自宋室不競，冠屨倒施，大賢處下，不肖處上。馴至夷狄處上，中原處下，一時君相屈膝犬羊，施、羅二公身在元，心在宋，雖生元日，實憤宋事。」

對後世的影響

聚義梁山的好漢，不論來源出身如何？無不著重一個「義」字。為了一個義字，可以傾家疏財，可以肝腦塗地，可以殺人放火，甚至大義滅親。以今之七十回版本而言，作者幾乎用了三分之二的筆墨來描寫各個英雄行俠仗義之事。水滸人物故事在施氏成書之前，就已盛行流傳，話本、戲劇競相取素，大受群眾觀迎，而經施氏編纂及再創作之後，故事統一，人物性格鮮明多姿，更為大眾所喜愛，因而導致社會俠義之風大為盛行。在小說方面陸續誕生了《征四寇》、《水滸後傳》、《蕩寇志》，乃至有清一代的《兒女英雄傳》、《包公案》、《彭公案》、《施公案》、《七俠五義》、《小五義》等等。在戲劇方面演出的俠義故事亦不知凡幾，這都是承受本書的影響，因而本書實為中國俠義小說的始祖，貢獻影響不為不大。

（台灣月刊，一九八三年七月）

從《水滸傳》之取材看民心的趨向

引言

我國很多偉大的說部，都曾發生版本和作者的問題，究其原因，乃在此類作品並非真正個人創作所致。

原來我國許多偉大說部，率多由民間流傳甚久的故事演變而來。古代農業社會、經濟、文化、技術均不發達，人們娛樂消遣的方式遠遜於現代。人們在農忙以後，到鄉鎮城市的茶樓酒肆泡上一壺清茶、斟上一壺老酒，佐以一盤花生或幾樣小菜，就算一番享受。因為茶樓酒肆是人們慣常走動的地方，一些行走江湖藉口藝為生者也就來此謀生了。這些人，或為師徒，或為父女，不是清唱些雜劇小曲，就是開講一些歷代帝王興衰遞變的歷史，或是一些才子佳人締結良緣的故事。由於這種場合不收門票，聽眾們也不一定非買茶沽酒不可；只是說唱到一個段落有人前來收錢：「有錢幫個錢場，沒錢幫個人場」，皆所歡迎。所以或坐或站，往往擠滿聽眾。其中尤以「說話」講史，更能吸引聽眾。

「說話」源自唐代的「講唱文學」，初為寺院僧侶傳播教義，變佛學為俗講，又稱「變文」。講的部分為散文，唱的部分為韻文。嗣以內容變質，被逐出寺院，而流入市井。迨至宋代，講唱分離，講的部分變為「說話」，唱的部分衍為戲曲。宋代是「說話」最盛的時期，元代是戲曲最發達的時期。

「說話」的內容多以歷史人物故事為主，但這些「說話」者往往識字不多，並無能力寫作完整的「話本」，他們的「玩藝兒」多來自師承口授。縱有略通文墨者，寫出來的「腳本」也多簡略粗俗，不具文學水準，表演時須賴經驗靈感。但這些素材經過長久的增益修飾，內容卻也愈來愈豐富了。

那些在民間流傳得既廣且久的故事，終不免有一天被落魄的文人或失意的官員們所垂青；或予編纂，或予改寫，某些偉大的說部便於焉產生：「三國」如此，「西遊」如此，「水滸」亦復如此。

當然，由「說話」而衍為長篇說部的作品還很多，許多通俗演義小說皆源本於此。但是時代的淘汰也是嚴格的，晚近小說雖漸受重視，躋身文學殿堂，且躍為文學主流，不再被視為雕蟲小技閭俗之言，而未臻善美之作卻漸受漠視。此外，目今社會進步，人們忙於生活，不復再見秋收冬藏後的閒暇，兼以各種娛樂事業發達，囊括了人們大部分的消閒時間，而年輕一代的知識分子又趨迷於西洋文學，我們的古典小說更受到嚴重的衝擊，只有那些真正具有文學價值之上乘作品，才能屹立不墜。《水滸傳》就是其中之一。

反映出時代意識，針砭時弊

數百年來本書一直享譽不衰，不但普受社會歡迎，尤其能得到學術界的好評，自非偶然，「素有廣大聽眾的基礎」，只是原因之一，真正主要的原因，乃是本書具有一種強烈的時代意識。

「意識」為何？「意識」乃指人類精神醒覺之狀態。一切精神現象如知覺、記識、想像等均為「意識」之內容，是為「個人意識」。而「時代意識」乃泛指某一時代的群眾意識、社會意識、政治意識等等之綜合。譬如當前民主思想發達，自由民主是為當前的時代意識。（註一）因此，既云時代意識便不能不略析本書的時代背景。

原來《水滸傳》的人物事蹟見於正史和野史者甚多，並非完全向壁虛構。這些人和事發生於北宋末期。（註二）有宋一代，自太祖趙匡胤奪得天下後，曾有一百多年的太平歲月，自徽宗以降，卻深受遼金侵略之苦。徽、欽二帝被擒，高宗在南方立國，也延續了一百多年的國運。但是，南宋國勢積弱，社會呈現奢靡和貧窮兩種極端現象。宮廷奢靡，官吏貪污，自不免要苛斂稅賦。而戰亂頻仍，役勞繁多，農村主要的勞動力服事役勞，耕種多廢，農民終年辛勤所得，不及盛世一半，老小飢號，不得溫飽。又為稅賦係著地計口而徵，人們為逃稅籍，紛紛流亡他鄉，造成不事生產的人口很多。而這些流亡者為了活命便不惜走險，是而盜匪蜂起。在此惡性循環下，整個的農村都窮了，以農業經濟為主的國家，國本於焉動搖。

農人依賴土地生活，原都十分善良，被迫拋妻棄子去作盜匪，是非常痛心不得已的事。在廣大農民的內心裡，總是期盼著回歸太平盛世，能守著田地、伴著父母妻兒過那安謐平靜的日子！可是現實的社會，卻剛好事與願違！

水滸人物載於正史者為宋江等三十六人，他們本是江洋大盜，以當茲之世整個農村民不聊生，於是從之者眾，造成了他們的氣候。而其中間有仗義疏財、劫富濟貧之事蹟，遂為眾口喧騰。

本書的作者施耐庵（註三）生於元明之際，距宋江之世已歷時兩百多年，何以這些人物故事仍舊盛傳不衰？乃以時光雖逝，而我國社會的積弊依然未改，故「文學意識」（註四）並未隨帝王的朝代的更易而改變。但凡人類在苦悶絕望時，心靈不免會期望有救世主的出現；或者是天上的神仙，或者是人間的英雄，故愈是亂世，宗教愈盛行，英雄愈受景仰。宋江等由「群盜」而被美化為英雄，正反映著人們心裡的空虛與無奈也。

高俅發跡報私仇，王進受辱

「文學是人類苦悶的象徵」，本書的內容正是描寫那一代中國人的苦悶、痛恨、不平！我們且從高俅的發跡說起。

高俅原是東京的一名幫閒無賴，平日三瓦兩舍，陪著公子哥兒們尋花問柳，吃喝玩樂，父親屢勸不改，告到官府，擊杖二十，驅出東京，流落到臨淮州，在賭場幫閒度日，後來哲宗皇帝大赦天下，才又回到東京，被荐到一家生藥舖裡，店東見他不是安分的買賣人，便又轉荐於蘇東坡府中，蘇學士也不願惹此煩惱，一封書信又荐於駙馬王晉卿。一日駙馬差高俅送禮物到端王府，端王正在踢球，一球滾到高俅面前，高俅頗精此道，不禁露了兩手，端王大喜，就留伴身邊，後來端王登基成了徽宗皇帝，不久就抬舉他作了殿帥府的太尉。

這是一個位高權重的官職，約莫相當於現在的首都衛戍總司令或警備總司令，京師禁軍全都屬他統轄，堂堂「八十萬禁軍教頭」都得對他卑躬屈膝，動輒打罵，其威風權重，可想而知。

原來那時的教頭姓王名進，父子都習得一身好武藝，當年高俅使槍弄棍，敗於王父的手下，以此記恨在心。今見王進稱病點卯不到。就要痛責，王進深知今後必受挾制，災星難免，回到家中，連夜就偕同老母一起棄職潛逃了。

高衙內強奪林妻，計害林沖

高俅這廝雖作了高官，卻無子嗣，恰好同宗有個從弟也是無賴，為仰富貴，就不顧輩分尊卑，竟然拜認高俅為父，他卻成了「高衙內」（太尉的公子）。

卻說這高衙內每日無事，自有一班幫閒浪子陪他東遊西蕩。這日在嶽王廟見到一名進香女子，年輕貌美，大動春心，就上前調戲，不意這女子竟是東京八十萬禁軍槍棒教頭林沖之妻。林沖原來正在覷看魯達使槍弄棍，十分出神，驚聞使女來報，便急往救，本擬予那登徒子一頓老拳，逼視之下，認得是高衙內，拳頭就軟了下來，只得忍氣吞聲，將妻子領了回去。

誰知這高衙內並不就此罷休，竟而茶飯不思，終日寡歡，害起相思病來。那閒漢中就有人獻計，將林中邀出飲酒，再使人詐稱林沖得了急病，囑往探視，將林妻騙至一間閣樓，高衙內卻早潛伏其中，即欲強行非禮，幸賴使女走報及時，又被林沖救回。林沖本時要將高衙內痛毆一頓，顧及太尉面皮，只得委屈求全。

高衙內好事未成，又吃一驚，病情更重，那班小人就稟知高俅，唯有害死林沖，奪得林妻，才能救得衙內性命。遂將寶刀一把，掰到市上出售，林沖不知是計，買下寶刀，門人又傳出太尉言語，要欣賞林沖寶刀，林沖被人引入殿帥府，層層轉轉，不覺來至白虎堂前，引導者忽然不見，自內走出的竟是高太尉！喝責林沖放肆大膽，擅闖軍機要地，顯有不軌之圖，不由分說，就將林沖拿下治罪。

林沖被發配滄州，解差受命於途中結果林沖性命，幸得魯達一路護送，方免於難。嗣在牢營，又施計縱火，燒燬草料場，期使林沖葬身火窟，幸仍未得逞。

楊制使復官受辱，街頭賣刀

宋代的政治腐敗，宦途多艱，不說黎民百姓常為刀俎，就是一般官員也常無端受辱。制使楊志就是一例。

原來這楊志乃是三代將門之後，五侯楊令公之孫，又出身武舉，曾任殿司府制使官之職，只因宋徽宗因蓋萬歲山，差遣十位制使去太湖採辦花石，楊志時運乖蹇，所運花石在黃河覆舟，盡失水中，無法回京交差，就棄職潛逃。後因哲宗大赦天下，得免罪刑，就張羅了一筆財物，意欲晉京謀個復職。道經梁山，被林沖所阻，要劫財殺人以為上山落草的獻禮。以二人武藝伯仲，鏖戰多時不分勝負，寨主王倫喝令休兵，備詢緣由，就引楊志上山，本欲留他在山入夥，楊不願辱沒門風，玷污清白姓氏，一心只望將一身本領獻於朝廷，以待在邊疆一刀一槍建立功勳，博個蔭妻封子，執意要去東京，王倫無法強留，就任他晉京，誰知到了京師，將一擔財帛盡將用罄，方得一分申請書，引至殿府，見了高太尉。那高太尉看了從前歷事文書，竟大罵道：「既是你等十個制使去運花石綱，九個回到東京交納了，偏你這廝把花石綱失陷了，又不來首告，倒又在逃，許多時拿捉不著，今天再要勾當，雖經赦宥，所犯罪名，難以委用！」把那申復文書一筆批絕了，並將楊志逐出殿帥府外。

楊志懊喪不已，回到店中，深悔未聽王倫之言，在山落草，以取其辱。今盤纏已盡，食宿無著，身邊別無長物，只有祖傳寶刀一口，只得將出貨賣，暫且餬口。真是道盡一副英雄末路的景象。

以上三人都是軍官出身，原都非常安分守己，一個個心懷報國壯志，大夥兒都想建功立業，蔭妻封子，雖處逆境，都願逆來順受，委曲求全，其中尤以林沖處境，更堪同情。歷來王朝之傾，率皆亂自上起，宋王以小人高俅膺重任，排除異己，扼殺英雄，奸小當道，忠貞見棄，國勢如何不弱？國本如何不搖？憂時憂國之士，何能不疾首痛心！

鄭屠戶高利盤剝，魚肉弱小

官場既是如此黑暗，延伸社會，自然更是以強凌弱，以眾欺寡，是非不明，黑白不分，以下再舉一例，說的鄭屠戶高利盤剝，虛錢實契的故事。

原來有宋一代，百年好景以後，由於朝綱不振，外侮日亟，朝廷奢靡，官吏強斂，兵災頻仍，民生凋蔽，許多鄉民多藉借貸維生，所以社會上只要腰纏財帛的人，不論身分為何，都可以高人一等，因而關西地方操刀賣肉的鄭屠戶也被尊為大官人！

話說魯達、王進、史進等人一日正在一家酒肆吃酒，忽聞鄰室有婦女啼哭之聲，急躁的魯達甚為不滿，呼來店東，詰之再三，方知是一雙江湖賣藝父女受鄭屠戶欺負；鄭屠戶見金女有幾分姿色，先是使人強媒硬保，要了作妾，並強逼寫了三千貫的借貸文書，卻虛錢實契，金氏父女並未拿到分文，後來將金女逐出，卻憑據討債，金氏父女無力付「債」，又不敢爭辯，說想到傷心之處，便不免竊竊悲聲。

這是當時社會現象之一，這自然激怒路見不平的好漢。以魯達三拳打死了鄭屠戶，資助盤纏，救了金氏父女。而身為軍官的魯達闖下人命官司，便也不得不棄職潛逃了。

好漢智取生辰綱，貪官破財

宋時鬻官賣爵為公開秘密，宦海騰圖，不在政績，端在對權勢有司的奉獻，縱屬至親，也不例外。

話說河北大名府中書梁世傑，乃當朝太師蔡京之婿，為了孝敬泰山，屢藉慶壽為名，大肆賄賂。上年呈奉壽禮十萬貫，在途中被劫。今年又時屆初夏，看看壽誕又屆。夫妻如何奉禮晉京？其時楊志曾因在東京復職不成，街頭賣刀又釀人命，被斷杖發配來到大名為囚。梁中書因見楊志堂堂一表，武藝超群，就提升為軍官，留在身邊使喚，而這趟解送「生辰綱」（註五）的任務便落在他的身上。

誰知楊志一行尚未首途，卻早已驚動江湖，有名叫赤髮鬼劉唐的流浪漢，就到鄆州向晁蓋送信，問他是否有意劫取這筆錢財。晁蓋果然串聯了吳用、公孫勝、阮小二、阮小五、阮小七、白勝等人，幹下了這筆劫財越貨的勾留。

晁蓋祖藉山東鄆州，家資殷實，身為里正（相當於村里長），在社會上，有點地位，在經濟上，尤其豐衣足食，無虞支應。只緣梁中書的生辰綱乃是斂自民間的不義之財，竟寧可冒犯殺身毀家的大罪，作此勾當，實足以說明晁蓋之舉，志不在劫財，而在予貪官者當頭一記棒喝，藉以為民洩憤也。

蔣門神仗勢欺人，霸占產業

宋代自中葉以後，君主黯弱，朝綱不振，官吏強斂，劣紳橫行，大以吃小，強以凌弱，是屢見不鮮的事。魯達打死屠戶鎮關西是一例，為劉老兒斥退周通的通婚也是一例，這些都是民間疾苦的一斑。

本書第二十七回寫武松助施恩奪回快活林的事，則又是以大吃小，強以凌弱的另一寫照。

此事緣自武松殺嫂為兄報仇前去自首後，被發配孟州充軍。到了牢營，不但絲毫未受勞責之苦，反而禮遇有加，每日酒肉不斷，待為上賓，武松十分納罕，不知所以，後來才得知是此間管營之子施豐。後來來了一個張團練，帶來一名大漢蔣忠，以其身長九尺有餘，綽號為蔣門神，仗著自己身高力大，又有張團練作靠山，就將施恩逐出，搶過他的酒店，霸他的地盤，施恩力所不逮，只有忍氣吞聲；嗣見武松發配到此，是條好漢，就每日以酒肉將息他的身體，待其體力精壯，以便為之復仇。武松不辱使命，果然以拳頭勝過拳頭，奪回施恩的舊業。這段故事作者使用了四個回目的寶貴篇幅，寫得極為曲致細膩，旨在反映當時社會的另一現象也。

暗無天日冤難伸，武松殺嫂

武松殺嫂是本書中最精彩熱鬧一段。故事當從他在景陽崗打虎、陽穀縣作都頭說起。

原來陽穀縣境景陽崗一帶有猛虎傷人，縣府懸賞捉拿大蟲，眾多獵戶受盡比限之苦，均無所獲，誰知一日武松過此，在酒醉中竟赤手空拳打殺了這隻大蟲，驚動陽穀縣境，披紅掛彩，迎入縣城，知縣愛他英勇出眾，就參他作縣衙的都頭。

武松祖籍清河縣人氏，原是回鄉探親胞兄武大的，不想武大也來到陽穀，兄弟二人他鄉相遇，欣喜莫名。

武大來此是因娶了一個大戶的使女潘金蓮。這婦人年輕貌美，又生性風流，甚是招惹，偏武大又懦弱無能，常受欺侮，祖居不易，才來到這陽穀縣內以賣炊餅為生。武大自得兄弟衙門當差，甚是揚眉吐氣，可惜好景不常，未幾，武松被差往東京公幹，兩月歸來，武大卻死於不明不白！武松將武大死因調查明白後，就向縣衙告訴，無奈西門慶財大勢大，知縣受賄，不肯作主，武松迫於無奈，只得自行請來左鄰右舍，將姦情審訊清楚，先殺了淫婦，再打死姦夫，將一雙頭顱呈獻於武大靈前為乃兄報仇，然後再去縣衙出頭自首，接受法律制裁。

這一段故事，作者花了極多的筆墨，運用了高度的技巧，寫出最精彩的篇章，不惟其可讀性高，其中尤以王婆為西門慶設計誘姦潘金蓮的那一段，真是精妙絕倫，堪稱此中「經典」之作。但是我們細讀原著，當可得知，作者目的不在為風情傳世，而是說明武松本來在衙門當差，是個知法、執法、守法的人。武大的冤情本要循法律途徑，以懲元兇，誰知官員受賄，政府無能，在不得已的情形下，才自己訴諸武力。此乃在說明人民對政府的失望也。惟其如此，所以爾後又有楊雄殺妻的一段，可謂前後相映之筆也。

尾語

以上事例不過略舉大端，以徽宗重用高俅言，足以說明用人之不當，恒為肇亂之始；高衙內欲強占部屬之妻，顯示綱常廢弛，道德淪喪；鄭屠戶之高利盤剝、欺凌弱女，及周通欲占民女為妻，暴露了社會惡勢力之可怖；晁蓋等人智劫生辰綱，旨在說明人民對斂財貪官極端不滿；楊志復官受辱，表現了官箴無常及權勢逼人；蔣門神強取豪奪他人產業，表示社會但講強權、不論公理；武松之被迫殺嫂為兄報仇，楊雄之殺妻洩恨，充分顯示政府的無能，只好自行訴諸武力……這一切的一切都是民間的疾苦、心中的怨恨，人們雖無力以自救，而心中卻多麼期盼著有些為民救世除害的英雄出現！所以將一些原屬草澤的匪盜，以其尚有若干俠義事蹟，便漸漸姑隱其惡、且揚其善，由匪盜而英雄了。是以水滸的故事何以廣受歡迎、久譽不衰之理，則不言自明矣！

（註一）有關「意識」問題之詮釋，詳見作者另著之〈三國演義的主題意識〉及本書之〈西遊記的主題意識〉。
（註二）詳見本書之〈水滸的事蹟、作者與版本〉。
（註三）同右。
（註四）同註一。
（註五）宋時結隊運輸運資者為「綱」，生辰綱即運輸生辰禮物的隊伍。

宋江如何由盜首而英雄

引言

在歷史上，宋江是為害國家的流寇，禍延社會的強盜，在小說中，卻是個疏財仗義的英雄，替天行道的豪傑！這兩者之間實有著遙遠的距離。

作者能將以宋江為首的三十六名大盜蛻變為三十六天罡星，另加七十二名地煞星，而成為眾所喜愛的一〇八條好漢，不能說不是一項偉大的創作——雖然這其間曾經過漫長而複雜的蛻變過程，並非完全出於施氏一人之手筆，而施氏在增益、潤飾、編纂方面所付出的心力，以及若干部份所表現的創作才華，依然值得我們欽佩。

就小說中的宋江而言，論社會地位，只是一名縣衙的書吏，論家庭財富，不過中產階級，但後來他竟能統御許多意氣豪邁的草澤英雄，和武藝高強的朝廷命官，創下了數萬官兵不敢正視的浩大場面，作者對此一核心人物的經營，可謂付出了無窮的心血，故其間頗有許多值得我們玩味和鑽研的地方。

吾人皆知，小說構成的要素為主題、故事、人物。而小說之成敗，又以人物創作之是否成功為重要關鍵。在古今中外的文學名著中，其因人物之成功而傳世者頗不乏例；村野文盲雖不曾讀過《三國演義》，卻無人不知關羽之義、張飛之勇、孔明之智、劉備之仁、曹操之奸；三尺頑童，雖不曾讀過《西遊記》，卻無人不知孫悟空的神通廣大和豬八戒的好吃懶做；今之青年男女，雖不曾讀過《紅樓夢》，也無人不知賈寶玉是個多情不專的公子，林黛玉是個癡情而又多疑的病美人。因此，人物的刻劃，常是小說家寫作的重心。

小說中的人物，有的係憑空塑造，有的係取材於歷史人物。前者作者有充分的創作自由，只要作者具有豐富的生活經驗、人生閱歷、傑出的表現技巧，即可創造出一個生動有靈有肉的人物。後者則不然，雖有真實人物作張本，卻往往要受到史實的拘束。一般小說讀者雖無意過問歷史，但有些學者則不肯放過歷史的印證，所以羅貫中的三國人物常受到不同意見的批評，或謂過於誇張歪曲，或謂過於拘泥保守，無論從左從右看，都難得到讀者滿意的認同，而純出於吳承恩自由創作的孫悟空，所受到的則是一片讚美之聲。因此，以歷史人物用之於小說，就必須以加倍的心血來經營，尤其施耐庵要以深烙人心的盜匪，蛻變為俠義豪邁的英雄，就如同已經污染的布匹，首須將其污漬滌除，才能再加印染著色，所需功力之巨，自不待言，那麼我們就來分析一下，作者是以怎樣的手法，將宋江塑造成一個眾所擁戴的英雄！

疏財仗義的英雄形象

作者要為宋江在人們心目中塑造的第一形象是：仗義疏財，扶困濟貧。

江湖中最受讚揚的是仗義疏財、扶困濟貧，此為江湖豪傑所具備的第一要件。蓋仗義者必能除暴安良，向惡勢力挑戰，路見不平，拔刀相助，寓有扶弱鋤強之意；而疏財者必能扶困濟貧，急人之急，自能交到一些朋友，使人感激零涕。而且為英雄者勢必輕財戒貪，如果財迷心竅，一味貪歛，則與貪官污吏又何異？所以作者筆下的宋江，首先予人印象深刻的有兩件事：第一是甘冒身家性命的危險，親自走告結夥劫財的晁蓋，要他立刻棄家逃命，此舉堪作仗義的寫照；第二是後來晁蓋著劉唐賚黃金百兩，以酬救命之恩，他僅祇收下黃金十兩，聊表領謝之心意，餘者皆予退還，不為巨金為動，並且旋又欲以此金轉贈一個不相干的人，給人家作棺材之費，送終之資。此舉堪作輕財的寫照。

接著，作者又為宋江寫出一段因風月而殺人的故事。那便是宋江怒殺閻婆惜！

宋江與閻婆惜素昧平生，緣自婆惜喪父無力發送，王媒婆就領她母女來向宋江求告，宋江當即施棺一具，並白銀十兩，作為閻老兒安葬之用，閻母嗣得知宋江尚無妻室，就主動將女兒送予宋江作外室，不久閻婆惜卻與張文遠私通，冷落宋江，宋江本非酒色之徒，原不甚在意，只是閻婆惜扣壓了晁蓋寄來的書信和那十兩黃金，要以此告官，乃激怒得宋江一刀將她殺了。作者寫這段故事至少含有三層用意：第一、為宋江的流亡生活揭開序幕；第二、為其扶困濟貧的義舉作一寫照；第三、側寫江湖人物寧可殺人而犯罪，不肯示弱而屈膝的性格。

江湖人物的另一性格是愛交朋友，因須多友才能發生力量。尤其欲居領導地位者，更須廣結天下英豪，並急人之急，才能收買人心博得盛譽。

江湖人物率多亡命之徒或窮困之輩，前來投奔者，不是犯下殺人越貨的勾當請求匿身藏命，就是貧病交加沒了盤纏請求救濟。無論何人在何種情況下到來，都必須欣然接納，才算善盡江湖義氣；武松貧病交加在柴進家一住經年，柴進不拒，所以柴大官人的盛名遠播，江湖崇敬；王倫原是梁山之王，前因林沖來投推三阻四，後因晁蓋等來奔不肯接納，以致葬送了性命。

宋江乃是一介書吏，縱然家財中資，也會些刀棍拳腳，論實力，在江湖上本只有充當一名小小角色的資格。然而，他卻心懷「替天行道」的大志，這就非得結集江湖眾人的力量不可。江湖人物既然性好交友、講究義氣相投，所以宋江便在交結朋友方面特別深下功夫。

廣交江湖朋友，固然無錢難以達成，無名也不足以號召，「知名度」亦很重要。而聲名的建立，殊非一朝一夕的事，通常必須自鄉梓的善行開始。而施捨棺木，散發藥材，是最為人所稱道的義舉。所以當閻老兒去世，閻氏母女無力發喪時，王媒婆便領著二人慕名來找宋江，街頭賣湯水的王老兒，宋江也許下贈送一具棺材為其送終。

諸此皆為正面的著筆。當然僅此筆墨尚不足以將宋江的人格美化，及將其名譽提升到最高峰。但是，類此正面用筆不宜太多，因而作者再佐以若干迂迴的筆墨。例如第三十一回宋江別了柴進和武松投奔清風寨，途中被清風山的嘍囉所捉，本要剖腹挖心給三位大王作醒酒湯，正當小嘍囉以冷水澆面，即待下手時，宋江自嘆道：「可惜宋江死在這裡。」只此一言，為首的大王燕順便親解其縛，推金山倒玉柱，納頭便拜。接著二大王王矮虎、三大王鄭天壽都一一禮拜。是為迂迴的手法之一。其後，燕順等決定追隨宋江一同投奔梁山。一日途中口渴腹飢，到店中沽酒吃肉，以店中座位不多，而石勇一人卻獨占一副大座，就著店家央請挪換小座，石勇強橫傲慢，大罵店家，執意不肯，燕順按奈不住，幾乎動武，石勇因道：「我自罵他，要你多管，老爺天下只讓兩個人，其餘的都把來當腳底下的泥。……我說與你，驚得你呆了；一個是滄洲橫海郡柴世宗的子孫，喚做小旋風柴進柴大官人的……這一個又奢遮！是鄆城縣押司山東及時雨呼保義宋公明。老爺只除了這兩個，便是大宋皇帝也不怕他。」

到了三十五回，描寫李俊如何識得宋江，又另是一種手法。

話說宋江自在店中遇到石勇，獲得家書，立即回家奔喪，不意到了家中，父親竟然健在。原來是宋太公恐怕宋江流落江湖，與人結黨滋事肇禍，乃命宋清假傳家書，要他回家奔喪，就命他去衙中自首。領了罪刑（註一），以便刑滿回家平安度日。因在衙中使錢打點，方獲配江州。一路上雖有梁山之險，卻也順利來到江洲附近的揭陽嶺，這日腹中飢餓，入店打尖，不幸被店家使蒙汗藥將宋江與公人一齊迷倒，綑在作房，只等伙計歸來，就要結果性命。不意這時卻來了李俊、童猛、童威等三人，也來買酒解渴，因說起聞得人言，宋江要配充江洲，連日四處守望不曾見得，問店家可見到發配的罪犯麼？店家坦承恰有兩個公人一名犯囚被迷倒在後面，李俊等入內相看，卻不認得，原來李俊等只是久慕宋江之名而已，並不曾謀面，後經取出公人文書，方才證實便是宋江。足見宋江在江湖上名聲之大，眾人仰慕之殷。不但此也，連一向傲慢江湖的魯智深心中都有景慕之意。

話頭是這樣引起：事見第五十七回。話說武松、楊志、魯智深等計議要打青州。楊志道：「若要打青州，須用大隊人馬，方可得濟。俺知梁山泊宋公明大名，江湖上都喚他做及時雨宋江……孔亮兄弟，你卻親身星夜去梁山泊請下宋公明來併力攻城，此為上計……。」魯智深道：「正是如此。我只見今日也有人說宋三郎好，明日也有人說宋三郎好，可惜洒家不曾相會。眾人說他的名字，聒得洒家耳朵也聾了，想必其人是個真男子，以致天下聞名……。」

另一段事蹟見於第六十四回。宋江背上羅患怪病，眾人計議，惟有去建康請來神醫安道全，方期有望。便著張順賚備重金前往禮聘。張順失察，在江中被人做了手腳，幸得水性良好，不曾淹死，深夜上得岸來，投奔一酒店，求救老丈。說明來歷。老丈道：「漢子，你從山東來，曾經過梁山泊麼？那山上宋頭領，不劫來往客人，又不殺害人性命，只是替天行道。老漢聽說，宋江這夥，端的仁義，只是救貧濟老，那裡似我這裡草賊！若待他來這裡，百姓都快活，不吃這夥濫官污吏薅惱。」

後來張順尋得安道全，他也滿口稱讚宋江為「天下義士」。這也是作者用心點染之筆，其例尚多，不再列舉。

道義、謙沖、愛才、忠孝

宋江在江湖上何以能博此美譽？疏財仗義固為原因之一，然僅此一端猶不克臻此也。因而我們細加推敲，便不難發現還有其他因素存在。茲舉數例以證。

第一是善攬人心會交朋友。江湖人物講究一個義字。而義氣的激發，恆須以情字作基礎；彼能待我以情，我便報之以義。所以情義二字往往偕行併用。然此情不是男女的私情，沒有兩性相吸的因素在內；也不是家族的親情，沒有血統的因素在內。它只是朋友間的友情，其凝結和激發的要素，端在講道義結人心。

江湖人物多粗獷而感性，一根腸子到底，只要彼此意氣相投、肝膽相照、蹈湯赴火、兩肋插刀，拋頭顱、灑熱血，均在所不計。否則，一言不合，便要拔刀相向。

在《水滸傳》中，宋江是江湖盟主，眾所擁戴的英雄，但真正的刎頸知己，恐怕要首推李逵。李逵的心性，可謂典型的粗獷感性人物，是最徹底投桃報李的人。

宋江與李逵的訂交，是宋江被發配到江州牢城以後的事，書中有其精致細膩的描寫。作者採一石兩鳥的手法，一面寫李逵的性格粗鹵，又好賭、又好酒，一面寫宋江如何欣賞他、包容他、賙濟他。縱然李逵使詭計騙他銀兩，以及以後又滋生許多事端，全不在意，到頭來仍以大錠銀兩相贈，其待李逵的豪爽，使得李逵頓有萍水知音之感，雖肝腦塗地，亦不足以報其大恩，所以後來江州劫法場時出力最多，自此追隨宋江無不戮力效命。二人情義反較與戴宗為篤了。交友交心，宋江可算是深知此中秘訣者矣。

第二是謙沖為懷三讓寨主。在儒家傳統的思想裡，主張有才智、有權勢的人，如果為人處世能夠謙沖為懷，那便最受尊敬和推崇了，因而有許多謙讓的故事，流為後世的美談。說部中最為人樂道者，莫過於陶謙與劉備的三讓徐州。不知是否巧合？還是羅貫中果然有參與此書的說法（註二），宋江亦是三讓梁山寨主之位。第一次是甫投梁山之際，晁蓋要他掌領山寨，宋江執意不肯。以當時情勢而言，宋江在江湖上聲望之隆，晁蓋實無法與之比擬，何況山寨中的諸路英雄都是慕宋江之名而歸，宋江所具之實力，晁蓋何能望其項背，但宋江堅持「後不僭先」。其後，晁蓋於曾頭市一役中箭身亡，眾議山中不可一日無主，宋江又推辭至再，聲聲要遵晁蓋遺言，誰能擒得史文恭，報此一箭之仇，誰即是山寨之王，無奈大小頭領一致推舉，甚至激怒得李逵要廝殺起來，宋江才勉強暫且權從。後來史文恭為盧俊義所擒，宋江便又有讓位於盧。盧雖為河北富豪，武藝出眾，頗負盛名，但他畢竟初附梁山，貢獻有限，尤缺群眾基礎，自是不宜居此高位，怎奈宋江堅讓，方又衍出雙雙出擊的事；二人領兵分別去攻打東平與東昌，誰先破城，即為山寨之主，宋江原擬欲使盧俊義先行建功，乃自擇難以攻破的堅固城池，誰知到頭來還是自己先行破城，這才服從眾議，掌領梁山的兵符了。綜此而論，宋江的三讓梁山，豈非與陶、劉的三讓徐州前後比美乎！

第三是愛才如渴禮賢下士。舉凡有政治野心的人，無不深知人才的重要；蓋政治勢力之獲得，必須得力人才的襄助，尤其革命創業的人，其事業更須他人的頭顱熱血和心力智慧來凝結。

人才的獲得不外發掘與培養。然而往日培育人才的觀念並不發達，比較著重於人才的發掘。一旦人才發現，便如獲至寶，乃衍出許多憐才愛才的故事。

劉備的天下得力於諸葛亮的運籌帷幄，這是舉世公認的事實；諸葛效命劉備三十年，鞠躬盡瘁，死而後已，也是最佳的忠臣風範。劉備何其有幸，獲此良才，得此忠臣，此無他，禮賢下士有以致之也。舉凡才智卓越的人，多生傲骨，倘以權勢壓之，不能待之以禮，必不能為用，曹操傲慢禰衡，招來羞辱就是一例。反之，劉備對諸葛亮禮遇有加，方臻於如魚得水之境。宋江乃權謀之士，必熟知三國故事（註三）起而效法也。所以宋江一見武松就愛護有加，出入攜手，同榻而眠。以及以後收伏各路降將亦莫不親解其縛，禮為上賓。所以一個個才肯為宋江效力賣命也。

第四是力塑忠臣孝子形象。忠臣與孝子是我國倫理中做人最高的規範。此二德行雖涵義有別，卻常為人結為表裡，認為凡屬忠臣必出於孝子之門，易言之，凡在家為孝子者，入仕必屬忠臣。忠臣與孝子是最受社會所尊敬和標榜的。岳飛名傳千古，就是由於他兼具了忠臣孝子的兩種德行。事實上若論武功，他只是一個失敗的英雄，若論對國事的盡忠，在我國數千年的歷史中又何知凡幾，渠之所以名垂青史，被後人尊為最偉大的民族英雄者，厥為其兼具忠臣與孝子之兩種德行耳。

國人既然如此重視這兩種德行，因此小說家如果想要塑造一個人所景仰的英雄，這兩種德行就不能忽略。何況宋江本是群盜之首，貽害黎民社會者甚多，要想將他轉幻為人所景仰的英雄，此二德行的闡揚就更不可或缺了。惟其如此，所以宋江在得知父喪的家書時：「宋江讀罷，叫聲苦，不知高低；自把胸脯捶將起來，自罵道：『不孝逆子，做下非為！老父身亡，不能盡人子之道，畜生何異！』自把頭去壁上磕撞，大哭起來……。」（第三十四回）

事實上，宋江之父並未身亡，只緣宋江因故殺了情婦閻婆惜後逃亡在外，宋父恐他久滯江湖，不能自拔，乃命宋清修書將他騙回，要他去衙門投案，了此官司，以後可以安份度日。宋江如言，縣衙自首，從輕發落，杖脊二十，發配江州。臨行時又頻頻叮囑宋清：「兄弟，我此去不要你們憂心。只有父親年紀高大，我又累被官司纏擾，背井離鄉而去；兄弟，你早晚只在家侍奉，休要為我到江州來，棄擲父親，無人看顧……。」（第三十五回）

後來道經梁山，為劉唐所阻，要殺公人，解救宋江。宋江向劉唐道：「這個不是你們兄弟抬舉宋江，倒要陷我於不忠不孝之地。若是如此來挾我，只是逼宋江姓命，我自不如死了！」說著就要自刎。

及達梁山，見了眾家兄弟。范榮道：「如何不與兄長開了枷？」宋江又道：「賢弟，是什麼話！此是國家法度，如何敢擅動！」眾人一再留他在山，他對晁蓋說：「兄這話休題，這等不是抬舉宋江，明明的是苦我。家中上有老父在堂，宋江不曾孝敬得一日，如何敢違了他的教訓，負累了他……臨行之時，又千叮萬囑……小可不遵隨順了，便是上逆天理，下違父教，做了不忠不孝的人在世，雖生何益？如不肯放宋江下山，情願只就眾位手裡乞死！」（第三十五回）宋江的孝子形象，作者以畫龍點睛的手法，可謂塑造得十分完美矣！

關於宋江的孝子形象的塑造，已析如前文，但是忠臣的形象卻未顯現出來。而且宋江的行為不但不忠於君國，抑或叛君禍國，洵屬南轅北轍，如何以此「負面」變為「正面」，頗為周章，如果這是一本純屬創作的小說；說白道黑，悉聽尊便。然宋江等三十六盜確有其人，而宋室江山也是一二百年後才淪亡於金人之手，鐵般的歷史不能竄改，所以作者才只有另出絕招，說甚麼宋江等落草為盜是時勢環境所迫；他們身在梁山，卻心存宋室，他們殺人越貨，是替天行道，他們雖抗拒官兵，卻時時企盼朝廷招安。

第三十一回武松送別宋江時，宋江說：「兄弟，你只顧自己前程萬里，早早到了彼處。入夥之後；少戒酒性。如得朝廷招安，你便可竄掇魯智深、楊志投降了。」

第五十五回宋江等設計將金鎗手徐寧賺上山來，宋江對徐寧說：「見今宋江暫居水泊，專待朝廷招安，盡忠竭力報國，非敢貪財好殺、行不仁不義之事……。」

第五十七回呼延豹被擒，宋江親解其縛說：「小可宋江怎敢背負朝廷？蓋為官吏污濫，威逼得緊，誤犯大罪；因此權借水泊裡暫時避難，只待朝廷赦罪招安。不想起動將軍……倘蒙將軍不棄山寨微賤，宋江情願讓位，與將軍；等朝廷見用，受了招安，那時盡忠報國，未為晚也。」

第五十八回宋江告稟宿太尉說：「宋江原是鄆城縣小吏，為被官司所逼，不得已哨聚山林，權借梁山水泊避難，專等朝廷招安，與國家出力……。」

第七十回宋江等攻破東平、東昌兩城，凱旋回山後，心中大喜，說：「宋江自從鬧了江州，上山之後，皆託賴眾兄弟英雄扶助，立我為頭。今者，共聚得一百八員頭領……端的古往今來，實為罕有！從前兵刃到處，殺害生靈，無可禳謝。我心中欲建一羅天大醮，報答天地神明眷佑之恩，一則祈保眾兄弟身心安樂；二則惟願朝廷早降恩光，赦免逆天大罪，眾當竭力捐軀，盡忠報國，死而後已。」

尾語

由以上的剖析，我們可以得知，作者是如何處心積慮地將江湖豪傑各種優美的德行與形象都加諸於宋江一身，使他成為一個疏財仗義、扶困濟貧、謙沖為懷、愛才如渴、禮賢下士、集忠臣與孝子於一身的人。試問世間若果有這樣的強盜，又怎能不為世人所喜愛，而目之為英雄呢？因此，本書無論是出於施氏一人之手，或是綜合了多人的創作，總之，它確實展現了小說人物創作的才華。

（註一）宋江之亡命江湖，是因為怒殺了情婦閻婆惜。

（註二）《水滸傳》一書有羅貫中也曾參與編纂的說法，詳見本書之〈水滸的事蹟、演變和版本〉。

（註三）《三國演義》一書雖著於明代，但三國故事卻在我國民間流傳已久，宋時「說三分」極為流行。

悲劇英雄話宋江

凡是《水滸傳》的讀者，莫不讚賞本書的成就，就連恃才傲世的文壇怪傑金聖歎也說：「天下之文章，無有出水滸右者，天下之格物君子，無有出施耐庵先生者。」

水滸一書成就是多方面的，為世所尊，洵非偶然。而其中人物描寫，尤為翹楚，諸如武松、魯達、李逵、林沖等等，一個個都是響噹噹的人物，固為不爭的事實，但細細品評，最難寫而又最成功的當推梁山之首的宋江。

何以說宋江是最難寫而又最成功的人物？因為宋江人格多重性格複雜，故曰最難寫；而作者以此終能寫出一個真正悲劇人物，故曰最成功。

何以見得宋江有著多重人格和複雜的性格呢？君不見他既一心要作忠臣孝子，日盼招安，替天行道，卻又交結江湖，私放要犯，怒題反詩，攻城劫舍，抗拒官兵；他一方面廣結人心，召納英豪，培植勢力，以遂壯志，另一方面卻又頻頻謙讓，不肯坐那第一把交椅。他的人格和性格豈不複雜？謹縷析如次，以供欣賞。

一心一意忠孝雙全

宋江怒殺閻婆惜後，閻母一狀告到縣衙。宋江雖是本衙刑案書吏，犯下人命官司，知縣也不得不下令拿人。由於都頭朱仝、雷橫兩人都與宋江私情甚篤，故只虛張一番聲勢而已。尤其朱仝在地窖中義釋宋江，囑其設法逃走一節，更使得宋江心存感激，和父親兄弟商議道：「今番不是朱仝相覷，須吃官司。此恩不可忘報。如今我和兄弟且去逃難，天可憐見，若遇寬恩大赦，那時回來，父子相見。」

臨行又頻囑家中莊客：「早晚殷勤伏侍太公，休教飲食有缺。」此非一派孝子口吻！後來宋清已回家中，宋江一人原擬浪跡江湖，廣結天下豪傑，不意一日卻忽得石勇寄書。我們且摘錄一些原著，看看宋江的孝子形象：

宋江接來看時，封皮逆封著，又沒「平安」二字。宋江心內越是疑惑，連忙扯開封皮，從頭讀至一半，後面寫道：「……父親於今年正月初頭，因病身故，見（現）今停喪在家，專等哥哥來家遷葬。千萬千萬！切不可誤！弟清泣血奉書。」宋江讀罷，叫聲苦，不知高低；自把胸脯捶將起來，自罵道：「不孝逆子，做下非為！老父身亡，不能盡人子之道，畜生何異！」自把頭去壁上磕撞，大哭起來，燕順、石勇抱住，宋江哭得昏迷，半晌方才甦來。

宋江回到家鄉，有人告訴他其父健在，回到家中，莊客也說：「太公每日望得押司眼穿，只才吃酒回來，睡在裡面房內。」宋江聽了大驚，撇了短棒，逕入草堂上來。只見宋清迎著哥哥便拜。宋江見他果然不戴孝，心中十分大怒，便指著宋清罵道：「你這忤逆畜生，是何道理！父親見今在堂，如何卻寫書來戲弄我？教我兩三遍自尋死處，一哭一個昏迷。你做這等不孝之子！」宋清卻待分說，只見屏風背後轉出宋太公來，叫道：「我兒不要焦躁。這個不干你兄弟之事，是我每日思量要見你一面……又怕你一時被人攛掇落草去了，做個不忠不孝的人……」

宋太公此際詐書召回宋江的另一個原因是：皇上新立太子，減刑天下，宋江殺人之罪已被減輕，後來果然只受杖脊及發配江州之刑。我們再來看看作者又如何以此著墨來描寫宋江的孝子形象：

當下兩個公人領了公文，監押宋江到州衙前。宋江的父親宋太公同兄弟宋清都在那裡等候；置酒管待兩個公人，齎發了些銀兩……宋太公喚宋江到僻靜處叮囑道：「我知江州是個好地面，魚米之鄉，特地使錢買將那裡去。你可寬心守耐……你如今此去，正從梁山泊經過，倘或他們下山來勢奪你入夥，切不可依隨他，教人罵做不忠不孝。——此一節須牢記於心！孩兒，路上慢慢地去。天可憐見，早得回來，父子團圓，兄弟完聚！」宋江灑淚拜辭了父親……囑咐兄弟道：「我此去不要你們憂心，只有父親年紀高大，我又累被官司纏擾，背井離鄉而去，兄弟，你早晚只在家侍奉，休要為我到江州來，棄擲父親，無人看顧。我自江湖上相識多……盤纏自有對付處。天若見憐，有一日歸來也！」（第三十五回）

這些都是作者積極致力塑造宋江孝子形象之筆。而由此事件，又側寫宋江的知理與守法。

話說宋江發配江州，梁山兄弟得知，就在幾處路口埋伏，意欲殺了公人，劫他上山入夥。宋江一行果然遇到劉唐所率領的一批嘍囉。劉唐就要殺害兩個公人，宋江將劉唐手中的刀騙過來後說：「這個不是你們兄弟抬舉宋江，倒要陷我於不忠不孝之地。若是如此來挾我，只是逼宋江性命，我自不如死了！」說罷就把刀喉下自刎。劉唐急急奪下刀，宋江道：「你弟兄們若是可憐見宋江時，容我去江州牢城聽候限滿回來，那時卻待與你們相會。」

稍後，他見到花榮與吳用，花榮即吩附去其刑枷。宋江道：「賢弟，是什麼話！此是國家法度，如何敢擅動！」吳用笑道：「我知兄長的意了。這個容易，只不留兄長在山寨便了……略請到山寨少敘片時，便送登程。」宋江方允上山，到了山寨，晁蓋及眾頭領又要留他，晁蓋道：「仁兄直如此見怪？雖然仁兄不肯要壞兩個公人，多與他些金銀，發付他回去，只說我梁山泊搶擄了去，不到得治罪於他。」宋江道：「兄這話休題！這等不是抬舉宋江，明明的是苦我。家中上有老父在堂，宋江不曾孝敬得一日，如何敢違了他的教訓，負累了他……臨行之時，又千叮萬囑，教我休為快樂，苦害家中，免累老父愴惶驚恐。……小可不爭隨順了，便是上逆天理，下違父教，做了不忠不孝的在世人，雖生何益？如不肯放宋江下山，情願只就眾位手裡乞死！」說罷，淚如雨下，便拜倒在地。（第三十五回）

由此可見，宋江一心只要做一個「忠孝兩全」的人，寧可前往服刑，不願中途易志。

心中時時企盼招安

梁山眾英雄，除了早期的晁蓋等七人是自蹈法網，甘願上山落草者外，爾後陸續上山入夥者，多出無奈，故世有「逼上梁山」之說。諸如林沖、楊志、秦明、花榮、呼延豹、徐寧、關勝、盧俊義等等，事例都很明顯，至於宋江，從前引原文中我們知道他寧死也不肯上山的，後來卻終上山，其間被迫無奈的過程，作者將他寫得更是曲折無限。

史實上的宋江，是纍盜之首，與小說中逼上梁山的英雄大異其趣。作者何以要背叛史實？乃是由於歷來的說書人、劇作家，乃至聽眾和觀眾都希望這批人是英雄，作者也就不得不循情悅眾，從善如流了。

宋江之上山落草，縱如小說家者言是「情出無奈」，但據山聚眾，抗拒官兵，總是事實。

「忠孝雙全」是中國人做人最高的道德標準，這種儒家思想綿延恆長，一個違背倫常的人欲得眾人崇拜絕不可能。占山為寇與忠孝雙全是背道而馳的，如何將這背道而馳的事實，作為一百八十度的轉變。作者便不能不費一番苦心經之營之，且舉例以證：

△第三十一回，武松和宋江分投二龍及清風寨，二人話別時，武松要再送宋江一程，宋江拒道：「兄弟，你只顧自己前程萬里，早早到了彼處。入夥之後，少戒酒性，如得朝廷招安，你便可攛掇著魯智深、楊志投降了，日後但是去邊上一刀一鎗，博得個封妻蔭子，久後青史上留得一個好名，也不枉了為人一世。我自百無一能，雖有忠心，不能得進步……。」

△第五十五回因破「連環甲馬」，設計將雙鎗將徐寧騙到山寨入夥，徐寧對陽隆說：「卻是兄弟送了我也。」宋江執盃向前陪罪道：「見（現）今宋江暫居水泊，專待朝廷招安，盡忠竭力報國，非敢貪財好殺、行不仁不義之事。萬望觀察憐此真情，一同替天行道。」

△第五十七回，梁山人馬擒得呼延豹後，回到寨中宋江即命快解繩索，親自扶呼延豹上帳坐定，拜見。呼延豹道：「何故如此？」宋江道：「小可宋江怎敢背負朝廷？蓋為官吏污濫，威逼得緊，誤犯大罪；因此權借水泊裡暫時避難，只待朝廷赦罪招安……倘蒙將軍不棄山寨微賤，宋江情願讓位與將軍；等朝廷見用，受了招安，那時盡忠報國，未為晚也。」

△第五十八回，宋江為攻青州不下，特將進香太尉劫持，假其衣冠扮作太尉，以賺城池，宋江對宿太尉告稟道：「宋江原是鄆城縣小吏，為被官司所逼，不得已哨聚山林，權借梁山水泊避難，專等朝廷招安，與國家出力。」

△第七十回梁山人馬自東平，東昌凱歌而回後，宋江心中大喜，要建醮贖罪並祈平安，宋江說：「……我心中欲建一羅天大醮，報答天地神明眷佑之恩，一則祈保眾兄弟身心安樂，二則惟願朝廷早降恩光，赦免逆天大罪，眾當竭力捐軀，盡忠報國……。」

前者，作者亟急於要將宋江塑造為一個孝子，後者，不時揭示宋江心存宋室，期期企盼招安！暗示為忠臣。

忠孝包袱步入淪亡

毋容諱言，作者在這方面的努力是成功了；在一般聽眾、觀眾和讀者的心目中，宋江確已塑成「忠孝雙全」的形象，故為眾所喜愛的英雄。

然而，明眼人都知道：他既非孝子，尤非忠臣！

因為在儒家傳統的倫理道德中，忠臣與孝子乃一事的兩面，如非忠臣即非孝子，蓋未聞有賊子而能稱孝者，亦未見有逆子而能作忠臣者！

宋江據山聚眾，抗拒朝廷，豈能算忠？他之口口聲聲等待招安，替天行道，以及將「聚義廳」改為「忠義廳」，都不過是作者為他爭取口彩而已，於事何補？

宋江將老父和兄弟接到梁山，使老父背井離鄉，受驚駭、捱罵名，豈是孝子的行徑；衣錦還鄉，光耀門楣，著有善行美譽，才能使老父臉上增光，那才是孝行的一種。

所以宋江的人格是複雜的、性格是矛盾的，他在自己所編織的羅網中掙扎，最後還是力竭而亡！

古今中外的歷史中，草澤英雄而為帝王者，並不乏先例，他們之所以成功，是他們心中不存有「忠孝雙全」的包袱，因此，宋江的失敗是無疑的，梁山一百多位好漢被他領導步向失敗命運而不自覺，也是一件可歎的事。

莎士比亞的戲劇以悲劇馳名，而其悲劇又以命運的悲運稱著。夫命運的悲劇又無不是性格所造成。是以施耐庵先生寫宋江這個人物，也是很成功地完成一齣命運的悲劇了。

水滸英雄數武松

舉凡一部偉大的文學作品，它的內涵與成就總是多方面的，不特予一般讀者有「看山是山，看水是水」的感覺，就連一些專攻文學的學者，也很難以三言兩語將它們說得透徹完整。

一般而言，《水滸傳》在人物描寫方面的成就是世所公認的，聚集於梁山的好漢們，不但受到廣大讀者的喜愛，就連那些搖頭晃腦的學究們，也不時發出讚美感歎聲，此種成就殊非等閒。

水滸人物的成功，端在人物性格的鮮活，而且各有不同。儘管我們可以將某些人物歸屬於那一類，然若細細評析，卻會發現其間同中有異，異中有同。

水滸人物的性格都是藉故事來烘托，每一人物在扮演自己的故事時，個人的性格也就很自然地流露出來。而讀者在閱讀故事之後，腦中不但充滿故事情節，也留下一個個鮮活人物的形象。因而乃造成人人皆好漢、個個是英雄的印象。

英雄條件與性格

所謂英雄也者，原無明確的定義，有謂「人才出眾者」謂之英雄，也有謂「賢明豪邁者」謂之英雄。尺度寬嚴很難界分。依筆者拙見：其為英雄者，不但應有英雄的條件，也當有英雄的性格。

在條件方面：

第一、其為英雄者，必須有卓越的才能；文能治世，武能救國，文韜武略兼而俱備者是為上選。東漢末年，群雄並起，互爭天下，人才濟濟，可謂一時之盛，而曹操對劉備說：「天下英雄唯使君與操耳。」足見其懸的之高。當然以描寫草澤英雄的《水滸傳》，自不宜以此尺度為量才的標準。草澤英雄的個人武功必須高強，才能有拳打天下，威鎮江湖的資本，卻也是最起碼的條件。

第二、其為英雄者，須有豐功偉績。英雄之所以為英雄，豐功偉績，殊不可缺。英雄層次的高低，胥以其英雄事蹟的貢獻而定，能造福全人類者，是為世界級英雄，能為國家民族建功立業者，為民族英雄，行走天涯，闖蕩江湖，行俠仗義，為民除害者，為江湖英雄。

第三、其為英雄者，必須人格完美，品德高超，如人格卑鄙，品德敗壞，才能走向必入歧途，則此等人愈是才大藝高，必然貽害更多。才大藝高是構成英雄的要件之一，但才大藝高者卻未必人人都能成為英雄；英雄賊子之分，胥以人格品德是賴，縱然不宜齊之以聖賢，瑕疵的容忍也是有限的。

第四、其為英雄者，必須不貪財不好色。財色為人之大慾，乃考驗情操之關鍵，如英雄一如市儈，如何能受到世人崇拜？尤有進者，凡屬英雄或有軍事政治地位、或有江湖社會地位，若藉此斂財漁色，強取豪奪，此等行徑與匪盜又有何異？故英雄必須不貪財；不貪財，才能疏財，能疏財，方有扶困濟貧的善舉。不好色，好色必傷身，易中美人計，必誤大事。

第五、其為英雄者，必須敢作敢當，光明磊落。民族英雄志在為國家建功立業，社會英雄志在為人民除暴安良。國家不免有國賊祿蠹，社會不免有惡勢特權，如何向他們挑戰，是為英雄的考驗。孫悟空降伏不了的妖怪皆與天庭有關，猶言爾等皆有背景也。故向此等挑戰，須有勇氣，不畏首尾，不計得失。且作風光明，態度磊落，方能得到世人的認同。

次言英雄性格，筆者在拙文〈論孫悟空的英雄形象〉中曾有闡述。一般而言，英雄的性格乃為：不欺善、不怕惡、不怕硬、但怕軟；不怕人欺，但怕人求；不願受拘束，不能受壓抑；自視甚高，自信心強；好名、好勝、好鬥、好狠；不屈服、不妥協；憎恨特權藐視權貴；疏財仗義，扶困濟貧；嫉惡如仇，愛打不平等等，本文擬不再贅述。

英雄點將談魯達

英雄的條件及性格既如前述，準此而論，本書中又有何人堪稱英雄呢？茲析論如次：

首先令人想到的當是魯達。這是作者著力甚多，頗為讀者所喜愛的人物，他生性耿介、性情急躁、心地善良、外形粗獷、疏財仗義、急人之急……他具備了若干英雄的條件和性格。作者用了許多情節來突出這些條件，強調這些性格；魯達與讀者初見，是出現於史進訪覓王進之時，因聞史進之名。一見如故，邀同飲酒。途遇史進師父李忠，正在街頭賣藝，又邀李忠同往，李忠欲待演練完畢，收場再去，魯達不耐，竟將觀眾一推一交，罵道：「這廝們夾著屁股眼撇開，不去的洒家便打！」在酒肆中，聞得鄰室傳來哭聲，又呵斥酒保。得知是金氏父女受屈困，一面賚發盤纏，一面就去找鄭屠戶算帳。三拳打死鄭屠戶，為地方除去一害。

魯達原是經略府的提轄，為救金氏父女，闖下殺人大禍，他並不後悔，卻從此苦無安身之處，無奈只好到五臺山出家。在五臺山，兩次酒後滋事，大鬧寺院，容身不得，再投東京相國寺，受命看守菜園，一日與潑皮們吃酒演武，喝采聲引來了林沖。由是結識。後林沖被陷充軍，魯達唯恐他途中受害，便暗中隨護，果然在野豬林險遭不測。

作者寫魯達，筆墨雖未集中，卻筆透紙背，俱見功力。唯恐店家向鄭屠戶通風報信，金氏父女受到追趕，就在店內坐了兩個時辰，約莫金公去遠，方才起身。在野豬林救下林沖，因恐公人在途中再生歹意，就一路送近滄洲：「兄弟，此去滄州不遠了，前路都有人家。別無靜僻去處，洒家已經打聽實了。俺如今和你分手，異日再得相見。」俱見其救人救徹，做事有始有終。

魯達的粗獷性格。火爆脾氣，無時不表露無遺。他卻也能粗中有細，風趣詼諧。消遣鄭屠戶，智服小霸王，皆相映成趣。論氣力，他能倒拔楊柳，論武藝也屬一流，所以他是一個頗為討好的人物。

搶眼人物話李逵

另一個非常搶眼的人物是李逵。他一出場作者就特別著力用了幾段不同的情節來描寫他的性格。他的故事是自強人借貸與人吵架開始。他好酒又好賭。吃酒不耐煩小盃，要用大碗，吃肉用手抓，吃魚連骨刺。能有錢賭，酒也不吃。賭錢要作莊，輸急了搶錢又打人。

李逵與宋江的相識，是緣於戴宗的介紹，但以後二人的情份卻過於戴宗。宋江很能掌握李逵的個性，李逵很感戴宋江的豪爽大方。聞得宋江想吃鮮魚，就去江邊取討，討之不得，即行搶奪。飲酒間賣唱女郎打擾了談興，又出手傷人，處處表現了惹事生非的性格。

宋江、戴宗問斬，梁山兄弟來劫法場，鑼聲一起，「卻見十字路口茶坊樓上一個虎形黑大漢，脫得赤條條的，兩雙手握兩把板斧，大吼一聲，卻似半天起個霹靂，從半空中跳將下來，手起斧落，早砍翻了兩個行刑的劊子……」這人便是李逵。以後攻打無為軍，也是他出力最多。為了宋江想吃鮮魚，他與人大打出手，為了救宋江性命，他殺人最多，他對宋江最忠實、最崇拜，但對宋江三番兩次讓位，卻最不耐煩：「我在江州捨身拚命，跟將你來，眾人都饒讓你一步！我自天也不怕！你只管讓來讓去做甚鳥！我便殺將起來，各自散火！」（第六十七回）

李逵心直口快，不肯做假。他可算得上是宋江的心腹，雖是粗人，卻頗了解宋江的心事，而他的口無遮擋，常使宋江難堪：「哥哥休說做梁山泊主，便做了大宋皇帝卻不好。」（第五十九回）

允武允文說林沖

梁山人物眾多，或出身江湖草澤，或出身軍中行伍、或出身鄉紳地保，或出身官宦世家，或出身富豪名士，或出身捕快書吏……有文有武，有粗有細。魯達李逵性格類似，都是粗獷一型，若僅舉此二人，自不足概括代表，故宜另以一個較為細緻的人物來加分析，且舉林沖。

林沖原是東京八十萬禁軍教頭，有相當崇高的地位，有豐富的收入，是一份相當不錯的職業，兼有一位年輕美貌的妻子，生活美滿。但命運多變，橫禍忽來。妻子在五嶽廟進香，被高太尉的兒子高衙內發現，加以調戲，並欲染指。鍥而不捨，多次逼姦不成，乃設詭計，使林沖買刀受騙，誤入白虎堂，定下「擅帶武器，擅闖軍機」涉嫌謀反的罪名。面刺「金印」，杖脊發配滄州，在途中又命解差謀害，幸得魯達相救。

林沖有一身出色武藝，也有冷靜頭腦。妻子第一次被調戲時，聞訊趕來，本要開銷那登徒子，「林沖趕到跟前，把那後生肩胛只一扳過來，恰待下拳打時，認的是本管高太尉螟蛉之子高衙內，先自手軟了。本待要痛打那廝一頓，太尉面上須不好看。」（第六回）

第二次妻子被騙到陸家，高衙內正在逼姦，又得林沖及時救下。高衙內逃脫，林沖也只是砸了陸家，尋不著陸虞侯，也就忍氣作罷。

林沖發配滄州，解差薛霸、董超受命在途中結果林沖性命，被魯達所救，林沖尚且代薛、董二人求情。

高衙內一計不成又施一計，差人到滄州，將林沖調派到草料場看守草料，暗中卻使人放火，燒燬草料場，其以葬送林沖。不意林沖外出沽酒，得免於難。此番林沖擒得住陸虞候，才開了殺戒。

打虎英雄論武松

以次略述武松。

武松是作者經營最力的人物，也是讀者最喜愛的人。昔日有種民間藝術「鐵板快書」，就有專門演說「武老二」的。現今流行的七十二回版本《水滸傳》，武松一人就占去十回的篇幅，足見他在書中的份量。作者寫武松，殊見功力。從他在書中出現時開始，一直就以細膩筆觸和頌揚的心態來寫他。

武松的英雄行為，首見於景陽崗醉後打虎。

原來景陽崗近有猛虎傷人，官府賞獵不得，行人受阻，獵戶受杖，武松卻於醉中赤手空拳打死猛虎，於是喧騰地方，成了打虎英雄，並在陽穀縣作了都頭。

武松此行，原是要回原籍清河，探望乃兄武大。不意武大也遷來此間定居，他鄉相遇，甚是歡喜。

武大身小貌醜，卻娶了一位年輕妖艷的潘金蓮，那金蓮是個「為頭愛偷漢子」的淫婦，與西門慶勾搭成姦。武松東京出差歸來，武大離奇而死。查出死因，就到縣衙首告，知縣受賄，不肯受理，武松無奈，才自己了斷，請來街坊鄰舍，訊出口供，先殺了潘金蓮，再打死西門慶，向亡兄祭奠完畢後，然後前去縣府自首。

這縣令原是舉荐武松為都頭的人，雖貪愛金錢，卻也尚惜人才，加以承案孔目曲意斡旋，故只定罪杖脊，發配充軍。武松因配孟州。在孟州受施恩之託，醉打蔣門神，重奪快活林。為施恩出了怨氣，也因而結下冤仇，以致被張都監等陷害為賊，復又獲罪充軍，並使銀賄賂解差，中途結果性命。武松乃打死解差，回去殺了張都監蔣門神等人。武松前配孟州時，道經十字坡，投宿張青孫二娘酒店，得識張青夫婦，此番殺人後，再到十字坡，獲贈度牒袈裟，從此和尚打扮，遂有「武行者」之稱。

梁山英雄屬何人

本書中的人物，除宋江以外，寫得特別出色者，當以魯達、李逵、林沖、武松等為最。前文已將英雄的條件、性格，以及魯達等四人的行誼一一縷述，準此而論，我們再來看看何人堪稱英雄？

仍然先從魯達說起。他的優點很多，諸如：武藝高強、心地善良、急人之急、仗義疏財、不畏強梁、不事妥協、不瞻前顧後、勇往直前；不虛偽、不做作，作事有始有終、救人救徹等等。這都是英雄所應具備的條件與性格，大體而言，魯達一一俱備，但若詳加察析，也不難發現他有如下的缺點：

一、性格過於粗獷急躁，難登大雅。如請李忠同去吃酒，竟不耐稍等片刻，趕走觀眾，擋人財路。

二、毋視官府，缺乏法治精神。聞得金氏父女受屈受辱，即一逕去尋鄭屠戶直接訴以武力，毫無罪該繩法的觀念。

三、敢作不敢當，不夠光明磊落，有失英雄氣概。三拳打死鄭屠戶，見他物故身亡，卻佯言詐死，回到住處，收拾細軟，逃之夭夭，逃避刑責。

四、不耐寂寞，不守清規，在五臺山出家，不能戒葷戒酒，兩次醉後滋事，毀物傷人，鬧得眾僧幾乎要鬨堂而散。

次言李逵。武藝出眾，勇猛過人，心地憨直，口無遮攔，對宋江忠心不二，有若干引人發笑可愛之處，其缺點似乎多於優點：

一、言行過於粗魯。強迫借貸不成要打人，討取鮮魚不得與人大打出手，使漁民損失不貲；不悅賣唱女郎的打擾，又出手傷人，處處惹是生非。粗魯不堪，尤過魯達。

二、賭博賴債，輸錢打人。賭博表現人類對財物強烈的佔有慾及投機倖取的心理，為正人君子之大忌，何況賴債打人！

三、生性殘酷，濫殺無辜，兩吃人肉。江州劫法場，他殺人最多，攻打無為軍，殺人無算。三打祝家莊之役，濫殺曾經請降的扈家老小。故其母被老虎所噬，豈非報應？

四、無行俠仗義之英雄事蹟。草澤人物其被尊為英雄者，端在有無疏財仗義、扶困濟貧，為地方除害之英雄事蹟？李逵除了對宋江的愚忠外，對社會人民並無功德。

再說林沖。武藝高強，儀表出眾，且通文墨，酒後曾賦詩抒懷：「仗義是林沖，為人最樸忠。江湖馳譽望，京國顯英雄。身世悲浮梗，功名類轉蓬。他年若得志，威鎮泰山東。」（第十回）具有多種優越條件，堪稱為一位允文允武的人物，可惜他過於安份現實，沒有為國家社會立功立業的雄心壯志；為了保全祿位，不惜向惡勢力低頭，妻子幾番受辱，竟予容忍，殊乏「頭可斷、血可流、志不可辱」的英雄氣概。

真正英雄是武松

魯達、李逵、林沖等雖具有若干英雄條件，惟缺點亦多，掩去不少光彩，嚴格說來，皆非真正英雄，其能當之不愧者，唯有武松。

武松自亦有其缺點。其一「當初你在清河縣裡，要便吃酒醉了，和人相打，常時吃官司。」（第二十三回）其二殺人太多，從飛雲浦到鴛鴦樓，一殺就是幾十口。但瑕不掩瑜，並無大礙，因為武松出道後未再酗酒滋事；兩次大醉，一次打死猛虎，一次打倒蔣門神。前者為山林之害，後者為社會之害，酒醉除害，不亦宜乎！至於殺人太多，卻也不似李逵的濫殺無辜。而他的許多優點，則益使其英雄色彩增光。

景陽崗醉後打虎，固能顯其英勇的一面，凡是武藝高強者率能臻此，不足為奇。武松之可貴處，第一是他甚重倫理，愛兄敬嫂；武大那般醜陋懦弱，並不見棄；金蓮多方挑逗，不為色動。自古英雄難過美人關，武松卻能峻拒當前美色，不逾禮範。第二是他頭腦冷靜，處事有條不紊，不粗魯急躁。潘金蓮之挑逗，本殊厭惡，未即發作。為嫂不守婦道，出差之前頻頻叮囑乃兄、點撥乃嫂。其後東京歸來，哥哥死於非命，調查案情有條不紊，深得要領。第三是頗有法治觀念。武大冤情大白後，即向縣府首告，希能依法懲兇，以縣官受賄不准狀子，才自行訴之武力，不同一般恃武逞強之輩。第四是作事光明磊落，敢作敢當，殺死姦夫淫婦，祭奠完畢，便毅然到官府自首，無畏刑責，作風何等英勇果敢，人格何等光明磊落！與魯達殺人在逃，豈可同日而語，準此而論，筆者以為水滸英雄武松，諸君為然乎！

魯智深何以大鬧五臺山

救窮人魯達甘犯殺人罪

《水滸傳》中有段熱鬧的故事，為花和尚魯智深大鬧五台山。事出第三回。魯智深俗名魯達，原為滑州種略相公府之提轄，武藝高強，疏財仗義，路見不平，就要拔刀相助。唯性情急躁，愛惹是非。一日在酒肆飲酒，與史進正談得投機，不意間壁傳來婦女哽咽啼哭之聲，擾了他的酒興，就大發雷霆，召責酒保，才知道是兩名賣唱的父女為債務所逼，無力償付，故放悲聲。魯達聽那婦人稟道：「官人不知，容奴告稟：奴家是東京人氏，因同父母來渭州投奔親眷，不想搬移南京去了。母親在客店裡染病身故。父女二人流落在此生受。此間有個財主，叫做鎮關西鄭大官人，因見奴家，便使強媒硬保，要奴作妾。誰想寫了三千貫文書，虛錢實契，要了奴家身體。未及三個月，他家大娘子好生利害，將奴趕出，不容完聚，著落店人主追要原典身錢三千貫。父親懦弱，和他爭執不得，他又有錢有勢。當初不曾得他一錢來，如今那討錢來還他！沒計奈何，父親自小教得奴家些小曲兒，來這裡酒樓上趕座子，每日但得些錢來，將大半還他，留些少女父們盤纏。這兩日，酒客稀少，違了他錢限，怕他來討時，受他羞辱。父女們想起這苦楚來，無處告訴，因此啼哭……。」（第二回）

魯達問清那鄭大官人的底細，竟是州中一名賣肉的屠戶，就將出銀子與父子作盤費，命其速速反籍回鄉。一面去找鄭屠挑釁，故意滋事，痛予毆打。不意拳大手重，三拳竟將他打死，鬧出人命。魯達無奈只得收拾細軟，棄職潛逃，官府廣佈文書，懸賞緝捕。魯達逃到代州，猶不知已被通緝，卻夾於人群中看那緝捕海報！幸得金老兒將他喚走，才未被官兵發現。

原來那金氏父女並未回鄉，在這代州雁門落戶，金翠蓮被當地富紳趙員外收為外室。由是魯達得識趙員外，遂被延至家中款待。無奈官府追捕甚急，不能久留，只得出錢將魯達送到五台山文殊院去當和尚。

魯達在文殊院剃度為僧，只做了四五個月的和尚，即不耐清規，兩次吃酒鬧事，毀物傷人，大鬧文殊院。第一次主持長老覷看趙員外顏面，只求賠償財物了事。第二次因鬧得眾僧要捲堂求去，逼得長老才不得不給資遣離，介紹他到東京相國寺。

魯達大鬧文殊院的事，表面看來，只緣於不守佛門清規，貪圖口腹，酒後性發，不能自制。其實，熟知歷史者當知這幕後隱有許多文章。

佛教興起累積財富鉅萬

這話得從佛教傳入我國說起。

佛教傳入中國，始自漢朝明帝時代，經東晉而至南北朝，佛教已遍及社會各階層。尤其三世因果之說，更深入人心。

昔者，帝王將相，或謀帝位，或爭權勢，總不免爭鬥殺戮，輕者僅及於身，重則夷家滅族；今日的勝利者，又可能是明日的失敗者，因因相報，循環不已，為儆殺戒，乃倡信佛家因果輪迴之說。故上自宮廷，次及顯宦，多信奉佛教，金錢財帛，踴躍輸將，寺院財富之累積，極為可觀。據史籍所載，南北朝的齊高帝、梁武帝、陳武帝、魏孝文帝、齊文宣帝等均捨其宮苑以造佛寺。其中最值得令人注意者，南齊明帝殘害高武子孫，忍心害理，自古未有，而乃用百姓賣兒貼婦錢以起佛寺。北朝的胡太后恣行淫穢，鴆殺孝明，而亦喜建浮圖，其造永寧寺時，且不惜削減百官的俸祿。人主篤好佛理，天下便從風而化。所以朝士死者，其家亦多捨居宅，以施僧尼，京邑第舍多當為寺院！至於以金錢、貨寶、田地捐給佛寺者為數尤多，佛寺財產，年年增加。在北朝魏孝文帝遷都洛陽後，二十年中，洛陽土地竟有三分之一屬於佛寺了！而在南朝的長沙，「僧侶業富沃，鑄黃金為龍，數千兩埋土中」，其富可知。

帝王顯宦之篤佛，是基於壞事作得太多，懼於後世的報應，以為禮佛可以贖衍罪孽，由於他們的提倡，以致上行下效；由於他們的慨然輸將，使僧侶們大大地富庶起來。

但下層階級何以也歡迎佛教呢？那是由於他們在現世社會中受到痛苦的壓迫，希望修個美好的來世。

而佛眾日增的另一個原因，是佛徒可以免役、免稅。

以宋朝而言，北宋中葉以後，國勢積弱，農村凋蔽，生產大減。朝廷奢糜依舊，官吏享樂如昔，外侮入侵，國防費用日增，朝廷官府不謀開源節流之道，只是一味壓榨百姓，或課以兵役，或課以重稅。人們不堪役稅苛斂，沒辦法的只好離鄉背井去作流氓匪盜，有辦法的人便取得「度牒」去作僧侶。

文殊院壟斷了市場經濟

不過佛門雖然暴富，畢竟他們還是有種種戒規，限制他們在物質方面的享樂，他們的財富勢必有許多餘裕，除了鑄金龍埋藏土中以外，他們也舉辦救濟，和兼營高利貸。我們且看《水滸傳》第三回所述文殊院放貸的情形：

話說魯智深到五台山數月，這日正值初冬放晴，智深信步走到半山亭中，見一漢子也來亭中歇下桶擔。智深道：「兀那漢子，你那桶裡甚麼東西？」那漢子道：「好酒！」智深道：「多少錢一桶？」那漢子道：「和尚，你真個也是作耍？」智深道：「洒家和你耍什麼？」那漢子道：「我這酒，挑上只賣與這寺內火工道人們，……本寺長老已有法旨，但賣與你們和尚吃了，我們都被長老責罰，追了本錢，趕出屋去。我們見（現）關著本寺的本錢，見（現）住著本寺的屋宇，如何敢賣酒與你吃！」

後來智深不容分說，奪得一桶酒吃了，酒後生事，是為他的第一次鬧寺。其後過了三四個月，這時已是二月初春，一日，天氣忽然燥熱，智深出得院門，信步來到一個市鎮，見那市街熱鬧，先至鐵匠店打造了兩件兵器，便來至一家酒店：

智深掀起簾子，入到裡面坐下敲著桌子，叫道：「將酒來。」賣酒的主人說道：「師父少罪。小人住的房屋也是寺裡的，本錢也是寺裡的。長老已有法旨：但是小人們賣酒與寺裡僧人吃了，便要追了小人們的本錢，又趕出屋。因此，只得休怪。」智深道：「胡亂賣些與洒家吃，俺須不說你家便了。」那店主人道：「胡亂不得。師父別處去吃，休怪休怪。」智深只得起身，便道：「洒家別處吃得，卻來和你說話！」出得店門，行了幾步，又望見一家酒旗兒直挑出在門前。智深一直走進去，坐下，叫道：「主人家，快把酒來賣與俺吃。」店主人道：「師父，你好不曉事！長老已有法旨，你須也知，卻來壞我們衣飯！」智深不肯動身。三回五次，那裡肯賣？智深情知不肯，起身又走，連走了三五家，都不肯賣。

由此可見，文殊院的經濟勢力壟斷了這個市鎮。

鬧五台只為反對高利貸

中國是農業社會，農業生產，一則仰仗天時；風調雨順，才能宜耕宜種。二則是要沒有兵災；社會安寧，才能安心耕種。然而，天時並不可靠，有時連年風調雨順，也有時數年旱潦相加。而且，我國歷來多難，兵災常不能免，太平盛世物阜民安之時並不多見，人民多在貧窮苦難中討生活。

面臨貧窮困境的第一步，必先舉債；窮人向富人借錢。富戶人家，仁慈佈施者固有，但大多是為富不仁，乘人之危，大肆剝削，強索高利，窮人為了救一時之急，也不得不借，其後償還本息卻成了沉重的負擔，有的舊債未了新借又舉，年復一年，如滾雪球，因而，傾家蕩產者有之，鬻兒典妻者有之。許許多多的人受債利的壓迫，真是苦不堪言。不但如此，歷代許多官吏亦受富豪的債權壓迫。蓋昔者很多官員都是出身貧寒書生，未履任之初，必須舉債應付場面，《閱微草堂筆記》裡就有這麼一則故事：

「靳城王符九言：其友人某，選貴州一令，貸於西商，抑勒剝削，機械百出。某迫於程限，委曲遷就，而西商枝節益多，爭論至夜分，始茹苦書券。計券上百金，實得不及三十金耳。西商去後，持金貯篋，方獨坐太息，忽聞梁上人語曰：世間無此不平事，公太懦弱，使人憤填胸臆。吾本意來盜公，今且一懲西商，為天下窮官吐氣也。某悸，不敢答。俄屋角窸窣有聲，已越垣徑去。次日，聞西商被盜，並篋中新舊借券皆席捲去矣……。」

由此即不難想見魯智深為何如此痛恨鄭屠，以及作者為何要特意詳寫花和尚兩鬧五台山了。

魯智深是《水滸傳》中第一個為窮人出氣反對高利貸者，故其深受讀者歡迎。

履險而不自知的李逵

愛好《水滸傳》的讀者，莫不知道李逵與宋江的交情很好，李逵亦自以宋江的心腹自居，殊不知「伴君如伴虎」，李逵身歷險境而不自知！

李逵以為曾出死力，救宋江性命於千鈞一髮，厥功甚偉，說話行事就不免有些驕縱。屢屢口無遮擋，道出宋江心中的秘密。例如第四十回梁山軍馬破了無為軍，活捉黃文炳以後，宋江向眾人說起京師童謠：「耗國因家木，刀兵點水工，縱橫三十六，播亂在山東。」李逵聽罷就跳將起來道：「好，哥哥正應著天上的言語！雖然吃了他些苦，黃文炳那賊也吃我割得快活！放著我們許多軍馬，便造反，怕怎地！晁蓋哥哥便做大宋皇帝；宋江哥哥便作小宋皇帝；吳先生作個丞相，公孫道士便做個國師；我們都作將軍，殺去東京，奪了鳥位，在那裡快活，卻不好……」

宋江在江州被死罪問斬，緣於他酒後在潯陽樓題下反詩：「自幼曾攻經史，長成亦有權謀。恰如猛虎臥荒邱，潛伏爪牙忍受。不幸刺文雙頰，那堪配在江州！他年若得報冤仇，血染潯陽江口。」、「心在山東身在吳，飄蓬江海漫嗟，他時若遂凌雲志，敢笑黃巢不丈夫。」

宋江酒後吐真言，明明是要造反的，平日言語間卻不肯承識，只有這傻李逵將他心中秘密和盤託出。

第五十九回，梁山人馬攻打曾頭市失利，晁蓋中箭身亡，眾人推舉宋江為山寨之主，宋江編了一套謙遜的說詞：「晁天王臨死時囑付：『如有人捉得史文恭者，便立為梁山泊王。』此話眾頭領皆知。誓箭在被，豈可忘了？又不曾報得仇，雪得恨，如何便居得此位？」嗣經吳學究勸說山中不可一日無主，又說眾兄弟皆是你的手下心腹，你不坐誰敢坐的話，宋江便道：「軍師言之極當。今日小可權當此位，待日後報仇雪恨已了，拿住史文恭的，不拘何人，須當此位。」

那李逵在側邊叫道：「哥哥休說作梁山泊主，便做了大宋皇帝卻不好。」宋江大怒道：「這黑廝又來胡說！再若如此亂言，先割了你這廝舌頭！」李逵遂傻呼呼地辯道：「我又不教哥哥做社長了，請哥哥做皇帝，還要割了我的舌頭！」

後來他們千方百計賺了盧俊義上山落草，宋江又要讓位，盧俊義堅決不肯，李逵又叫道：「哥哥偏不性直，前日肯坐了，今日又讓別人，這把鳥交椅便真個是金子作的？只管讓來讓去，不要討我殺將起來！」（第六十六回）

盧俊義堅不受位，宋江卻還要讓，說道：「非宋某多謙，有三件不如員外處：第一件，宋江身材黑矮，員外堂堂一表，凜凜一軀，眾人無能相及；第二件，宋江出身小吏，犯罪在逃，感蒙眾兄弟不棄，暫居尊位；員外生於富貴之家，長有豪傑之譽，又非眾人所能得及；第三件，宋江文不能安邦，武不能附眾，手無縛雞之力，身無寸箭之功；員外力敵萬人，通今博古，一發眾人無能得及……宋江主張已完，休得推託。」

宋江此番謙讓，引得林沖、武松、魯達等人均極不滿，其中李逵尤其急燥：「我在江州捨身拼死，跟將你來，眾人都饒讓你一步！我自天也不怕！你只管讓來讓去做甚鳥！我便殺將起來，各自散火！」（第六十七回）

李逵對宋江一片愚忠，自無待言。而宋江是否視李逵為心腹呢？則尚待考！

李逵是個憨直粗鹵的人，以為他與宋江結識之初，就賞以大碗酒、大塊肉，不在乎他頻頻滋事生非，又贈以巨額銀兩，其後，在江州劫法場出力最多，救了宋江的命。宋江回家探父，被官兵追殺，也是他搶救於垂危。既然宋江待他有惠，他對宋江有功，按說：此二者交為莫逆應該是理所當然的。殊不知，宋江是極具權謀的人，其所器重於李逵者，乃是他一片愚忠和一身傻力耳！李逵要想和宋江攀交情，引為莫逆，恐怕是一廂情願的事。

尤可悲者，是李逵履險而不自知——走筆至此，使我想起《紅樓夢》中的一段情節。

貧寒出身的賈雨村，未登金榜以前曾在葫蘆廟苦讀，藉鬻字賣文為生，後得甄士隱之資助，晉京考取了進士，外放知縣，嗣又因故革職回到江南，旋被荐為林府西席，作了林黛玉的塾師。黛玉喪母後，賈母心愛外孫女，要將她接到都中扶養，賈雨村乃膺護送之責。林如海便將賈雨村舉荐於賈政，得賈府之力謀了復職，外放應天府。

賈雨村履任尹始，即遇到一件棘手刑案，緣有富商之子薛蟠因爭風吃醋毆人致死，卻逃赴京都，逍遙法外，苦主追訴多年，終不得直。雨村恃才，原以為這是一件簡單的案子，就要發籤拿人。卻有一門子向他示意，不可妄動。

雨村察覺蹊蹺，就將門子引入私室，詢之備細，門子乃向他說出「護官符」，並本案的緣由。原來這門子竟是昔日葫蘆廟的小和尚，因葫蘆廟失火被焚，小和尚遂還俗到此，作了門子。

賈雨村得門子指點，方未開罪巨室，將此官司胡亂了結。蓋薛蟠之母與寶玉之母為同胞姊妹也。賈雨村之復官得力於賈府，他怎能治罪於賈府的親戚！

按說，賈雨村應該感謝門子，加意提拔，不想門子所得的回報卻是「後來到底尋了個不是，遠遠地充發了才罷。」

賈雨村何以以此回報舊雨故知？原因是那門子對他貧寒的底細知道得太清楚了。歷代開國之君於江山底定之後皆大殺功臣，其理如一。

但是，天真的李逵卻急急要擁宋江作寨主、作皇帝，殊不知，宋江若果真作了皇帝，他必步韓信之後塵。

現在流行的七十回《水滸傳》，是盧俊義一夢結梁山，我們看不出李逵的命運如何？而在一百二十回版本的《忠義水滸傳》中，李逵則是被宋江以葯酒毒死的。為的是宋江自服朝廷所賜葯後，恐李逵造反，壞了他的名節。可見李逵在宋江的心目中始終是一個被利用的傻子，必要的時候就將他犧牲！宋江被賜死惟恐李逵造反而予毒殺，如果宋江成功得登大位，為維護其尊嚴，免得老是有人掀底，又何嘗不會借故殺之呢！

痛恨奸臣淫婦的施耐庵

且從《水滸傳》的女性說起

《水滸傳》是我國古典俠義小說的重鎮，由於它非凡的成就，為後世俠義小說開拓了一條寬闊的大道，不但熱絡了俠義小說的天地，也為社會掀起了一陣俠義之風。

《水滸傳》的人物和事蹟並非完全虛構，冠帥山寨的宋江，在宋史中確有其人，其餘可考的人物也不少。這是自宋至明在民間傳說了幾百年的故事，歷經話本與戲曲的傳播，到了施耐庵和羅貫中的時候，才由之總其成編撰為一完整的說部；對若干故事重加改寫，對若干人物也予再造，使它在文學上大放光芒。以其內容皆是描寫一些好漢們如何被迫到梁山落草的故事，人物也絕多以男性為主，故事情節不外路見不平拔刀相助，或征戰殺伐的事，可謂一部典型的陽剛之作，女性人物為數甚少，縱有母夜叉孫二娘，一丈青扈三娘及母大蟲顧大嫂等幾位女中豪傑，其實著筆皆屬泛泛。

這三人在書中扮演的角色和演出的故事大致如下：

母夜叉孫二娘與丈夫菜園子張青在幽州道上開黑店，本要計算被發配充軍的武松，不意反被武松所制，相識為友，贈送一副「度帖」使武松得以喬扮為「行者」，算是她的一份功勞。除此，別無風光可記。

一丈青扈三娘本領高強，原為祝家三子祝彪的未婚妻，在宋江等三打祝家莊之役被擒，配與王矮虎為妻。

母大蟲顧大嫂為解救解珍、解寶，擬去劫牢，要挾孫新同去，孫新不允，竟與之挑戰，膽量不小，豪情可嘉，武藝當屬不弱。

嚴格說來，她們在書中都是居於配角的地位，沒有多大份量，聊為七十二煞星充數而已，其餘勉可一提者也不過林沖之妻，劉高之妻以及白秀英等數人，那更是「龍套」人物了，倒是閻婆惜、潘金蓮、潘巧雲等三名淫婦，卻是寫得各具姿彩，值得一談。

喜新厭舊的閻婆惜

閻婆惜本是一個跟隨父母浪跡江湖的賣唱女郎。一向生活艱難，父親亡故竟無力安葬，嗣經宋江贈以棺木銀兩，才得料理後事。閻婆為感激宋江大德，知他尚無妻室，就將女兒婆惜給他作了偏房。初時兩人感情尚好，不久卻因宋江不太喜好女色，而婆惜則素昔浪跡聲色場中，又兼生性風流，難奈寂寞，自從認得宋江同僚張文遠後，即移情別戀。宋江雖有耳聞，並不在意，只打算從此疏遠不再理睬便了。誰知一日偶遇閻婆，被糾纏不過，只得一同來到母女下處。閻婆惟恐宋江走脫，甫抵家門就在樓下叫道：「我的兒，你心愛的三郎在這裡。」婆惜此時正在樓上思念文遠，一聽母親呼喚三郎來矣，就急忙對鏡理粧，飛奔下來。誰知此三郎非彼三郎，來的竟是黑三郎宋江，不免大失所望，遂又逕自折返樓上。婆子因又叫道：「我兒，你的三郎在這裡，怎麼倒走了？」閻婆惜冷言冷語地道：「這屋子有多遠；他又不跛，又不瞎，自己不會上來！」婆子無奈，只好央求宋江權且將就，自行上樓。自己即忙著去備酒菜。宋江既不得脫身，又經不住婆子頻頻相勸，只得勉強吃了些悶酒，並留宿在此。但兩人一夜卻互不答話。好不容易熬到五更初曉，宋江便匆匆離去；出門巧遇賣湯水的王老兒，好心請他吃一碗醒酒湯。宋江原許過王老兒一具棺木與他送終，就擬將昨晚劉唐送來的金條相贈，才想起那招文袋猶掛在婆惜的床頭架上。這金條事小，倒是袋中還有晁蓋的來書；那書信若落在婦人手中，大禍即至，事非小可，就連忙回去索取。豈知婆惜抵死不給，尚以惡言諷激，宋江情急惱怒之下，就憤然殺了婆惜！

依照原著的情節看來，作者寫此人物故事的目的，旨在述明宋江之殺人是迫於氣憤，他之投奔梁山是因殺人畏罪。對閻婆惜的淫蕩行徑，並未以細筆正寫。世人之所以目為淫婦者，多少還是受了戲曲的影響，蓋戲曲中則多所誇張也。

見獵心喜的潘金蓮

作者寫潘金蓮的筆觸則甚細膩。我們且看她與武松廝見的情形，向武松獻殷勤的情景，以及怎樣挑逗引誘武松。

卻說武大引著武松來到家門便叫道：「大嫂開門。」只見簾子開處，一個婦人出到簾子下，武大說道：「大嫂，原來景陽崗打虎新充都頭的正是我這兄弟。」那婦人叉手向前道：「叔叔萬福。」又道：「聽得隔壁王乾娘說：有個打虎的好漢迎到縣前來，要奴家同去看一看，不想去遲了沒趕上。原來卻是叔叔，且請樓上去坐。」三人到樓上坐了，那婦人便向武大說：「我陪侍叔叔，你去安排些酒菜來。」那婦人看見武松這表人才，心中尋思道：「我若嫁得這等人，也不枉了為人一世。那大蟲都叫他打死了，必然好力氣。說他又未曾婚娶，何不叫他搬來住……不想這段姻緣卻在這裡！」那婦人堆下笑容問武松道：「叔叔來這裡幾日了？在那裡安歇？何不搬來家住？早晚要湯要水，奴家也好安排……」武松道：「深謝嫂嫂。」那婦人道：「莫不別處有嬸嬸，可取來廝會。」又問：「叔叔青春多少……」不迭地找些話來與武松搭訕。

不久，武大買了酒菜歸來，上樓叫道：「大嫂，你下來安排。」那婦人斥道：「你看那不曉事的，叔叔在這裡坐地，卻教我撇了下來，何不去叫隔壁王乾娘安排便了，只是這般不見便。」少頃酒菜端正上來，那婦人拿起酒來道：「叔叔休怪沒甚款待，請酒一杯。」又笑容可掬地說：「怎麼魚肉也不吃一塊兒？」便揀好的遞將過去。那婦人吃了幾杯酒，一雙眼只看著武松。武松吃她看不過，只好低著頭。少許武松起身告辭。那婦人又道：「叔叔是必搬來家裡住，若不來，會教別人笑話，親兄弟難比外人。」武松道：「既是嫂嫂恁地說，今晚取了行李來。」

武松在衙門稟過知縣，偕同一個士兵挑了行李回來，那婦人見了，滿面笑容，比拾得金寶還要歡喜！次日早起，慌忙燒洗面湯，舀漱口水，侍候武松去縣裡畫卯。「叔叔畫了卯，早些回來吃飯，休去別處去。」那婦人洗手剔甲，齊齊整整安排下飯食。武松歸來吃了。婦人便雙手奉茶遞與武松。

賣弄風情金蓮受辱

武松與哥嫂同住，不覺月餘，這時正值嚴冬，連月朔風緊起，彤雲密佈，漫天飛揚大雪。這日武大仍被婦人趕出去做買賣。旋央及隔壁王婆買些酒肉，自去武松房中簇了一盆炭火，心裡自思道：「我今日且著實撩鬥他一番，不信他不動情！」一切齊備就立在簾後等候著。午後，武松才踏雪歸來。婦人連忙接過武松的氈笠帽，道：「奴等一早起，叔叔怎地不回來吃早飯？」武松答以有人相請。她便說：「恁地，叔叔向火。」便將前後門都關了，端來酒菜放在桌上。武松要等武大歸來同吃。婦人道：「那裡等得他，等他不得！」早就煖了一注酒，自己也在火邊坐了，擎起酒盞看著武松道：「叔叔，滿飲此杯。」接著又篩滿一杯，說：「天色寒冷，叔叔，飲個成雙杯兒！」武松又吃了。也篩杯酒與婦人，吃了。

那婦人見武松甚為溫順，就藉口燥熱，將衣解開，酥胸微露，雲鬟半挽，滿面笑容地說：「聽說叔叔在縣前養著一個賣唱的，可有這話？」武松表示並無此事。婦人說：「我不信，只怕叔叔口頭不似心頭！」武松道：「嫂嫂不信，只問哥哥。」婦人道：「他曉得甚麼？若曉得這些，也不賣炊餅了。」接著又向武松勸了幾杯酒，自己也飲了幾杯。酒注裡空了。便又去煖了一注子酒來，見武松正在低頭向火，便去武松肩胛上一捏，說道：「叔叔只穿這些衣服，不冷？」武松心中甚為不快，卻不理她。婦人見他不應，劈手便自武松手中奪過火筯，說道：「叔叔不會簇火，我與叔叔撥火；只要似火盆常熱便好。」武松有八九分焦躁，只不做聲，那婦人慾念似火，不看武松焦躁，卻篩滿一盞酒，自呷了一口，剩下大半盞，看著武松道：「你若有心，吃我這半盞殘酒。」武松劈手奪來，潑在地下……婦人通紅了臉，訕訕地說：「我自作樂子，不值得這麼當真；好不識人敬重。」

以上情節，只是摘其精要而已，原著文字，數倍於此。足見作者把這淫婦的形象，描寫得十分鮮活明顯。

設巧計王婆促成姦情

往昔男女婚姻有賴媒妁之時，有媒婆這一行。以男女婚姻乃人之大倫，故以此為業者，亦無可厚非。

幹媒婆這一行者，最重要的是嘴巧；能將假的說成真，將死的說成活的。又得臉皮厚，不怕碰釘子。

媒婆的職司，旨在為人撮合婚姻，而為人「拉皮條」搞不正常的男女關係，也往往是她們的副業。而這種拉皮條的勾當，就更需要巧思多謀了。在我國說部中，皮條客最出名的，大概莫過於本書中的王婆了。

潘金蓮和西門慶的一段露水姻緣就是由於她的撮合。作者在此也用筆甚為細膩。

這兩人原本並不相識，而是有一天金蓮失手掉下一條叉竿，將西門慶打了個正著。西門慶因驚艷而茶飯不思，央求王婆，王婆因貪圖謝禮，就設計下一套「皮條十分光」的圈套，使兩人成了露水夫妻。

王婆的圈套是這樣：以央請潘金蓮為她作壽衣無由，先從借黃曆開始，她若答應做，不另請裁縫，便有一分光了；她若答應到王婆家去做，這便有二分光了；第一日做完，接受了酒食款待，第二日還肯再來，便有三分光了；第三日西門慶來訪，延入相見，她若不躲避，就有四分光了；西門慶誇讚她的針線，若肯答話時便有五分光了；王婆即主張要西門慶請客，她不拒絕，就表示有六分光了；王婆去買酒菜，她若肯單獨陪西門慶閒話，就有了七分光了；酒菜備好，若肯與西門慶同吃，這就有八分光了；酒興正濃之際，王婆詐稱酒沒了，要再去沽酒，把門拽上，她尚不推辭，這就有九分光了；然後西門慶藉拾筷為由，在她腳上一捏，她若並不聲張，這就十分俱全了。

西門慶採納妙計，兩人依計而行，潘金蓮果然一一著道，西門慶竟然一戰成功，這固然有賴於王婆的高明巧計，但王婆在設計此計時，早已言明，潘金蓮若不肯就道，其計也就無功可言，意即說明：潘金蓮若是正經婦道人家，又怎肯著著上道呢？此乃作者描寫潘金蓮的淫婦性格，故以「側筆」出之也。前者欲獵取武松，是潘金蓮主動，此番與西門慶勾搭成姦，是接受王婆的導演，兩者手法不同，顯見作者技巧之高明。

潘巧雲私通和尚裴如海

施氏寫潘巧雲私通和尚裴如海，又是另一種手法。筆觸也很細膩。

故事是楊雄石秀結義開始。楊雄因見石秀係流落在此，並無家室，就將石秀延到家中居住。而裴如海則是一個不守清規的淫僧，為欲染指潘巧雲，乃拜認潘老兒為乾爹於是就與巧雲有了兄妹的名分。不過二人結識兩年以來，還只限於眉來眼去，並未上道。迨至裴如海到家來法事，為巧雲的前夫超度，才約定巧雲前往報恩寺還願的事。

是日，巧雲偕同老父與丫環一同乘轎而來。和尚早有了準備，還願儀式作完，就將父女延入私房，款以佳餚醇酒，先把老兒灌醉，復又將巧雲引至樓上，然後遣走了丫環，二人遂成姦情。

其後，淫婦又定巧計，凡是楊雄在牢房當值之夜，後門即擺出香案為號，使人從中欵通消，和尚即來幽會。於是兩人百般快活，一月有餘。

潘裴兩人的不軌，早於法事之時已即被石秀看在眼裡，石秀甚為不滿，只是苦無證據。一日，石秀深夜不能成眠，聽得有人在後大敲木魚，高聲唸佛，覺得蹊蹺，出來探視，果然識破機關。石秀憤於巧雲對楊雄不忠，次日遂以實情相告，並約定來日一同捉姦，不意是夜楊雄醉酒，責罵巧雲，走漏消息，巧雲反將石秀誣告一狀，指其調戲，楊雄信以為真，就要潘老兒收拾了與石秀合作的生意。石秀是個聰明伶俐人，窺得此意，就自辭去。卻就近在一客店住下，夜來捉姦，果然殺得傳信的胡陀頭和淫僧裴如海，並將二人衣物送與楊雄。楊雄這才相信了事實。

作者對此姦夫淫婦如何勾搭成姦，如何淫蕩不羈，都寫得生動活潑，與前面的兩樁姦情又迥然不同，就寫作的觀點言，頗有可資圈點之處，不愧名家手筆。

痛懲淫婦刀光濺血

施耐庵不但擅於描寫英雄人物，豪傑故事，即寫風月，亦為能手。不過他卻深恨姦夫淫婦，故皆予殺之而後快！

由於前述三名淫婦姦情各有不同。程度互有差異，所以處死的手法又多不同。

就書中情節言，閻婆惜的喜新厭舊，移情別戀，宋江本擬以疏遠了事，並無殺之洩憤之意，後來殺她，只緣於非奪回那招文袋不可，如果不是閻婆惜以言語相激，尚不至死。易言之，即作者對其之恨，還未到達錐心刺骨的程度也。而對潘姓兩淫婦的處置，卻不相同。

且說武松之殺潘金蓮。

卻說武松將哥哥的死因調查明白後，即邀集四鄰於靈牀之前，要士兵備了祭品和一些待客的酒菜，並看管了前後門戶，將潘金蓮與西門慶如何成姦，武大如何被害的情形訊問明白後：「就叫士兵焚化冥錢。那婦人見勢頭不好，卻待要叫，被武松惱揪倒來，兩隻腳踏住她兩隻胳膊，扯開胸脯衣裳。說時遲那時快，把尖刀去胸前只一挖，口裡銜著刀，雙手去挖開胸脯，摳去心肝五臟，供在靈前；咔嚓一刀，便割下那婦人頭來，血流滿地……。」以此而論，作者不但要置之於死，且要剖腹挖心，方能洩恨！

再看楊雄如何處置潘巧雲！

楊雄將潘巧雲與丫環迎兒騙到翠屏山，石秀早在那兒等候，楊雄將潘巧雲綑在樹上，對石秀說：「兄弟，你與我拔了這賤人的頭面，剝了衣裳，然後我自伏侍他！」石秀依言而行。楊雄先殺了迎兒，那婦人在樹上叫道：「叔叔，勸一勸。」石秀道：「嫂嫂，不是我。」楊雄向前，先挖出潘婦的舌頭，一刀割下，且教那婦人叫不得。楊雄卻指責罵道：「你這賊賤人！我一時誤聽不明，險些被你瞞過了，一者壞了我兄弟情分，二者久後必然被你害了性命！我想你這婆娘心肝五臟怎地生著，我且看一看！」一刀從心窩裡直割到小肚子下，取出心肝五臟，掛在松樹上，又將這婦人的「七件事」分開了……！作者令潘巧雲如此慘事，也是他洩恨之筆，非此不快也。

以淫婦喻奸臣殺而後快

前文表過：作者對淫婦深痛惡絕。何以致之？此與他的一段經歷有關。

依照目前我們所獲得的資料，知道施耐庵是江蘇人（一說蘇州，一說淮安），生於元成宗元貞二年（西曆一二九六年）。精明聰慧，少有文才，博覽群書，素有大志。三十五歲中進士。在浙江錢塘（今杭州）作過官，因與當道不合，恥於屈膝折腰，巴結奉承，只作了兩年，就憤而去職，其時，元朝政治腐敗，官吏貪墨，豪權橫行，魚肉百姓，日甚一日，蒙人欺漢，如陷水火，逼得紛紛揭竿起事。時有蘇人張士誠，糾合當地草澤英雄亦而舉事。施氏經友人介紹，入張幕府，作了參謀。從此張軍節節勝利。但是後來張士誠卻不納施言，因而失敗。元朝雖然也經敗亡，而取得天下的，卻是另一位革命領袖朱元璋。

張士誠之敗，未納施言，固是原因之一，而另一原因，則是張士誠有個女婿姓潘名元紹，本與張一同舉事，深受張的恩寵器重，不意後來竟然出賣岳父，投降了朱元璋！施氏生性剛直，為人耿介，不與流俗。一生最痛恨男人的不忠，和女人的不貞；他認為男人的不忠，無異於女人的水性楊花，所以就在書中寫了兩個最不堪的潘姓淫婦，以影射背叛長官出賣岳父的潘元紹。他之所以令兩個潘姓淫婦被殺頭、割舌、剖腹、挖心而死，亦無異於對潘元紹之洩恨也。

一九八四年七月號

《水滸傳》何以充滿血腥

孟瑤女士在她的《中國小說史》中批評《水滸傳》：「流出太多不應流的鮮血。」她說：「《水滸傳》是一部有寄託的書，作者幾乎把一個烏托邦的理想整個寄託在梁山泊的一群英雄人物身上，所以他們的領袖是行俠仗義的及時雨宋公明，他們的聚會之處名『忠義堂』，他們所打的旗幟是『替天行道』。我們稱這一群人物為義師，應可當之無愧。但所可婉惜的是：這一群義師流了太多別人的血！只看那李逵所揮動那兩把板斧，曾殺死了多少無辜？劫法場時，殺得順手，『當下去十字街口，不問軍官百姓，殺得屍橫遍野，血流成渠。』在三打祝家莊時，那黑旋風砍得手順，擅自把扈家全家大小殺死，只可惜走了扈成。雖然宋江一再喝阻他，似並沒誠意真想制止這流血！因為假若宋江真不願意多流血的話，那李逵是不會敢亂動的……。」

誠然，《水滸傳》流血至多，孟瑤女士尚只舉其一二而已，稍究內容，就可知道書中流血更多，例如武松大鬧飛雲浦開了殺戒以後，先殺了兩名解差，蔣門神兩個徒弟，來到鴛鴦樓又殺了蔣門神、張都監、張團練並家小等二十七人，後到張都監衙內，又殺了大小十五口，總計死於武松刀下者就達四十六人之多，此非征戰陣仗，僅只武松一人為報仇雪恨而已！至於那些較大的戰役，如孟文所指的江州劫法場；大破無為軍，花榮大鬧清風寨、官軍圍剿梁山泊、三打祝家莊，鏖戰曾頭市、攻打大名、青州、東平、東昌等等，真是殺人無數，難以勝計。

書中除了殺人無數以外，而且更令人怵目驚心的是那些活生生、血淋淋的特寫！先看武松殺嫂：

武松看著婦人罵道：「你這淫婦聽著，你把我哥哥的性命怎地謀害了？從實招來，我便饒你！」那婦人道：「叔叔，你好沒道理！你哥哥自害心疼病死了，干我甚事！」說猶未了，武松將刀咔嚓插在桌子上，用左手揪住那婦人頭髻，右手劈胸提住，把桌子一腳踢倒，隔桌將那婦人輕輕提將過來，一交放翻在靈床面前，兩腳踏住；右手拔起刀來……喝聲「淫婦快說！」那婦人驚得魂魄都沒了，只得從實招說……武松叫士兵取酒供在靈前，拖過那婦人跪倒在地，泣道：「哥哥陰魂不遠，今日兄弟與你報仇雪恨！」叫士兵把紙錢點著。那婦人見勢頭不好，卻待要叫，被武松腦揪倒來，兩隻腳踏住他兩隻胳膊，扯開胸膊衣裳。說時遲，那時快，把尖刀去胸前只一剜，口裡銜著刀，雙手去挖開胸脯，摳出心肝五臟，供養在靈前；咔嚓一刀，便割下那婦人頭來，血流滿地。（第二十五回）

再看楊雄在翠屏山如何殺潘巧雲和迎兒：

楊雄道：「兄弟，你與我拔了這賤人的頭面，剝了衣服，然後我自伏侍他。」石秀便把那婦人頭面首飾衣服都剝了。楊雄割兩條裙帶把婦人綁在樹上。石秀遝把迎兒的首飾也去了，遞過刀來，說道：「哥哥，這個小賤人留他做甚麼！一發斬草除根！」楊雄應道：「果然！兄弟，把刀來，我自動手！」迎兒見勢頭不好，卻待要叫。楊雄手起一刀，揮作兩段。那婦人在樹上叫道：「叔叔，勸一勸！」石秀道：「嫂嫂，不是我。」楊雄向前，把刀先挖出舌頭，一刀便割了，且叫那婦人叫不得。楊雄卻指著罵道：「你這賊賤人！我一時誤聽不明，險些被你瞞過了！一者壞了我兄弟情分，二乃久後必然被你害了性命，不如我今日先下手為強。我想你這婆娘，心肝五臟怎地生著，我且看一看！」一刀從心窩裡直割到小肚子下，取出心肝五臟，掛在松樹上，又將那婦人七件事分開了。（第四十五回）

《水滸傳》是一部以男性為中心的陽剛之作，爭鬥殺伐之事在所難免，但全書充滿了血腥，卻也不免令人陷入沉思。

要了解這一問題，須從社會背景和人性兩方面著手。

水滸人物見諸正史者，有宋江等三十六人，故事發生於北宋末期。

有宋一代，自太祖獲得天下，太宗統一江山後，從真宗的時代開始，呈現了百年的太平盛景，其時兵不血刃，國泰民安，風調雨順，五谷豐登，人民享受著歡樂歲月。但久於安樂後，朝政卻也鬆弛下來，先是朝中朋黨爭鬥，次第官吏腐敗貪污，又兼女真入侵，水潦乾旱頻仍，國勢便日趨沒落，到了神宗、哲宗的時代，社會已經相當不堪，稅重役繁，農村尤其凋蔽。

我國是以農立國，農民生活的憑藉是土地。我國的遺產制是以諸子均分為主，祖上即使是大地主，數代分產下來，也必然由大農而小農了。土地面積愈來愈小以後，生產本已不足一家溫飽，租稅又以田賦為主，農民受了苛稅的壓迫，便漸漸沉淪於：「春不得避風塵，夏不得避暑熱，秋不得避陰雨，冬不得避寒凍，無日得息之苦境。」倘遇旱潦，賦斂不時，當具有者則半價而賣，無者則取倍稱之息，其賣田宅、鬻子孫償債者屢見不鮮。農村到了這種地步，民如何不怨？社會如何不動亂？

到了徽宗時代，社會愈貧，國勢愈弱，這位藝術皇帝還奢靡如故，為了他熱衷花石，便使社會造成不少紊亂，「徽宗頗垂意花石，政和中舳艫相連於淮汴？號花石綱。東南刺史朱緬所貢物豪奪漁取於民，民家一石一木，凡稍堪玩，即領健卒直入其家，用黃封表識，未即取，使護視之，微不謹，即被以大不恭罪。及發行，必撤屋抉牆以出。」

方臘之亂便因是而起。

水滸英雄青面獸楊志原為制使，就是因為誤失「花石綱」而丟官的。

我國向以農業立國，農民占全人口的絕大多數。農業社會人民生活簡樸，民以食為天，吃飯問題是最被看重的事。所以米貴米賤，就可以看出社會經濟和國勢強弱；民富必國強。中國歷來的社會動亂，乃至朝代的更迭，都是始於荒亂。太宗時人稀米賤，米一斗十餘錢，其後人並眾，物並貴。熙寧八年，米斗五十錢。徽宗時方臘之亂即係基於民飢民怨。南宋時氣象更加蕭條，殍死盈道，流民充斥，剽掠成風，終至亡於蒙古。

以上是略述有宋一代的社會背景。

其次再談談人性的問題。

人性是錯綜複雜的。這裡我們只談人心部份的好奇心和報復心。

人類都有好奇的本能，凡是不知的事物，多有探究竟的好奇心。也就是由於人類的好奇心特強，所以不斷發明創造，而豐富了人類的文化。好奇心的另一面是愛好尋求刺激。故凡具有刺激性的事物，人們多樂於領略。

人類是有情的動物，由情而產生恩怨愛憎，是恩當報，是怨當仇。仇恨相因，必出之以報復。

宋江等攻城劫舍，發生於北宋末期的徽宗時代，正史有載，野史傳誦更多。從故事的發生，到施耐庵成《水滸傳》，歷時約四百年。這期間首由說書人演說他們的故事。繼由劇作家們編為雜劇。最後才由施耐庵參酌增釐，加以創作而成小說。其後又經過許多作家編撰潤飾，復經金聖歎的刪節，才成為現今的七十回流行版本。

說書之風，肇興宋代，以迄明清，乃至民國。

昔者農村社會，每當農忙之後，人們多愛至茶樓酒肆去聽說書，以資消遣。

說書人是一種行業，他們可能讀書不多，習以口授，率多祖傳。大多沒有完整的「話本」，只憑各人的口才和當時的靈感。

那時的說書，也可能類似於今日的電視連續劇，為了吸引聽眾，故事不免儘量加醋加醬。聽眾喜歡聽什麼，就多講什麼。

中國立國雖久，卻是一個多難之邦，人民生於安樂者少，居於苦難者多。身處苦難之境，對現實必然不滿。所以人們大多希望有神靈來拯救，尤其希望有現世的英雄來剷除社會的種種不平，一洩胸臆的怨氣。故而原本為強盜之首的宋江，卻成了替天行道的及時雨了。

基於人民對朝廷的不滿，官吏的仇視，富豪的怨懟，雖不能真正置之於死，能夠「口誅筆伐」也未嘗不是心中一快！

說書者如此，雜劇亦復如此。

施耐庵寫《水滸傳》，雖有很多創作的成分，本可作自由的發揮。但是，任何一個作家沒有不重視讀者的，讀者的喜好豈能置若罔聞，我想這大概就是本書充滿血腥的原因。

西遊篇

《西遊記》的主題意識

且從小說的主題意識說起

世有「會看戲的人看演技，不會看戲的人看熱鬧」的說法，伸而言之：「會看小說的人看主題，不會看小說的人看故事。」因而筆者一向主張：凡是能夠列入文學殿堂的小說作品，必應有內涵深邃的主題。因為任何一個真正的文學作家，其寫作的動機和目的，皆不外於表現其作品的主題。清儒李卓吾在其〈忠義水滸傳敘〉中說：「太史公曰：『《說難》、《孤憤》，聖賢發憤之作也。』由此觀之，古之聖賢，不憤則不作矣。不憤而作，譬如不寒而慄，不病而呻吟也。雖作何觀乎？《水滸傳》者，發憤之作也。蓋自宋室不競，冠屨倒施，大賢處下，不肖處上，馴致夷狄處上，中原處下。一時君相，猶然處堂燕雀，納幣稱臣，甘心屈膝於犬羊矣。施、羅二公（註一）身在元，心在宋；雖生元日，實憤宋事。是故憤二帝之北狩，則稱大破遼以洩其憤；憤南渡之苟安，則稱滅方臘以洩其憤。敢問洩憤者誰乎？則前日嘯聚水滸之強人也……。」這段話雖是分析施、羅二氏著作《水滸傳》之動機和目的，其實又何嘗不能作為其他小說家們著作之註釋呢！

近世論者有謂小說構成的要素有三：為人物、故事與主題。並謂，人物扮演故事，故事表現主題。主題是作者思想、意識、情感之所寄，是則思想、意識、情感又為主題的內涵。一位作家從事創作，必有其純正的動機，崇高的目的。如果所表現的思想卓越，意識真摯，情感豐富，其作品的價值就必然崇高。

思想、意識、情感雖是主題之三元素，實則是一而三、三而一的東西，互為表裡。蓋思想產生意識，意識激發情感，而情感復又影響思想故也。

意識原指人類精神醒覺之狀態，舉凡一切精神現象，如知覺、記憶、想像等均屬之。而與文學寫作有關聯者，則有以下三種：

第一是個人意識：個人意識係由血統、家庭、天資、教育、友朋、生活、環境，以及一時的感覺等等原素交織而成，猶如化學原子交互組成的物質。其中變化多端，異常微妙，任何一種原素的差異或突變，皆能促使個人意識的異同。

第二是時代意識：乃是泛指某一時代的群體意識、社會意識、政治意識等等。如當前民主思想發達，自由民主是為當前的時代意識。

第三是文學意識：文學意識係由個人意識與時代意識所孳生，不能超越個人意識與時代意識而孤立。且時代意識卻又難以政治的朝代來畫分。政權的幾個朝代，在文學上可能只是一個時代；也可能一個政治的朝代，文學上卻是兩個時代。

個人意識、時代意識、文學意識三者互為影響，相互激盪。人是社會動物和政治動物，不能脫離群體獨立生活，因之，個人意識不能脫離時代意識。而文學意識與時代意識雖非一體，卻也互為因果。

單就文學的觀點析論本書

追溯我國小說的歷史，恒在兩千年以上，但小說發展之成熟及受重視，則是晚近三五百年的事。我國的小說初為稗官記事的一種文體，內容不外「街談巷語、道聽塗說、俚俗之事」，後來又淪為目錄學上的一個名詞，將一些無法歸類的雜著稱之為小說。真正的小說則反而被淹沒了。

正統的小說應自神話和傳說開始。《山海經》和《穆天子傳》是我國小說的鼻祖。馴至唐代，孳生了「傳奇」。同時唐代僧侶為宣揚佛學，又發明了「講唱文學」，其後因內容變質被逐出廟堂，而流入市井，分為兩支，講的部份衍為「說話」，唱的部分衍為戲曲。我國現代小說係承繼唐代的「傳奇」和宋代的「說話」而來，元代的戲曲豐富了小說的內容，有明一代才成熟豐收。

我國小說初不為士林所重，是因為它的內容貧乏，只是供人茶餘飯後談助的消遣雜作，不予列入文學之林。但是由於小說具有高度的可讀性和廣大的傳播力，才漸漸為士林所重，尤其一些屢試不弟的舉子，或宦海失意的讀書人，在心灰意冷而又滿腔憤慨的時候，在縱情詩酒之餘，便也就寄情於小說了。於是產生了不少佳作鉅著。

當小說的內容和技巧豐盈成熟以後，才躋身於文學的殿堂。

小說雖然是文學家族中的一員，但不同於正統的詩詞文章。小說特重技巧，藉人物和故事為媒體，表現作者的思想、意識、情感。又由於小說的展延沒有限制，內容也就較任何文學作品豐富而淵博。職是之故，一部好的小說，不但內容包羅萬象，題意也往往複雜不已。兼之作者僅將題意寓於作品之中，並不明白向讀者宣示，於是乎看山似山看嶺成嶺的現象便產生了。

一個卓有成就的小說家，通常都是在「飽讀詩書、飽經憂患」的情形下誕生，其性格往往是「與世不合」，境遇也就多屬「半生潦倒」，唯其如此，他們才經驗多，閱歷多，感慨多，而諸此種種因素的交織，便促成了小說內容的複雜性，和小說主題的多元性。

長篇偉構的小說，既然具有複雜的內容和多元性的主題，因而當我們欣賞研究它的時候，便不能僅從一個角度著眼，否則便不免有所偏失了。

《西遊記》是我國神怪小說中最成功的一部，因其以唐僧取經的故事為間架，愈加蒙上一層宗教的色彩，以致有人單從宗教眼光來研究這本書，認為其主題旨在闡佛論道。誠然作者對佛、道之學均有研究，書中頌佛之處尤多，我們不能否認作者誠有此意，但若僅以此而論本書的成就，便殊有悖作者寫作本書的苦心孤詣了。

因而，筆者以為除了以宗教的眼光析論本書外，尤應以文學的觀點來研究其主題，評估其價值，方為正途。

略述作者身世及時代背景

一部偉大文學作品的產生，必有其特殊的背景，唯有了解其背景，才能了解其作品。因而了解作者的生平和所處的時代，是為兩項重要的課題。

綜合目前所得的資料（註二），我們知道：吳承恩是江蘇淮安人，曾祖父及祖父都做過學官。家境清寒，父親娶了一位商人的女兒，後來也就作了小商人，以貨賣婦女用品為生。不過父親極愛讀書，終日一卷在手，六經及諸子百家無不瀏覽，堪稱書香世家。吳承恩天資敏慧，繼父祖之風，博極群書，少年即著文名，詩文下筆立成，清雅流麗，有秦少游風。

善諧劇，所著雜記數種，名重一時。復長書法、金石，多才多藝。從小就好奇聞，在童子學社時，每偷市中野言稗史，懼為父師訶奪，私求隱處讀之。比長，好益甚，聞益奇，迨於既壯，旁求曲致，幾貯滿胸中。這對於他晚年寫《西遊記》有關。有才華的讀書人，大多有孤高耿直與時不諧的性格，吳承恩恰是如此。那時社會黑暗，學風敗腐，科舉場中要行賄賂、講關節，所以一科又一科的主考官都沒有錄取他。直到四十幾歲才考得一名「歲貢生」（秀才），後來還考過兩次舉人，都沒考取。他曾一度到北京，希望能依託一位在翰林院供職的好友李春芳圖謀發展，而李春芳雖然極力為他推荐吹噓，但京師的權貴們卻沒有一個肯賞識擢拔他的人，於是只有帶著分外沮喪的心情離開北京，轉道南京，在那兒也謀事無成，幾至流落。這期間只好藉賣文為生。這種潦倒的文字生涯，頗使他感到遭遇的坎坷。當他六十多歲時，還由於親老家貧，饑寒交迫，不得不去浙江長興去屈就縣丞（註三），可是不久又因事與長官關係不諧而拂袖歸了。《西遊記》的寫作，應是他辭官以後的事。晚年，益縱詩酒，抑鬱不樂。死時八十二歲，身後蕭條，連子嗣也沒有。

吳承恩生於明朝弘治十三年，歿於萬曆十年（公元一五〇〇至一五八二年），一共經歷了明朝的五位皇帝（孝宗、武宗、世宗、穆宗、神宗），其中世宗在位四十五年，正是他二十幾歲到六十幾歲的時候，也是每個人一生中最重要的階段。一個人的前途固然有賴自己的努力，而時代環境良窳與否也有極大的影響。其時為明代中葉，朱氏王朝已日趨腐敗，且從以下兩段史料就可以知道吳承所處的是一個怎樣的時代了。

從〈佞倖傳〉來了解明世宗

一、《明史》卷三百七〈佞倖傳〉：

陶仲文，嘗受符水訣於羅田萬玉山。嘉靖中，以符水撰絕宮中妖。莊敬太子患痘，禱之而瘥，帝深寵異。十八年南巡，次衛輝，有旋繞帝駕，帝問：「此何祥也？」對曰：「主火。」是夕行宮果火，宮人死者甚眾。帝益異之。授神霄、保國、宣教高士。尋封神霄、保國、弘烈、宣教、振法、通真、忠孝、秉一真人。明年八月，欲令太子監國，專事靜攝，太僕卿楊最疏諫，更杖。廷臣震懾，大臣爭諂媚，取容神仙，禱祀日亟。帝有疾，既而瘳，喜仲文祈禱功，特授少保、禮部尚書。久之，加少傅，仍兼少保。仲文起莞庫，不二歲登三孤。乃請建雷壇於鄉縣，祝聖壽，公私騷然。御史楊爵、郎中劉魁、給事中周怡陳時事有「日事禱祠」語，帝大怒，悉下詔獄。吏部尚書熊浹諫乩仙，即令削籍。自是中外爭獻符瑞，焚修齋醮之事，無敢指及之者矣。帝自廿年遭宮婢變，移居西內，日求長生，郊廟不親，朝綱盡廢，君臣不相接，獨仲文得時見。見輒賜坐，稱之為師而不名。心知臣下必議己，每下詔旨，多憤激之辭，廷臣莫知所指。小人顧可學、盛端明、朱隆禧輩皆緣以進。其後，夏言以不冠香葉冠，積他釁至死。而嚴嵩以虔奉修焚，蒙異眷者二十年。大同獲諜者王三，帝歸功上元，加仲文少師，仍兼少傅、少保，一人兼領三孤，終明世，惟仲文而已。久之，授特進光祿大夫柱國，兼支大學士俸……得寵二十年，位極人臣。

以上這段史料雖是記載陶仲文的得寵，毋寧可說是明世宗性格為人的寫照。由此我們不難得到以下的認識：一、擅殺忠良，二、任用奸小，三、迷信仙道，四、上下諂媚，綱紀凌替。

二、《二十二史劄記》「成化嘉靖中方技授官之濫」一條中，也有有關世宗的一段。

「嘉靖中，又有方技濫官之秕政。道士邵元節，以禱詞有驗，封為清微、妙濟、守靜、修真、凝元、演範、志默、秉誠、政一真人，統轄朝天、顯靈、靈濟三宮，總領道教。賜金玉印、象牙印各一，班二品紫衣玉帶，以校尉四十人供灑掃。尋又賜闡教輔國玉印，進禮部尚書，給一品服，蔭其孫啟南為太常丞，進少卿。曾孫時雍為太常博士。其徒陳善道亦封清微、闡教、崇真、術道高士……是嘉靖時之優待方技較成化更甚，其故何也？蓋憲宗徒侈心好異，兼留意房中秘術，故所泥多而非誠心崇奉。世家則專求長生，是以信之篤而護之深，與漢武之寵文成、欒大，遂同轍。臣下有諫者，必坐以重罪。後遂從風而靡。」

由此，我們更可以了解當時政治社會的一斑了。

假借歷史旨在障人耳目

吳承恩是有思想、有才華的讀書人，一生坎坷，懷才不遇，他對這種政治、社會，豈能不感憤慨？然而他能奮筆疾書公然指責麼？諫臣杖死的前車之鑑，他豈不知？但是這胸中的積塊又不吐不快。於是乎就以詼諧之態，出之以滑稽之筆，假借唐代高僧赴西天取經的故事作為間架，而加演繹，發為篇章，成此偉大說部，庶幾可以掩人耳目，不負文章之責而免災獄也。

嚴格地說來，《西遊記》並非純屬吳氏之創作。原來自唐代高僧陳玄奘自西方取經歸來後，其沙門弟子慧立就寫過一本《慈恩玄奘法師傳》，備述唐僧取經經過。此外元初道士邱處機曾隨元太祖有西征之舉，其徒李志常也寫過一本《長春真人西遊記》，也記述了許多西域見聞。加以民間傳說戲曲取材於斯者，紛繁不已。復且愈傳愈奇。而吳承恩本是自幼即好獵奇誌異的人，滿腹怪誕，一腔牢騷，便藉此為題材，搜羅編纂，再加創作，遂成此篇。

熟悉史實和本書內容者都知道，歷史上的玄奘和《西遊記》中的唐僧，兩者情操各異，人格迥然。以下且舉兩者歷難時的表現，就可昭然若揭了。

出玉門關孑然孤遊沙漠矣……從此以去，即莫賀延磧，長八百里，古曰沙河。上無飛鳥，下無走獸，復無水草，是時顧影，唯一心但念觀音菩薩及般若心經。……行百餘里，失道，覓野馬泉，不得。下水欲飲，袋重，失手覆之，千里之資，一朝斯罄……四顧茫然，人馬俱絕。夜則妖魑舉火，爛若繁星，晝則驚風擁沙，散時如雨。雖遇如是，心無所懼，但苦水盡，渴不能前。於是時，四夜五日，無一滴霑喉，口腹乾焦，幾將殞絕，不能復進，遂臥沙中。默念觀音，雖困不捨，啟菩薩曰：「玄奘此行，不求財利，無冀名譽，但為無上道心正法來耳，惟菩薩念舊群生，以救苦為務，此為苦矣，寧不知耶。」如是告時，心心無輟。至第五夜半，忽有涼風觸身，冷快如沐寒水，遂得目明，馬亦能起，體既蘇息，得少睡眠……。驚寤進發，行可十里，馬忽異路，制之不迴。經數里，忽見青草數畝，下馬恣食。去草十步，欲迴轉，又到一池，水甘澄鏡澈，下而就飲，身命重全，人馬俱得蘇息……此等危難，百千不能備敘。

以上是歷史上唐僧在取經途中遇難時的情景，無怨無懼，一心默念觀音，啟禱菩薩，信心堅定，矢志不移。下面再看看《西遊記》中的唐僧遇難情形又如何呢？

話說行者師兄弟三人在五觀莊偷吃了人參果，鎮元大仙追來，將師徒四眾綑了要打，鎮元子本要先打唐僧，行者恐不經打，將一切責任攬在身上，乃打行者。入晚方停。那長老淚眼雙垂，怨他三個徒弟道：「你等闖出禍來，卻帶累我在此受罪，這是怎的起？」行者道：「且休抱怨，打便先打我，你又不曾吃打，倒轉嗟呀怎的？」唐僧道：「雖然不曾打，也綑得身上痛哩！」

是夜嗣經行者施法逃脫，這一夜馬不停跡，躲離了五觀莊，只是到天明，那長老在馬上搖樁打盹。行者見了，叫道：「師父不濟，出家人怎的這般辛苦？我老孫千夜不眠，也不曉些困倦。且下馬來，莫叫走路的人，看見笑你，權在山坡藏風聚氣處，歇歇再走。」

請問讀者：這唐僧豈不是一個膽小鬼？一副窩囊相！據筆者約略統計，唐僧痛哭流淚者，共達三十六次之多，難怪行者要叫嚷道：「師父莫哭，哭就膿包了！」（其他於唐僧不堪的筆墨甚多，容另文分析。）

書中多處不可忽視的影射

在前文中筆者曾主張宜從文學觀點研究本書的主題，又強調研究本書，應從了解吳氏的身世及明代中葉的政治社會背景著手。如果讀者諸君同意此說的話，那麼自以下的引例中就可以了解，作者是如何假藉書中的許多情節來影射當時的朝政，發洩其心中的不滿了。

寶象國公主對黃袍黃妖說：「我父王不是馬掙力戰的江山，自幼兒是太子登基……。」（筆者按：明世宗是十四歲由太子登基的。）

第三十三回唐僧被金銀老怪所阻，行者戰不能勝，拘來土地查詢此妖底細：「我且問你，他這洞中有甚人與他相往？」土地道：「他愛的是燒丹煉藥，喜的是全真道人。」

第四十四回唐僧一行四眾來到車遲國，見國人虐待和尚，有許多和尚在勞役受苦，行者就變化了道士，向另二道士以化齋為名，打聽端底。行者向道士躬身道：「道長，貧道起手。」那道士還禮道：「先生那裡來的？」行者道：「我弟子雲遊於海角，浪蕩在天涯。今朝來此處，欲募善人家。動問二位道長，這城中那條街上好道？那個巷裡好賢？我貧道好去化些齋吃？」那道士笑道：「你這先生是遠方來的，不知我這城中之事，且休說文武官員好道，富民長官愛賢，大男小女見我等拜請奉齋——這般都不須掛齒——頭一等就是萬歲君王好道愛賢。」行者道：「我貧道年輕遠來，實是不知，煩將君王好道愛賢之事，細說一遍，足見同道之情。」道士說：「此城名喚車遲國，寶殿上君王與我們有親。」行者聞言笑道：「想是道士作了皇帝？」他道：「不是。只因二十年前，民遭亢旱，天無點雨，地絕穀苗，家家沐拜求雨，正都在倒懸捱命之處，忽然天降下三個仙長……便是我家師父；我大師父號做虎力大仙，二師父號做鹿力大仙，三師父號做羊力大仙；我那師父，呼風喚雨，只在翻掌之間，指水為油，點石成金，卻如轉身之易，能奪天地之造化，換星斗之玄微，君臣相敬，與我們結為親也。」（註四）

這三仙在朝中享有上殿不參君，下殿不辭王的特權，並被國王尊為「國師兄長先生」。行者嗣訪眾受苦僧侶，他們稟道：「我們這國王單抑佛尊道，但有遊方道者至此，即請拜王領賞，若是和尚來，不分遠近，就拿來傭工。」行者道：「想那道士還有什麼法術，誘了君王；若只是呼風喚雨，也都是旁門小法，安能動得君心？」眾僧道：「他會摶砂煉汞，打坐存神，指水為油，點石成金。如今興蓋三清觀宇，對天地祈君王萬年不老，所以就把君心惑動了。」

類此隱喻筆墨尚多，不克一一列舉。諸君請參前引《明史・佞倖傳》所述道士陶仲文得寵，及世宗迷信道士情形，則作者寫此情節之用意，豈不洞悉無遺了！

吳承恩晚年發憤寫此書

或曰：明世宗迷信道教，日求長生，乃是個人信仰及生活的自由，應無可厚非。其實不然，因皇帝是一國的政治領袖，尤其那時的皇帝猶不似今日國家的元首。那時的君權是無限的，生殺予奪，悉聽尊便，所以國家的命脈便與君王的良窳與否息息相關。如一旦君主昏庸，大權旁落，奸小當道，就必禍延國家及人民了。歷史上這種例子可謂罄竹難書。本書中所寫車遲國的情形，就是君權旁落的佐證。另如第四十回眾山神土地對行者說：「那洞裡有一個魔王，神通廣大，常常的把我們山神、土地拿了去，燒火頂門，黑夜裡與他提鈴喝號，小妖兒又討甚麼常例錢。」便也是暗示由於朝綱不振，權貴們以大吃小作威作福。

本書內容大多寫神怪故事，作者是假神怪的世界來影射人間；神怪世界的不公，隱喻人世的不公。烏雞國王被妖怪謀害，陰魂不散，求救於唐僧，唐僧問他何不去閻王那兒告狀！那亡魂說：「他的神通廣大，官吏情熟——都城隍常與他會酒，海龍王盡與他有親，東嶽齊天是他的好友，十代閻君是他的異姓兄弟。因此這般，我也無門投告。」（第三十七回）又第四十五回黑水河河神向行者磕頭泣淚道：「大聖，我不是妖邪，我是這河內真神，那妖精舊年五月間，從西洋海，趁大潮來於此處，就與小神交鬥，奈我年邁身衰，敵他不過，把我的河神府就占住了，又傷了我許多水族。我卻沒奈何，徑往海內告他。原來西海龍王是他母舅，不准我的狀子，教我讓與他住。我欲啟奏上天，奈何神微職小，不能得見玉帝……。」要旨在說明權貴們互有勾結，被欺凌的黎民百姓，有苦無處訴，有冤不能伸。

但是社會雖然黑暗，政治雖然腐敗，卻並不表示舉國上下全無忠良！而本書所寫孫悟空保唐僧赴西天取經的故事，毋寧說乃是一部忠臣的奮鬥史。作者是以象徵的手法將唐僧象徵為一位君主，將悟空、八戒、沙僧等人象徵三種不同類型的公務員。

我們且看看吳承恩筆下這小小王國的君臣是怎樣的形象？

毋庸諱言，唐僧是昏庸的、無能的，膽小如鼠，遇事沒有主張，只知道哭，耳朵又軟，愛聽小話讒言，所以作者不斷提示我們，他是軟耳朵、信邪風、一頭水的膿包。孫悟空一向瞧不起他，只為他是主子，不得不效忠於他。

作者以孫悟空象徵勇敢的忠良。他有通天的本領，冒險犯難的精神，堅忍不拔的志節。為了保護唐僧，出生入死，無役不與，無難不赴，忠心耿耿，卻得不到信任，屢遭屈辱，時受排擠，三次被逐，使得這位天不怕地不怕頂天立地的英雄，竟然常灑英雄淚。

以豬八戒象徵奸臣小人。他貪財愛色，好吃懶做，時進讒言，挑撥是非。佛教中之八戒，他樣樣不戒；豬八戒者實為諸不戒也。

以沙和尚象徵一般庸碌之輩。在沒有是非的社會裡，人才往往是遭嫉的，諂媚小人必然得意，而庸庸碌碌之輩，雖然不能飛黃騰達，卻也能「庸庸碌碌到公卿」。沙僧沒有甚麼本領，在取經的過程中他沒有功勞，只有苦勞，所以他仕途康莊，平安無事，豬八戒也不排擠他，最後他也因取經而得正果。

唐僧取經遍歷八十一難（其實故事不足八十一個），表面上看來，是佛神以此來考驗他的志節，實則作者是以種種象徵的手法來側寫明代朝政腐敗社會黑暗，他以同情的筆墨描寫民間的疾苦（如車遲國眾僧侶被欺壓凌辱），為人民發出求救的呼聲（如黑河河神向行者說：「今聞大聖到此，特來參拜投生，萬望大聖與我出力報冤」）。

對於本書的讀後感當不止此，為期拙文便於刊出，篇幅不能太長，有關本書的其他申論，將分別另著專文。

（註一）施、羅二公指施耐庵及羅貫中，有謂《水滸傳》係二人合著者。

（註二）關於吳承恩的資料，本文參考了孟瑤女士著《中國小說史》、李辰冬博士著《三國、水滸與西遊》、及丁志堅先生著《中國十大小說家》等所引述之各項史資。

（註三）縣丞亦作縣貳，猶如今日縣政府的秘書。

（註四）陶仲文曾領「三孤」，此虎力、鹿力、羊力三仙猶喻陶氏之三孤也。

揭開《西遊記》神秘的面紗

《西遊記》是一部非常滑稽詼諧有趣的書，但是，它並不似胡適之先生所說「沒有什麼微妙的意思，至多不過有一點愛罵人的玩世主義」而已。

胡適之先生是我國近代傑出的學者，除了倡導白話文運動卓著貢獻外，對我國古典小說考證的工作致力尤多，貢獻尤大。不過胡先生只是一位勤於治學的學者，雖對我國古典名著小說有考證的興趣，但他並不懂小說，所以有很多不正確的評論。他曾親口說過《紅樓夢》毫無價值」的話。這位對《紅樓夢》如此熱愛的人竟說出這種話來，實在匪夷所思。胡先生對我國最著名的幾部古典小說，在考證工作上都下過很深的工夫，其不當的評論很多，限於篇幅不擬一一過錄，茲僅就其對《西遊記》考證的結論摘誌於下。他說：「至於我這篇考證本來也不必作。不過這幾百年來談《西遊記》的人都太聰明了，都不肯領略那極淺近明白的滑稽意味與玩世精神，都要妄想透過紙背去尋那微言大義，遂把一部《西遊記》罩上了儒、釋、道三教的袍子，因此，我不得不用我的笨眼光看《西遊記》有幾百逐漸演化的歷史，指出這部發起於民間的傳統和神話，並無『微言大義』可說，指出現在的《西遊記》小說的作者是一位『放蕩詩酒，復善諧謔』的大文豪做的。我們看見他的詩，曉得他確有『斬鬼』的清興，而決無金丹的道心。指出這部《西遊記》至多不過是一部有趣的滑稽小說、神話小說，他並沒有什麼微妙的意思，他至多不過有一點愛罵人的玩世主義。這點玩世主義也是很明白的，他並不隱藏，我們也不必深求。」（《胡適文存》二集卷四〈西遊記考證〉）

胡先生對小說的本身沒有下過功夫，若然，他就應該了解，小說不僅只是說故事而已；故事乃是它的軀殼，它尚須有寓意和內涵。徒有故事，只能算是通俗小說，不能躋身文學殿堂。屬於文學作品的小說，故事只是表現其主題的媒介而已。

小說的主題，包括作者的思想、意識與情感。此三者互為因果。

真正的小說家基本上都是入世的，莫不有匡時濟世的情懷。而真正的文學小說。也皆負有反映人生、表現人生、美化人生、啟迪人生、指導人生的使命（娛樂人生當然也是其使命之一）。明乎此，我們就該知道，好的小說是有「微言大義」的，不可不加深求。太史公曾說過「聖賢非憤不作」的話，他是最了解作家的寫作心態的，日人廚川白村說「文學是苦悶的象徵」，也是對文學作品極為中肯的註釋。所以真正的文學小說，都是作者嘔心瀝血的結晶，何能沒有「微言大義」呢！又何能不加深求呢！

然而，愈是寓有「微言大義」的小說，作者愈有難言之隱，君不見曹雪芹曾明白地指出，《紅樓夢》是「將真事隱去（甄士隱），以假語村言（賈雨村）敷衍出來的麼！」準此以論，便可得知，很多小說，作者多賦予一層神秘的面，胡先生忽略於此了。

《西遊記》有「微言大義」是可以肯定的，但我也同意胡先生的看法，不必硬將「儒、釋、道的袍子加身」。而應以文學的、社會的及政治的眼光來欣賞它、研究它，就很容易明白了解了。

要洞透一部作品，有一層工夫必然不能省略的，那便是對作者個人的了解，和當時時代背景的認識。

《西遊記》作者吳承恩，字汝忠，江蘇淮安人，生於明朝弘治十三年（公元一五〇〇—一五八二）。曾祖父和祖父均做過學官。父親雖是小商人，卻極愛讀書，終日一卷在手，諸子百家無不瀏覽。吳承恩出生於世代書香，自幼即博極群書，滿腹經綸，詩文著世，名噪一時。《淮安府志》說他「性敏而多慧，博極群書，為詩文下筆立成，清雅流麗，有秦少遊風。」善作小說，並長書法，各種應酬文字莫不精通。可是這麼一位多才多藝的人，卻因為孤傲耿直，與時不合，不能賄賂學官而屢試不第，四十五歲才考取一名歲貢生（有歲費的秀才），五十歲試圖到京師發展，飽嚐世態炎涼的況味，隨後轉道南京，一度淪落賣文賣字為生。六十歲迫於飢寒，到浙江長興作縣丞，做些案牘工作以維生計，不久又因與當道不和，憤而拂袖歸。卒年八十二歲，身後蕭條，子嗣亦無。著作《西遊記》大概是晚年歸里的那段歲月。

簡述了吳氏的身世後，再來看看他所處的時代，就更容易明白他為什麼要寫《西遊記》，以及寫作本書的心態了。

有明一代創基於公元一三六八年，滅亡於一六四四年，共二七七年歷位十六帝。吳承恩生於一五〇〇年，歿於一五八二年，共經歷孝宗、武宗、世宗、穆宗、神宗等五位皇帝。這五帝中世宗在位四十五年，為時最久。那是吳承恩二十二歲到六十六歲。這一段年齡對任何人來說，都是一生中最重要的時光。然而，那時的明世宗是怎樣的一位皇帝？政治情形如何？且看《明史．佞倖傳》中有關陶仲文的記載就可知其梗概了。

陶仲文是一名道士，長於畫符，他的符水曾經驅走宮中的妖怪，治好了太子的痘症，很得世宗的寵信。嘉靖十八年，世宗南巡，途經衛輝（今河南汲縣），忽有旋風迴繞帝駕，問主何兇吉？仲文答以「主火」，是夜宮中果然大火，燒死了不少人，世宗益異。先後加封「高士」、「真人」封號十一次，後又加封少師、少傅、少保。嘉靖二十年，世宗不理朝政，不見群臣，日求長生，獨陶仲文時可得見，而且每見賜坐，稱之高師，不呼姓名。眷異得寵垂二十年。他身邊的許多小人也都據以緣進，俱封高官。忠臣諫阻，屢遭殺戮或坐罪，致奸臣如嚴嵩者得以當道。

吳承恩處在這樣一個時代環境，能無感慨？能夠緘默麼？但是又不能不顧到文字之獄，殺身之禍，所以只有取材歷史「假託唐漢」了。

吳承恩滿腔的憤慨、滿腹的牢騷需要發洩！發洩之道就是假藉歷史的一點事蹟作為故事的間架，然後創造人物，杜撰故事，以洩胸中之積壘！於他選中了唐代高僧陳玄奘到西方取經的史實。

然而，唐僧是一個有道的高僧，取經的故事是一個偉大的史實，如據實以錄，對其寫作的目的沒有價值，所以他只好委屈唐僧，將其性格和人格重新加以塑造，而將他寫成一個：膽小、愛哭、信邪風、聽讒言、膿包、一頭水、軟耳朵的庸僧，以其象徵影射那令人憎惡的無道昏君。無道之君人人痛恨，恨不得誅之而後快，所以《西遊記》裡人人都想吃唐僧肉！所謂吃得唐僧肉即可長生不老者，實即打倒那昏君人人就有好日子過了之謂也。

既是要將唐僧影射為一個國王，國王之下必有幹部，幹部之中必有忠奸，於是孫悟空象徵文武全才，忠心耿耿除暴安良的英雄，豬八戒影射那奸佞的小人，沙和尚便影射那些庸庸碌碌無能之輩！

吳承恩寫作《西遊記》的目的，與其說是為了記述唐僧取經的經過，毋庸說是為了要創造一個頂天立地、為民除害的英雄。所以本書的主角是孫悟空，不是唐僧。

何以見得呢？君不見本書一開始作者就動用了七個回目的篇幅，來寫孫悟空的誕生、修行、大鬧天宮、被佛祖鎮壓在兩界山下等等的情形乎？然後才漸次敘述到唐僧的出世和取經的緣由。及待唐僧踏上取經的旅程，孫悟空也就接著登場了，而其後，唐僧所歷各難，又有那一件不是孫悟空建功掃除的呢！

既經確定孫悟空是本書的主角，那麼我們就要分析一下，作者如何創造這個人物？以及他的際遇如何？命運如何？有什麼委屈？有什麼痛苦煩惱？

孫悟空產於花果山的一塊仙石，由石卵經風一吹化成一個石猴，五官俱備，四肢皆全，出生後就知道參拜天地，竟然驚動了玉帝。那花果山本盛產群猴，這石猴遂與群猴為伍，饑食山果，渴飲山泉，生活甚為快樂。以其聰慧靈巧，遂推為王，因稱為美猴王，一日忽生長生之念，乃普訪仙山，投拜名師，學得通天本領，騰挪變化七十二種，一個觔斗竟達十萬八千里。他的兵器是來自東海龍宮的一根擎天柱，重達一萬三千五百斤，能大能小，平日如繡花針一般，藏在耳中。他的陽壽本來只有三百四十二歲，他大鬧陰曹，十殿閻君奈何不得，只得任憑他除名生死簿。為此二事，東海龍王及地藏王分別啟奏天庭，玉帝因順太白星建議，將他召入天庭，封為「弼馬溫」。孫悟空不知是何職司，欣然就任，後來才知道只是一個為玉帝養馬的卑職，官不入品，職不入流，乃棄職回到花果山自封為「齊天大聖」。玉帝遣天兵天將十萬與征，不能舉勝，只得屈從封為「齊天大聖」。悟空不知此乃有官無祿的虛銜，初不介意，嗣因西母娘娘舉行蟠桃盛會，竟然未在邀請之列，而他又因偷吃蟠桃，闖下大禍，二次棄職潛逃。嗣經觀音協助，方才將他捕獲，玉帝本要將他斬首，怎奈他曾偷吃蟠桃、仙酒、金丹，已得長生，刀斧不入，無奈只得交與太上老君，意欲置於丹爐，將所食金丹煉出，不意歷經四十九天，竟然毫髮無損，被他自爐中逃出。孫悟空心中惱怒難消，大鬧天宮，聲聲要玉帝讓位。後因與如來賭賽，被鎮壓於五指山下，五百年後，唐僧經此，將他救出，收錄為徒。

從以上的簡述，我們可以得到如下的認知：

一、孫悟空產自仙石，天地為父母，不是凡胎，雖屬猴籍，卻如人類，但又長生，變化多端，實為「非人、非獸、非仙、非妖」的「四不象」，作者如此著筆，實深具用心也。

二、孫悟空有天地不滅的金身，頂天立地的本領，天兵天將奈何不得的能耐，卻未為天庭重用，兩次加封，均非出於惜才愛才之意，只是迫於情勢的安撫手段而已。

三、孫悟空的滋事，初為龍宮、再為地府，然後層次提升到天宮，寓有人才無法埋沒之意。

四、孫悟空兩次被捕，均非天兵天將之力，所以孫悟空看不起他們，認為「上天諸神不如我老孫者多矣」！

五、孫悟空大鬧天宮，是由於所受的屈辱太多，一腔怒火不能自已，意猶作者的心態及普天的公憤也。

本書第一至第七回旨在介紹孫悟空的出世、求仙、得道及大鬧天宮的始末。在此七回中，純屬對孫悟空個人的特寓，而孫悟空予讀者的英雄形象也於焉建立矣。

本書的內容，可概分為三個大段落，第八回至第十二回寫唐僧出世及取經的緣由，第十三回以後，才是取經的歷程。

唐僧踏上取經之途後，就遭遇到種種困難，據說共歷八十一難，這些劫難皆融於四十一個故事中，作者對這些故事的描寫，有的是來自民間的傳說，大部份則是經過作者精心的設計。每個故事情節都不相同，每個故事都具有匠心深意。茲略舉數端以供參賞。

△第三十七回烏雞國王被妖怪謀害，陰魂求救於唐僧，唐僧問他何不去向閻王告狀？那亡魂說：「他的神通廣大，官吏情熟，都城隍常與他會酒，海龍王竟與他有親，東嶽齊天是他的好友，十代閻君是他的異性兄弟，因此這般，我也無門投告。」（下情無法上達之苦也）。

△第四十回眾山神土地對行者說：「那洞裡有一個魔王，神通廣大，常常的把我們山神土地拿了去燒火頂門，黑夜與他們提鈴喝號，小妖兒又討甚公常例錢。」（這便是暗示由於朝綱不振，權貴們以大欺小，作威作福。）

△第四十三回黑水河河神向行者泣道：「大聖，我不是妖邪，我是這河內真神，那妖精舊年……把我神府占了，……我卻沒奈何，逕往海內告他，原來西海龍王是他母舅，不准我

的狀子……我欲啟奏上天，奈何我神微職小，不能得見玉帝……。」（此神世之不公，一如人世之不公也。）

前文我們曾經指出，此書用的是「假託唐漢」的手法，明寫唐代，實寫明代，明寫唐僧，取經的情形，實寫世宗的性格及朝政，例如第三十回寶象國公主說：「我父王不是馬掙力戰的江山，他本是祖宗遺留的社稷，自幼兒是太子登基。」（明世宗十四歲即位，正是自幼兒太子登基。）同回中妖魔變作駙馬，反說唐僧是妖怪，作者在書中寫道：「你看那水性的君王，愚迷肉眼，不識妖精，轉把一片虛情當了真實。」（明世宗正有真假不辨的性格。）車遲國崇奉道士欺壓和尚。虎力大仙、鹿力大仙、羊力大仙三個妖精變作道士，被孫悟空打死，那國王哭到天晚，悟空教訓道：「今日滅了妖邪，方知我禪門有道。向後來，再不可胡為亂信，望你把三道歸一，也敬僧、也敬道，也養育人才，我保你江山永固。」（這豈不對明世宗迷信道士的針砭麼！）作者在六十二回寫祭賽國「文也不賢，武也不良，國王也不是有道。」（豈不是明明用了「指桑罵槐、含沙射影」的手法！）第七十五回獅駝國國王及文武官員並滿城大小男女都被妖精吃了，不就是隱喻全國上下都被道士迷惑麼！第七十八回比丘國王稱妖道為國丈，國王貪戀美女，不分晝夜，那國丈又獻海外秘方，這情形與世宗稱陶仲文為師，以及迷惑於他的道術，又有甚麼不同呢！

唐僧取經途中，一路上遇見無限的妖魔，孫悟空為清除這些妖魔，無不出生入死，自不待言，也從無怨懟，惟每每一經擒伏卻又非釋放不可，則殊令其心中不平也。例如：第二十回所擒伏的黃風怪，靈古菩薩要求釋放，第三十五回擒得的金角大王、銀角大王，太上老君要求釋放，第三十九回擒得的妖怪文殊菩薩要求釋放，第四十九回觀音菩薩為金魚精求情，第五十二回太上老君為獨角大王求情，第六十六回彌勒佛為黃眉怪求情，第七十一回觀世音為金毛獅求情，第七十七回大鵬鳥與如來有親，第七十九回的白鹿精為壽星的腳力，第九十回的九頭獅為太乙天尊的腳力，此外，玉兔精是太陰星君的寵物，黃袍怪是上天的星宿，這些妖怪都有特殊關係、特殊背景，與上天的神、仙、佛、道非親即故，但他們的主人平日不加管束，任其擾世為害，及待孫悟空費盡心力加以擒伏，欲予消滅除害時，各方的人情都來了，這又隱喻象徵些什麼！

以上所舉各例固然令孫悟空氣絕，但最令他傷心的尚不在此，而是那膿包、一頭水、信邪風、聽讒言的師父，曾經立下休書，兩次逐放他，令他不禁傷心得痛哭流淚也。

孫悟空是頂天立地的英雄；英雄有淚不輕彈；英雄落淚自必有其複雜的原因。孫悟空之所以傷心落淚者，第一是他的懷才不遇，初未見重於天庭，皈依佛門後又侍候這樣一位師父，第二是人心險惡、世情複雜，第三是豬八戒屢進讒言，唐僧竟然聽信，第四是頭上那頂煩惱的金箍帽，永遠去不掉。

孫悟空所面臨的痛苦，不僅是他個人的痛苦，他如果不是為了要完成護師取經的任務，儘可在花果山作那快樂的美猴王！但是，這痛苦是世人所共有的，其為英雄者，豈能視若無睹！

向者，中國的讀書人都有「學得文武藝，貨與帝王家」、「學優則仕、匡時濟世」的抱負。英雄不能坐視天下的沉淪，書生自亦不能例外，然而書生只有一管筆，吳承恩無能出生入死戰場，他只能藉其生花妙筆創造一個英雄，掃蕩妖孽，為舉世的黎民百姓一抒胸中的積壘！此外，作者更運用了許多滑稽詼諧的筆墨來戲弄豬八戒，也是一洩胸中之怨的手法也，不知我們的學術泰斗胡適之先生怎麼不能透視本書神秘的面紗，竟說「《西遊記》至多不過是一部有趣的滑稽小說、神話小說，他並沒有什麼微妙的意思……我們不必深求」呢？

小說是文學家族的成員之一，初如棄嬰，不為所重，晚近則為新生的寵兒，躍為文學的主流，其蛻變的歷程是漫長而艱辛的。然窺其究理，卻不難理解，在枝葉繁茂的文學家族中小說何以能脫穎而出？乃因小說最具包容性，其間有故事，有人物，提高了它的可讀性與趣味性。惟其小說有故事和人物為媒體，適足以表現人類複雜的思想、意識、情感，也最能忠實地反映人生的全貌。

反映人生，是小說的使命之一，反映時代，也是小說的使命。

人類的生存，須有生存的空間，人類的生命則是時代的產兒。易言之，人類誕生於那一個時代，即屬於那一個時代的產兒。

時代的形成，有文化的因素、政治的因素、社會的因素，以及經濟的因素等等。它們交錯地孕育出人生、影響人生；人是時代的過客，人生的際遇，固然一方面操諸在我，另一方面，時代的洪流對於人類的命運，更具有莫大的衝擊；人類的命運與時代的流，有著骨肉相聯密不可分的關係。

小說是描寫人生的文學作品，小說離不開人生，小說也就離不開時代。

宗教信徒們所描繪的天堂和極樂世界，那只是他們的憧憬，他們招徠信徒的伎倆，人類現實的社會中，沒有天堂，也沒有極樂世界，真實人類社會中所呈現的是放眼無盡的罪愆與不公、貧窮與黑暗！

小說家們懔於良知、正義和真理，他們不甘緘默！他們要呼喚！他們要吶喊！乃訴之於筆墨，藉助人物故事為媒體，表現他們對時代的抨擊。

人類對時代的不滿，無異於對社會的不滿；對社會的不滿，無異於對政治的不滿；對政治的不滿，便是對當朝執政者的不滿了。然而，執政大權在握，其有損於政權的威望與鞏固者，均非其所能容忍，便不免採取壓抑和禁制的手段。

然而，人類的意志是不甘屈服的，於是便衍幻出許多方法和技巧。

試以《西遊記》為例。

《西遊記》是我們熟知的作品，它是描寫唐代高僧陳玄奘赴西天取經的故事。西天路途遙遠，障礙重重，佛祖為期完成取經壯志，點化孫悟空皈依為徒，其後又收錄了豬八戒與沙僧，並有小龍王為腳力。歷經八十一難，才取得三藏真經。

唐僧取經，在歷史上是有史實可考的，不過真正的唐僧並不曾有孫悟空、豬八戒及沙和尚這等有著通天本領的徒弟。取經途中，雖困難重重，並無那些妖魔鬼怪。真實取經的事實，與《西遊記》所描寫的故事，有著極大的差距，作者為什麼要寫《西遊記》？而又不忠於事實！這便是作者規避現實的技巧了。

歷史上唐僧是個有道的高僧，勇敢堅定，且看《慈恩三藏法師傳》中的記載：「……出玉門關，孑然孤遊沙漠矣……從此以去八百里，上無飛鳥，下無走獸，復無水草……行百餘里、失道。覓野馬泉，不得。下水欲飲，袋重，失手覆之，千里之資，一朝斯罄……四顧茫然，人馬俱絕。夜則妖魑舉火，爛若繁星，晝則驚風擁沙，散時如雨。雖遇如是，心無所懼，但苦水盡，渴不能前，於是者四夜五日，無一滴霑喉……遂臥沙中，默念觀音，雖困不捨；啟菩薩曰：『玄奘此行，不求財利，無冀名譽，但為無上道法正心耳，惟菩薩念舊群生，以救苦為務，此為苦矣，寧不知耶！』如是告時，心心無輟……。」（參《胡適文存》集二）

《西遊記》中的唐僧如何呢？且看第十五回的一段描寫：

（唐僧的馬被妖怪吃了）三藏道：「既是牠吃了，我如何前進！可憐啊！這千山萬水，怎生走得！」說著話，淚如雨落。行者見他哭將起，〔那裡忍得住暴躁，發聲喊道：「師父莫要這等膿包形麼！你坐著！坐著！等老孫去尋那廝，叫他還我馬匹便了。」三藏卻又扯住道：「徒弟啊，你那裡去尋他？只怕他暗地裡竄將出來，卻不又連我都害了，那時節人馬兩亡，怎生是好！」行者聞得這話，越加嗔怒，就叫喊如雷，道：「你忒不濟！不濟！又要馬騎，又不放我去，似這般看著行李，坐到老罷！」

從以上兩段描寫的對照，很明顯地可以看出，真實的唐僧遇到困難是「心無所懼，默念觀音」，而《西遊記》中的唐僧遇到危難則是「淚落如雨，膽小如鼠，一副膿包相。」作者何以要如此扭曲事實？欲知底蘊，便須了解作者創作的心態和動機，更進一步，就是要認識作者的身世以及其時代背景。

《西遊記》的作者吳承恩，字汝忠，淮安府山陽縣（今江蘇淮安縣）人，生於明朝弘治十三年（公元一五〇〇年）。曾祖父和祖父均做過學官，父親雖是小商人，卻也「日把一卷在手，自六經諸子百家莫不瀏覽」，也是個讀書人，可謂家學淵源，書香世代。吳承恩自幼博覽群書、滿腹經綸，詩文著世，名噪一時。《淮安府志》說他「性敏而多慧，博極群書，為詩文下筆立成，清雅流麗，有秦少游風」。而且又善諧劇（小說），並長書法，各種應酬文字莫不精通。可是這麼一位多才多藝的人，卻因為孤傲耿直，與時不合，不能賄賂學官而屢試不第，直到四十五歲方考取一名歲貢生（秀才）。五十歲時曾試圖到京師發展，備嚐炎涼況味。後轉南京，一度落魄得賣文度日。六十歲時，迫於飢寒，不得不去浙江長興屈就縣丞，做些案牘工作，賴以維生。後又因事不和，恥折腰，憤而辭歸。卒年八十二歲。一生貧困，身後蕭條，子嗣也無。

吳承恩有生之年，共歷五帝，他們是：明孝宗、明武宗、明世宗、明穆宗、明神宗。世宗在位四十五年，（那正是他二十二歲到六十七歲的時候）二十年不朝，迷信道士，但念長生，朝政落於奸臣（如嚴嵩）宦官及道士之手。道士陶仲文，曾領三孤（少師、少傅、少保）眷寵二十年。朝臣不得面君，獨陶仲文隨時可見，並稱師賜坐，不呼姓名。忠臣諫阻，屢遭殺戮。

有明一代，這是極其黑暗的時代，吳承恩生不逢時，目睹朝綱不振，政治腐敗，社會糜爛、民不聊生，心中焉能沒有感慨！然而，他無法振筆直書，便只好委屈唐僧，任其「指桑罵槐」以洩其心中之憤了。所以《西遊記》中的唐僧是那麼昏庸、膽小、信邪風、聽讒言、膿包、一頭水。所以車遲國有國王奉妖為國師的描寫，滅法國有尊道抑佛、濫殺和尚的描寫。作者是將這取經的集團象徵為一個小小的王國。孫悟空是個文武全才、忠心耿耿、無難不赴、無役不與的忠良，卻多次被逐，有志難伸；豬八戒是個貪財好色，好吃懶做、愛撒謊、進讒言的小人，卻很得寵；沙和尚是個沒沒無聞、庸碌之輩，到頭來亦得正果，豈不正應著「庸庸碌碌到公卿」的官場俗諺麼！那麼唐僧象徵什麼？影射何人，便不言可喻了。所以《西遊記》者，明寫唐代高僧取經的故事，實寫明代君王的昏庸、政治的黑暗、社會的不公也。

其時也，世人莫不希望有個忠心耿耿、頂天立地的英雄，出來除暴安良、匡時濟世，救國於傾危，救民於水火，所以作者乃塑造出一個齊天大聖孫悟空；因為人人都痛恨國君的昏庸無道，所以《西遊記》裡人人都要吃唐僧的肉！此是為《西遊記》的時代意識也。

從《西遊記》透視小說的時代觀

一

人類是具有高度文化的動物，所以是社會動物也是政治動物。惟其人類具有高度文化，所以人類有思想、有情感、有慾望。人類的生活也就較一般動物複雜而多彩多姿。

人類的文化隨著人類智慧的增進而發達。每一時代所呈現的水準和特色並不盡同；這其間包括政治的、經濟的、宗教的、學術的、教育的、哲學的、思想的，乃至風俗民情的等等，不一而足。

文學是由文化而產生，它是文化的表徵之一，它是由人而寫，也是為人而寫，所以文學離不開人生，也離不開時代，其中尤以與人生關係最密切的小說為然。蓋小說寫作的目的率多以描寫人生為職志，因而我們無論是對小說的欣賞、研究或寫作，都不能忽略作品與時代的關係；小說自有其時代觀。

所謂小說的時代觀，乍看起來，似可分為「作品的」與「作者的」兩部份，其實稍加深究，實乃無法分割者，因為作者縱然能將作品的時代假託於過去或未來，但最後所表現的，仍跳不出作者所處的時代。為期便於析論，特以《西遊記》為例。

二

古典小說都是導源於民間流傳的故事，常常是經過幾百年的傳播和演變，最後才由一人加以編撰創作而成為一本完整的說部，《西遊記》也不例外。

《西遊記》是描寫唐代高僧玄奘法師赴西域取經的故事。人物和事件都是真實的，有史可考，但我們現在所看到的小說卻是經過民間數百年的傳播，最後才由明代碩儒吳承恩以充份演譯的手法創作而成，與實際史實相距甚遠。

吳承恩為什麼要這樣做？我以為可以解釋的理由如下：

第一、他自幼就是一個蒐奇志異的人，有獵取怪誕野趣的性格，因而寫作此書時，就不免將他富於幻想的才華充份發揮。

第二、文學家潛心於著作，必有其寫作的動機和目的，易言之，就是要表達作者的思想、意識和情感；也就是作品的主題。

二者之間，後者尤為重要，爰就此加以申述。

明代名儒李卓吾在評敘《水滸傳》時，引用太史公的話說：「《說難》、《孤憤》，聖賢發憤之作也。」李說：「由此觀之，古之聖賢，不憤則不作矣；不憤而作，譬如不寒而顫，不病而呻吟也……。」所以也有人說「文學是苦悶的象徵」，是同樣的道理。

既然文學作品多是聖賢發憤之作，人類苦悶的象徵，那麼我們就不難體會：文學作品的寫作，該不該有些方法和技巧？如果不運用一些方法技巧，在作者「發憤」之後，會不會有嚴重的後果？作者們當不會忘記那些文字獄的故事。尤其直接以描寫人生為職志的小說，如果作者所發憤的「人與事」都是真實的，能沒有危險禍患麼？故而小說的寫作尤應講究方法和技巧，於是乎便不免有「假借唐漢」的手法產生了。

明乎此，我們就不難了解：為什麼他的作品要以唐僧取經的故事為背景？

但是，進一步我們又要問：吳氏此舉的目的和用意何在呢？這就涉及他的身世和時代背景了。

三

吳承恩字汝忠，淮安府山陽縣（今江蘇維安縣）人，生於明弘治十三年（公元一五〇〇年）。曾祖父和祖父均做過學官，父親雖是小商人，卻也「日把一卷在手，自六經諸子百家莫不瀏覽」，也是個讀書人，可謂家學淵源，書香世代。吳承恩自幼博覽群書、滿腹經綸，詩文著世，名噪一時。《淮安府志》說他「性敏而多慧、博極群書，為詩文下筆立成，清雅流麗，有秦少游風」。而且又善諧劇（小說），並長書法，各種應酬文字莫不精通。可是這麼一位多才多藝的人，卻因為孤傲耿直，與時不合，不能賄賂學官而屢試不第，直到四十五歲那年才考取一名歲貢生（秀才）。五十歲那年曾試圖到京師求發展，卻飽嚐現實況味，失望地離開京師，轉道南京，一度落得賣文度日。六十歲時，迫於飢寒，不得不去浙江長興屈就縣丞，做些案牘工作，賴以維生，後來卻又因事不和、恥折腰，憤而辭去。他雖然活到了八十二歲，但一生貧困坎坷，身後蕭條，連子嗣也沒有。

吳承恩的著作很多，現存者僅有《射陽先生存稿》四卷及《續集》一卷。享譽後世的當然是《西遊記》。從這本書中我們可以看出他想像力之豐富，創作才華的高超。然而，這麼一位才情橫溢的人，卻抑鬱終身，能無怨懟乎！而《西遊記》正是他對時代的抗議和對社會的控訴！

四

簡述了吳承恩的身世後，再來看看他所處的時代，就更易明白他為何要寫《西遊記》了。

有明一代創基於公元一三六八年，滅亡於一六四三年，共二七六年，歷十六位皇帝。吳承恩生於一五〇〇年，歿於一五八二年，共經歷孝宗、武宗、世宗、穆宗、神宗等五位皇帝。這五帝中，世宗在位四十五年，為時最久，那是吳承恩二十二歲到六十六歲，這一段年齡對任何人來說，都是一生中最重要的時光。然而，那時的明世宗是一位怎樣的皇帝？政治的情形如何呢？我們且自《明史．佞倖傳》中摘譯一段有關陶仲文的記載，就可以悉其梗概了。

陶仲文是一名道士，長於畫符，他的符水曾經驅走宮中的妖怪，治好太子的痘症，很得世宗的寵幸。嘉靖十八年，世宗南巡，途經衛輝（今河南汲縣），忽有旋風圍繞帝駕，世宗問主何兇吉？仲文以答：「主火」。是夜行宮果然大火，燒死了不少人，世宗益異。先後加封「高士」、「真人」的封號達十一種之多，後來又加封少師、少傅、少保。嘉靖二十年，世宗不理朝政，不見群臣，日求長生，獨陶仲文時可得見，而且每每賜坐，稱之為師，不呼姓名。眷異得寵垂二十年。他身邊的許多小人也都據以緣進，俱封高官。忠臣諫阻，屢遭殺戮或坐罪，致奸臣如嚴嵩者得以當道。

由以上所述也就可以看出世宗的性格行事，進而對他產生如下的認識：一、迷信仙道，崇尚方技，妄求長生；二、不納忠言，殺戮忠良、寵信方士，坐大奸臣；三、紀綱不振，造成政治腐敗社會糜爛之歪風。

試想，一個有血性、有正義的讀書人，他能無感慨、能夠緘默麼？自不免有感時發憤的激動；但是他又不能不顧慮到文字之獄、殺身之禍！所以只有取材歷史假託唐漢了。

然則何以見得《西遊記》一書就是反映明世宗及其時政的呢？且舉數例以證：第一、第三十回寶象國公主曾說：「我父王不是馬掙力戰的江山，他本是祖宗遺留的社稷，自幼兒是太子登基。」世宗十四歲即位，正是自幼兒太子登基；第二、同回中妖魔變作駙馬，反說唐僧是妖怪，作者在書中寫道：「你看那水性的君王，愚迷（昧）肉眼，不識妖精，轉（反）把一片虛詞當了真實。」世宗正有真假不辨的性格；第三、車遲國崇奉道士壓迫和尚，虎力、鹿力、羊力三個大仙被孫悟空打殺後，那國王哭到天晚，悟空教訓他說：「今日滅了妖邪，方知是禪門有道。向後來，再不可胡為亂信；望你把三道歸一，也敬僧，也敬道，也養育人才，我保你江山永固。」（第四十七回）這豈不是對世宗獨迷道士的針砭麼？第四、作者在六十二回寫祭賽國「文也不賢，武也不良，國王也不是有道。」豈不是明明用了「指桑罵槐、含沙射影」的手法？第五、七十五回所寫獅駝國的國王及文武官僚並滿城大小男女都被妖精吃了。不就是隱喻全國上下都被道士迷惑了麼！第六、第七十八回寫比丘國王稱妖道為國丈，國王貪歡美女，不分晝夜，那國丈又獻海外秘方。這情形與世宗稱陶仲文為師，以及迷惑於他的道術，又有甚麼不同呢？

吳承恩是位不得志的才子，備歷社會不公，有一肚皮牢騷，卻不能率直發洩，所以只好借歷史上的人與事來作幌子，以達到他諷刺時代、抨擊社會的目的。是為本書的時代觀。

反映時代是小說家的職責，小說家應為歷史作見證，現世作警鐘，後世作導航。凡是好的小說莫不應有時代觀，而小說的時代觀卻必須經由藝術的眼光來透視。

（中央日報，中華民國七十四年二月十四日）

請勿等閒視西遊

非為歷史補遺。不是唐僧傳記。

包括胡適之先生在內，歷來的讀者對《西遊記》的看法都只把它看成一部有趣的神怪小說。胡先生在為本書作完考證後所作的結論說：「這部《西遊記》至多不過是一部有趣味的滑稽小說、神話小說，它並沒有什麼微妙的意思，它至多不過有一點愛罵人的玩世主義。這點玩世主義也是很明白的，它也不隱藏，我們也不必探求。」（《胡適文存》二集卷四）

胡先生是我國近世的著名學者，由於他對我國古典文學的考證頗具貢獻，他的話乃有一言九鼎之勢。其實胡先生只在考證上見功夫，在批評方面卻屢多謬誤。以今言之，他上面的那段話就很沒有水準了。現在許多讀者多已體驗出：作者不過是以古喻今的手法，假借唐僧取經的故事，來鞭撻明世宗的昏庸，諷喻明代中葉政治的腐敗，社會的黑暗而已。作者用此手法的原因，不外是文責的規避，以及遵從小說寫作的邏輯；蓋小說主題的表達，通常是以側寫筆法，透過人物推演故事也。

唐僧取經在歷史上是有史實可考的，但如據實以錄（註一）充其量只能成為一篇重要的文獻，或個人的傳記。而不能成為內容詭異、妙趣橫生、寓意深遠的文學巨著。

吳承恩寫作本書的目的，不在為歷史補遺，也不是為唐僧作傳。而作者乃是一位飽讀詩書、才華橫溢、屢試不第、歷經坎坷、備受憂患、憤世嫉俗，心中充滿怨懟的人，兼以自幼偏好獵奇志異，心中貯滿神奇怪誕，因而才選擇了唐僧取經的故事作為間架，假借神鬼妖魔共同組合故事，用以發抒其胸臆之憤慨也。

惟其書中人物率多以神鬼充之，乃不免令人有「神乎其話」及「神話連篇」的感覺。實則此等神鬼妖魔都深具人性，無異人類，故事中人物故事，皆係經過精心設計、巧妙安排、洵有所指，一一都值得玩味也。為期便於玩賞，特作如下的歸類：

唐僧所歷各難具見巧思

唐僧自誕生至自西天取經歸來，書中號稱共歷八十一難，但依筆者歸納，似乎只有三十幾難，大體而之，可謂難難驚險，難難不同，細細評之卻也有些拼湊之數，並非難難精彩，揆其原因，乃在本書尚未著成以前唐僧取經的故事盛傳民間，囂於市井，若干說書人率多以為「說話」的題材。說書人為招徠聽眾，自不免儘量誇大渲染其艱難險阻，將故事拉長，內容神化。且其故事不是一日可以說完，聽眾可能日有更易，為了適應聽眾的需求，不免有拼湊重複情事，而作者著述本書時所參考的「話本」又可能不是出於一人之手，雖間有大同小異或幾近雷同者，卻也認為刪之可惜，就予以保留下來，以致略有蕪現象，不過其中精彩斑斑者仍不在少，且先以唐僧歷難的設計為例。

唐僧所歷各難，依其性質約可分為數類：

第一類屬於「誘婚」和「逼婚」者。觀音菩薩為試驗唐僧信仰是否虔誠？志節是否堅定？曾請梨山老母、文殊菩薩等化作婦女，以財色亂其心志，要招唐僧師徒四人成婚，結果只有貪財好色的豬八戒上當，受到懲罰。情節概要為：一日黃昏，正值唐僧等腹中飢餓欲化齋投宿時，梨山老母在松林中點化一座莊院，一位中年寡婦領著三個年輕貌美的女兒，聲稱家貲萬貫，良田千頃，牛馬成群，家中單少男人主持，要招唐僧師徒四眾成婚，唐僧、悟空、沙僧等均不為所動，只有凡心未滅的豬八戒怦然心動，便以放馬為由悄悄溜到後門，尋得寡婦，頻頻叫娘，願意為婚。但那岳母卻說：「我只是有些兒疑難，把大女兒配你，恐二女兒怪，要把三女兒配你，恐三女兒怪，要把二女兒配你，恐大女兒怪。」那婦人旋獻計道：「我這裡有一方手帕，你頂在頭上，遮了臉，撞個天婚，——教我女兒從你面前走過，你抓著那個就把那個配你。」豬八戒抓了半天也沒抓著，那寡婦又說：「我這三個女兒的心性最巧，他每人結了件珍珠汗衫兒，你若穿得那個的，就教那個招你吧！」那獃子接過一件急急穿上，還未繫帶，撲地一跤跌倒在地，被幾條繩子綑個結實。翌日天明，唐僧等發覺原來露宿在松林中，八戒被吊在樹上，樹幹上有張字條，寫著八句詩：「梨山老母不思凡，南海觀音請下山，普賢文殊皆是客，化成美女在林間。聖僧有德還無俗，八戒無禪更有凡。從此靜心須改過，若生怠慢路途難。」

至於逼婚方面，則屬女妖為欲攝取元陽以長道行，欲強迫唐僧與之成婚，前者有第六十四回之杏樹精，後有第九十五回月中玉兔下凡。杏樹精係用詩挑情，月兔是拋繡球撞天婚，寫得都很別致。第九十三回老鼠精逼婚的故事更見精彩。

人人想吃唐僧肉寓有深意

第二類是人人要吃唐僧肉。唐僧遭逢劫難最多的，莫過許許多多的妖怪都想吃他。其原因是：「唐僧乃金禪長老臨凡，原來如來的弟子，十世修行的真身，一點元陽未泄，若能吃得他一塊肉，可以延壽長生。」由於這種傳說囂傳於妖魔界，致而招來災難無數。筆者略約統計，矢志要吃唐僧者計有：第十三回不知名的魔王、第二十回的黃風大王、第二十七回的屍魔、第二十八回的黃袍老怪、第三十二回的金角大王、銀角大王、第四十回的紅孩兒、第四十二回的牛魔王、第四十三回的黑河孽龍、第四十八回的金魚精、第五十回太上老君的座牛、第五十五回的蝎子精、第七十二回的蜘蛛精、蜈蚣精、第七十四回的青獅精、白象精、第八十六回的豹子精、第九十一回的辟寒大王、辟暑大王、辟塵大王等等。作者在這方面所耗心血至多，原因可能有二：

其一、凡是長篇小說必須有中心樞紐，據此發展結構方能嚴謹，情節方便依附，這可以說是小說家們共同遵守的原則，也可以說是一種要訣，作者深體斯意。

其二、人人想吃唐僧肉表面的理由是可以延壽長生，實則作者是將唐僧象徵一個無能的昏君；人人想吃唐僧肉者，意即人人都痛恨他，都想將他的王朝推倒也。

第三類是屬於地理方面的障礙，也使唐僧備歷艱難。跋山涉水本是長途旅行者必經之途，唐僧一行所經過的叢山峻嶺自是不計其數，而歷次所遇妖魔也多藏身高山洞府之內，不在話下，其叢山之險阻並不在於山路之難行，端在妖魔的作怪，而真正在地理方面所形成的障礙，則為：第二十二回的流沙河：「八百流沙界，三千弱水深，鵝毛飄不起，蘆花底定沉。」第四十三回的黑水河，但見那：「層層濃浪翻烏潦，疊疊渾波捲黑油。近觀不照人身影，遠望難尋樹木形。滾滾一地墨，滔滔千里灰。水沫浮來如積炭，浪花飄起似翻煤，……人生皆有相逢處，誰見西方黑水河！」第四十八回通天河被妖怪作法降下大雪只冷得：「重衾無暖氣，袖手似揣冰，此時敗葉垂霜蕊，蒼松掛凍鈴。地裂因寒甚，池平為水凝，……皮襖猶嫌薄，貂裘尚恨輕。蒲團僵老衲，紙帳旅魂驚。繡被重裀褥，渾身戰抖鈴。」可是第五十九回又遇到火燄山，老者向唐僧道：「敝地喚做火燄山，無春無秋，四季皆熱，此去六十里遠，正是西方必由之路，卻有八百里火燄，四周圍寸草不生。若過此山，就是銅腦蓋，鐵身軀，也要化成汁哩！」這都是屬於地理方面的。

此外，還有第十三回的路遇猛獸，第十四回的道遭搶劫、第四十六回的佛道鬥法、第六十五回的妖邪賭勝、第五十三回的誤飲陰陽水而受孕、第九十七回被誣為盜等等，也屬唐僧災難之一斑，不能一一贅述。

唐僧歷難事由，經予歸納雖然只有以上數類，但各次排除劫難的方法卻多所變化，每每花樣百出，技巧翻新，殊見巧思，不勝枚舉。在中國小說中想像力之充分發揮者，當以本書為最，讀者閱本書的趣味緣多在此。

趣味橫溢緣於變化之莫測

本書之所以能成為婦孺皆知雅俗共賞的通俗文學，除了前文所舉唐僧歷難數十，故事樣樣精彩，情節種種動人外，其效果率能臻此的原因，乃在作者將書中的人、事、物皆予神化也。蓋人類多有好奇喜變的秉性，而神乎其化是最能滿足人類好奇的方法。孫悟空一個觔斗十萬八千里，是人人樂道的事，然縱有如此神通，卻依然跳不出如來佛的掌心，這就更使人稱奇稱快！

作者不但是編造故事的能手，而在故事發展中所表現的奇思異想，則更踵事增華，作者在這方面所作的努力，充分顯示了他的創作才華，亦為讀者平添了無限的趣味。茲經歸納，約可分為如下兩類：

第一是神通變化。本書主要人物除了唐僧是凡夫俗子外，不是神仙就是妖魔；神與妖的特徵端在有神通擅法術；能雲能霧，有呼風喚雨之法，點豆成兵之能。在神、妖世界中，地位愈高，神通愈大。孫悟空未皈依佛門以前曾雲遊四海，拜在一位不願揚名的祖師門下，習得一身武藝和七十二種變化，所以才敢大鬧天空，使得玉帝欽點十萬天兵天將猶不能降，嚇得玉帝幾乎讓位，嗣得二郎神出馬，觀音相助，才將悟空擒住，其中悟空與二郎神鬥法的一段堪為代表，爰摘如后以便欣賞。

卻說真君（即二郎神）與大聖變做法天象地的規模，正鬥時，忽見本營中妖猴驚散，大聖無心戀戰，將金箍棒藏在耳內，搖身一變，變作個麻雀兒，飛在樹梢，二郎圓睜鳳目，見大聖變了麻雀，釘在樹上，就收了法象，搖身變作雀鷹兒，抖開翅，飛去撲打，大聖見了，梭地一聲飛起，變作一隻大鶿鳥，沖天而去。二郎急抖翎毛，搖身變作一隻大海鶴，鑽上雲霄來嗛，大聖又將身鑽入澗中，變作一條魚兒，淬入水內，二郎趕至澗邊，不見蹤跡，心知已變魚蝦，便變作個魚鷹兒。那大聖變作魚兒順水正游，見一隻四不像的飛禽就知是二郎的變化，急轉頭打個水花兒就走，二郎也見那魚兒乖異，知是大聖所變，趕上來啄了一嘴，那大聖就竄出水面變作一條水蛇，鑽入草中，二郎認得是大聖，又變作一隻朱頂灰鶴，伸著長嘴，來吃水蛇，水蛇一跳，變作花鴇，立在蓼汀，二郎見他變得低賤，花鴇乃是鳥中至淫至賤之物（註二），便不去攏傍，即現原身，取過彈弓一彈射去，大聖乘機，滾下山崖，變作一座土地廟兒，大張著口，似個廟門，牙齒變作門扇，舌頭變作菩薩，眼睛變作窗櫺，只有尾巴不好收拾，豎在後面，變作一根旗竿，真君趕到仔細看之，笑道：「這猢猻又在哄我，若進去豈不被他一口咬住，等我掣拳先搗窗櫺，後踢門扇。」大聖心驚，撲地一跳又不見了……。（第六回）

因神仙妖怪都會變化，悟空不得不以變制變，他曾變過蟲蟻、變過飛禽、變過走獸、也變過妖怪，也曾以柳樹根變作師徒四眾替打，也曾將石獅變作行者代下油鍋，也曾任由妖怪吃入腹內，然後在妖怪腹中踢天弄井，迫使妖怪投降，饒具趣味，難以備述。

想像特別豐富不愧文學名著

第二是法寶稀珍。作者因胸中貯滿異怪富於幻想，因而書中出現的各種兵器、法寶以及其他的稀世珍奇更是不計其數。悟空的兵器就是法寶之一，重達一萬三千五百斤，迎風變化，可大可小；大可至數十丈，小可變作繡花針藏在耳內。他的金箍帽兒戴在頭上就會生根，唐僧唸動咒語就會頭痛；托塔李天王的照妖鏡能使一切妖怪在鏡下顯現，無法遁形；王母娘娘的蟠桃或三千年一熟、或六千年一熟、或九千年一熟；而五莊觀的人參果更須三千年開花，又三千年結果，再三千年才熟，前後約一萬年才能吃，此二者難怪吃了都能長生不老；人參果且萬年才能結果三十枚，又遇金而落、遇木而枯、遇火而焦、遇土而入，堪謂稀世之珍了。

鐵扇公主的芭蕉扇，一扇就將孫悟空搧於五萬里之外。此扇能搧滅火燄山，卻也能使火焰高達千丈；太上老君的幾件日常器物被金銀童子盜下凡來：盛丹的葫蘆、盛水的淨瓶均能裝入千人，繫腰的衣帶能扣鎖人頭，搧丹爐的芭蕉扇凌空一搧能有萬丈火焰；觀音的柳枝兒和淨瓶水，能救活孫悟空推倒的人參果樹；黃風怪的風能吹得天昏地暗、神鬼見愁，山崩地裂，人命嗚呼；子母河的陰影水能使得男人懷孕受胎……。

這些千奇百怪的巧事兒、和稀世珍異的巧物兒，只有本書才有。有人說小說是文學的藝術，也有人說小說是藝術的文學，所謂文藝緣此而來。而藝術貴在多變與創新，則本書稱之為文藝作品應可當之無愧了。

（註一）唐僧的弟子慧立寫過一本《慈恩三藏法師傳》，事蹟忠於史實。
（註二）花鴇被喻為淫賤之鳥，是因其不論鸞、鳳、鷹、鴉都與之交配。

《西遊記》中妖魔的背景

明寫神妖實喻人間

《西遊記》是一部描寫神仙妖魔生活為主體的小說，人類只是其中的點綴而已，所佔份量不多。不過吳承恩筆下的神仙妖怪卻無不具有人性，故而他雖寫神仙的天堂、佛道的世界、妖魔的洞府、閻王的地獄，無不是暗喻人間。因為神鬼都是人類所創造的，只是人類的一種精神世界而已，實際並不存在。人類之所以要創造神鬼，乃是人類精神無以寄託，或者是人類的法律道德不足以制裁或規範人類的社會時，藉神鬼以匡助之。人們一旦相信有天堂、有佛地，便矢志向善，希望死後靈魂升天；人們一旦相信有地獄，便懼於犯罪作孽，以免死後靈魂永受輪迴之苦。

由於神鬼都是由人類所創造，神鬼的世界不過是人類世界的翻版而已，只是人們往往將神仙儘量美化，作為光明祥和的象徵，將妖魔鬼怪予以醜化，作為黑暗罪惡的象徵。明乎此，就不難了解為什麼本書所寫妖怪的生活多於神仙的生活？對妖怪生活的描寫又多出之正筆，對神仙生活的描寫反出之以側筆？更有進者，不但本書妖怪特多，而且許許多多的妖怪率皆來自天上！或者也與天庭有關。孫悟空有十萬天兵天將不能降的本領，而他在保護唐僧赴西天取經途中所遇到的許多妖怪，連孫悟空也奈何不得，這些妖怪魔力之高，可以想像。孫悟空在己力不逮的時候，只有到天堂佛地去求救玉帝、菩薩、諸仙、佛祖，幸得降服，才知道牠們幾乎個個都與天堂的神官或佛道的祖師有關。而最使孫悟空傷心感歎的是：當孫悟空出生入死好不容易降伏的妖怪，又往往不得不在各路神仙的人情壓力下釋放！

茲將這些有來頭有背景的妖怪簡介為後，以供參考

黃風怪靈山得道鼠

第二十回唐僧等至黃風山，被黃風怪所阻，孫悟空與之苦戰，每以不敵黃風，嗣經請得靈吉菩薩下凡，以其降龍杖方降得此怪。悟空本擬即予劉除，而靈吉菩薩卻求情道：「大聖，莫傷他命，我還要帶他去見如來。他本是靈山腳下的得道老鼠，因為偷了琉璃盞內的清油，燈火昏暗，恐怕金剛拿他，故此走了，卻在此處成精作怪，如來照見了他，不該死罪，

故著我轄押，拿上靈山，去見如來。」

黃袍怪奎木星下凡

第二十八回至三十一回，寫得是唐僧在黑松林遇怪的故事。此時孫悟空被逐回花果山。唐僧先後命八戒及沙僧去化齋，久久不歸，就信步走出松林，忽見一塔，金光閃爍。因他曾有誓言，遇廟拜佛，遇塔掃塔。不意驚動了塔上的黃袍老怪，將他攫去，要吃其肉，嗣得寶象國公主相救。原來十三年前老怪將公主攝來，占為妻室。八戒沙僧屢戰不勝，只得去花果山請來悟空。彼此鏖戰亦無勝負。老妖對悟空似曾相識，悟空推測此怪或係來自天上，遂請玉帝調查，果然是上界二十八宿之一的奎木狼星下凡。

金銀怪來自兜率宮

第三十二回到三十五回寫的是金角大王、銀角大王在平頂山作怪，因其有法寶五件，件件無敵，悟空幾番施展機智，方才騙得法寶，收伏兩怪，唐僧師徒方待上路，正行間忽見路旁閃出一個瞽者，上前扯住三藏道：「和尚，那裡去？還我寶貝來。」行者細看原來是太上老君，近前施禮道：「老官兒，什麼寶貝？」老君道：「葫蘆是我盛丹的，淨瓶是我盛水的，寶劍是我煉魔的，扇子是我搧丹爐的，繩子是我一根勒袍的帶。那兩個怪，一個是我看金爐的童子，一個是看銀爐的童子，只因他們偷了我的寶貝走下凡來，正無覓處，卻今被你拿住，得了功績。」

青獅怪乃文殊座騎

第三十六至三十九回，寫的是烏雞國王被害沉冤三年的故事，幸得唐僧行經到此，得悟空之助，自太上老君那兒討得回生金丹，救了國王性命，驅走妖魔，復了王位，悟空正要結果這怪，忽見東北上飛來一朵彩雲，厲聲叫道：「孫悟空，且休下手。」行者回頭，原來是文殊菩薩，上前施禮道：「菩薩那裡去？」文殊道：「我來替你收這個妖怪的。」文殊自袖中取出照妖鏡，照住了那怪原身，行者認得是文殊的座下青毛獅子。

金魚精原觀音飼養

第四十六至四十九回寫唐僧一行到達通天河，有金魚精得知唐僧是金蟬長老轉世，欲擒而食之，又懼行者本領，便運用法術將通天河一夜凍結成冰，並著小妖多名變作商旅，在冰上行走，誘得唐僧涉冰而行，金魚精則在途中取事，化開河冰，將唐僧師徒、行李馬匹均沉於河底，幸得八戒、沙僧深諳水性，悟空也得脫身，只苦了唐僧，要被破腹剜心。悟空等為搭救師父，反覆搦戰，均不成功，只得去見觀音。觀音親以紫竹編織一籃，駕臨通天河，念動真言，作起法來，才將妖怪收住，原來竟是他池中飼養的金魚。

獨角大王老君座騎

第五十至五十二回寫唐僧等行經金兜山，唐僧被獨角大王擒去，要上籠蒸吃。悟空戰不能勝，連如意金箍棒都被妖王的法寶收去。悟空沒有了兵器，無奈，只有去天庭求救，玉帝先後派了托塔天王李靖、哪吒三太子助戰，俱不能勝，兵器也被收去，嗣又派火德星君，驅所屬火龍、火馬、火蛇、火鳥，仍不能勝，諸般火將法器也被收去，繼派水伯再用水攻，依舊無功。再求助如來。佛祖派了降龍、伏虎羅漢，攜來佛祖金丹，也被收去。行前佛祖暗囑羅漢，若再不勝，可去找太上老君。悟空請得老君前來方才收伏，原來此怪是太上老君走失之座牛也。

黃眉怪出於彌勒佛

第六十五、六回唐僧一行到了小雷音寺，有一黃眉大王假扮佛祖，誘得虔誠禮佛的唐僧頻頻下拜，被擒。悟空急忙營救，竟被金鐃合住。悟空施法拘來五方揭諦、六丁六甲、十八位護教伽藍，命他們保駕唐僧，並上天求救，玉帝即差二十八宿星辰釋厄降妖。一經交戰，眾多天神俱被那怪的搭包盡將包去，只走脫了悟空。悟空不便再煩玉帝，以免見責，乃去武當山訪北方真君蕩魔天尊，請得麾下五位龍神及龜蛇二將，一行翻雲使雨而來，交鋒不利，悉被搭包包去，只有悟空機警得脫。再去求助國師王菩薩，遣四大將並小太子前來助戰，也一一被那搭包兒收去。悟空真是一籌莫展，掉下英雄淚來，忽逢東方佛祖彌勒到來，聲稱：「他是我的司磬童子，那搭包兒是我的後天袋子，那條狼牙棒是我敲磬的槌兒。」

金毛獅為觀音座騎

第六十八至七十一回，寫唐僧一行至朱紫國，因倒換關文（猶今之護照加簽），得知國王有病，悟空揭黃榜，願治國王之疾。疾癒，國王復說明得病根由，緣於三年前正宮金聖娘娘被妖精攝去，思念成疾。悟空又慨允捉妖，救娘娘回宮。悟空覓得妖精，但與戰失利，因那妖精有金鈴三個，一經搖動，煙、沙、風、火俱出。燒身刺鼻，難以抵擋。只得施計混入魔洞，向娘娘說出本意，得娘娘相助，盜得金鈴。無奈悟空得寶忘形，未出洞府，即搖動金鈴，燎燃洞府，驚動妖魔，關了洞門，不得脫身，棄了金鈴，變作蒼蠅，隱於洞中，再請娘娘權獻溫情，頻頻勸酒。悟空變作婢女，相機又盜得金鈴，然後出洞搦戰，妖魔不敵，回洞取寶，不知真寶已失，反被悟空使動金鈴燒得走頭無路，性命難保，正危急間，卻被觀音救出，謂係走失之座騎也。

大鵬鳥與如來有親

第七十四回至七十七回，寫唐僧在獅駝山被三個妖王擒住，要食其肉。由於這三個妖王甚是厲害，太白金星先來報信，悟空不敢輕視，親去探路，變作小妖，套出各妖王本領，再入洞中一探虛實，不慎被三妖王識破而被擒，裝入瓶中，幸有觀音所賜的救命毫毛三根，悟空拔下變作鋼鑽，鑽穿瓶底，逃了出來，復向老妖挑戰，又被吞入腹中，悟空即就計在腹中作起法來，老妖不堪其苦，只得告饒求命，願意抬唐僧過山，但既得性命，卻又反悔，於是再戰，悟空等三人卻均為妖王所擒，師徒四人均被抬上蒸籠，就要蒸吃，幸悟空暗施法術，脫了真身，連夜救下師父、師弟，惜未出洞府，復又被擒，只是走脫悟空。悟空在悲憤之餘念及此皆係由如來所起，如不取經，何有此難？就到靈山要求如來，鬆了頭上金箍帽，再回花果山。如來遂命兩羅漢請來文殊普賢兩菩薩，一同去捉妖。原來老妖王是文殊座騎，二妖王是普賢座騎，三妖王是隻大鵬鵰。悟空聞得大鵬與如來有親，責如來不該縱親造孽。

白鹿精為壽星腳力

第七十八、九回寫唐僧到達比丘國，見三街六市家家戶戶門口都擺著一個鵝籠，內中俱是五、六歲的小兒。唐僧一行投入驛館，幾經探詢：驛丞方告以：比丘國王於三年前得道士獻一美女，納為「美后」，自此寵眷貪歡，不理朝政，酒色過度，身體羸弱，道士又獻仙方，高山採藥，並請以一千一百一十一個小兒的心臟作藥引，籠中這些小兒就是備明日開刀取心之用。故此比丘國又有小兒國之稱。唐僧聞之十分不忍，與悟空密商解救之法。悟空即召來山神土地、六丁六甲等，囑彼等作法，先將小兒連籠俱皆攝去，匿於山谷林中。次日隨唐僧入朝再便宜行事。悟空果然看出國王身旁之道士是為妖孽，欲擒未遂，為之逃脫，追至洞府，迫出妖精，戰勝方擒，卻值南極仙翁到來，謂此妖乃是他的腳力白鹿成精，不要傷牠。悟空因問道：「白鹿既是老壽星之物，何以得到此處為害？」壽星笑道：「前者東華帝君過我荒山，我留坐下棋，一局未終，這孽畜走了，及客去，尋牠不見，屈指一算，知牠走在此處，特來尋牠，正遇大聖施威，若果來遲，此畜休矣。」

九頭獅乃太乙腳力

第八十八至九十回寫唐僧一行來到天竺國玉華縣，那縣是由一賢良的親王治理，接待唐僧甚為禮遇。王有三子，年輕好武，輕視悟空等人，與之索戰，由敵為友，甘心分別拜在悟空等三人名下為徒，就欲照樣打造兵器，不意悟空等兵器俱非凡品，夜放光芒，適有一黃獅精夜間路過，知是寶貝，就施法攝走。悟空尋至洞府，戰敗黃獅，燒了洞府，奪回兵器。黃獅敗走，求救於師祖，那老獅神通廣大，能變九頭，張口咬人，無人能逃，悟空等不敵，師徒及賢王父子盡被咬去，老妖為孫洩恨，痛毆悟空，幸悟空金身不滅，未曾受傷，迨至夜靜就施法救人，卻因八戒急燥，走露風聲，事未成功，只走脫了悟空一人。訊問土地，才知九頭怪獅之來由。遂訪妙巖宮，謁得太乙救苦天尊，備述緣由，天尊聞言，喚來獅奴兒，查得果是獅奴兒醉酒，走失了九頭獅，即同悟空前去收伏。九頭獅見了主公那敢作怪，天尊乃跨之而去。

玉兔精自月宮而來

第九十三、四回寫唐僧一行到了舍衛國投宿布金寺。老院主告以天竺國公主於一年前被一陣風吹落到此，望唐僧到了國中相機一辨真假，營救公主。唐僧到達天竺上國，依例又要覲見國王倒換關文。這日卻逢公主在綵樓抛球招親，悟空陪著唐僧也去觀看，不意這綵球就不偏不斜地剛好打中唐僧的帽子，唐僧一驚，舉手護帽，那繡球就順勢滾入袖袋，綵樓上的宮女大叫和尚著了繡球，台下的御林軍即不由分說擁之而去。國王見公主抛得一和尚，本不開心，孰知公主卻喜，無奈只得允婚。典禮之時，悟空變化隨行，公主簇擁出來，悟空一見就知是妖，即席擒拿，驚動滿朝觀禮的人，那妖怪卻化風逃走。悟空匆匆追去，不見蹤影，嗣得山神土地透露：山中有三個兔窟，或許藏匿其間，悟空尋至果在窟中，反覆搦戰，終得勝利，正當此時卻來了太陰星君，叫道：「大聖棍下留情，莫傷性命。牠乃是廣寒宮中搗藥之玉兔，私出月宮，經今一載，我算牠目下有傷命之災，特來相救，望大聖饒牠。」悟空道：「老太陰有所不知，牠攝藏了天竺公主，又要破壞我師父的元陽，怎可輕饒？」太陰說：「那公主亦非凡人，只因十八年前打了玉兔一掌，便下凡來，玉兔乃是報此一掌之仇也。」

尾語

唐僧取經途中，所遇妖魔鬼怪當不止此數，而屢戰不勝力不能逮者，其妖必是與天庭神官或佛道仙界有關，此等妖孽一旦事敗，即有大面子來求情，使得唐僧悟空不得不在重重的人情壓力下而任兇枉法。難怪悟空滿腹牢騷，痛苦莫名，像他這樣鐵錚錚的漢子，有時也會心灰意冷，掉下英雄淚來！以此推之，想當年吳承恩氏寫作此書心中豈能平靜？也許太史公所說「聖賢無憤不作」正是他心中的寫照也。

論孫悟空的英雄形象

《西遊記》主角乃是孫悟空

對我國文學批評卓著貢獻的李辰冬博士曾說：「一部《三國演義》嚴格地說來就是一部蜀漢演義，伸而言之，也可以說就是諸葛亮演義。」

李博士的這席話不是沒有道理的。《三國演義》誠屬以劉備的蜀漢演義為中心。君不見此書一開始就是寫劉、關、張三人的桃園結義嗎？而後蜀漢滅世，《三國演義》一書即戛然結束。這豈不是純為蜀漢作演義的筆法？

在漢室式微，群雄爭霸的局面下，劉備雖擁有關、張兩員猛將，畢竟總是東逃西竄，不成氣候，迨劉備延請諸葛亮出山後，局面才漸次展開，先聯吳大破曹兵於赤壁，次取荊州得以滋養，再定西川形成鼎足三分的局勢。然諸葛亮死後，西蜀氣勢即一落千丈，未幾，旋告滅亡。

東漢自黃巾之亂始，迄魏晉統一三國止，這期間雖是紊亂之世，而人才之輩出，在我國歷史上可謂是一鼎盛時期。三國期間文臣、武將、謀士、說客，真是多於繁星，不勝枚舉。惟其人才濟濟，故作者每每用筆均極簡潔，惟獨單寫諸葛亮之出山，卻用了長達三個回目的篇幅，而後整個故事的重心也都圍繞著諸葛亮在發展，作者如此用筆自非偶然。所以說一部《三國演義》實是蜀漢演義，也可以說是諸葛亮演義，殊不為過也。

以此而論，話歸本題，則《西遊記》者，與其說它是唐僧取經的傳記，毋寧說它是孫悟空揚名立功的傳略！何也？君不見本書一開作者就動用了七個回目的篇幅，來寫孫悟空的誕生、修行、大鬧天空，被佛祖鎮壓於兩界山下等等的情形乎？然後才漸次敘述到唐僧的出世和取經的緣由。及待唐僧踏上取經的途徑，孫悟空也就接著登場了。且此後唐僧所歷各難又有那一件不是孫悟空建功掃除的呢？

由於唐僧的昏庸、軟耳朵、聽邪說、信讒言、一頭水，孫悟空曾經兩度被逐，但又旋被召回，因為正如悟空所說：「你不要我做徒弟，只怕你西天路去不成。」所以本著一如三國，蜀漢皇帝縱是劉備，而劉備的天下是諸葛亮打出來的；西天取經的使命雖係唐僧所負，而出生入死建功立業的則是孫悟空。因而本書真正的主角是孫悟空，而不是唐僧。

孫悟空既經確定是本書主角，但作者如何經營這樣一個人物？以及為何要將孫悟空寫成這樣一個人物？是為吾人欣賞本書興趣之所在，也是研究本書人物的重點所在。

且看悟空的出世和發跡

首先，我們當從孫悟空的身世說起。吾人皆知，《西遊記》一百回的內容可分為三個段落，一至七回為第一段，寫的是孫悟空出生、修行和發跡的情形，八至十三回為第二段，寫的是取經緣由及唐僧徒生和膺選的情形，第十四回以後才是正式取經的歷程。現在我們就看作者在一至七回中怎樣描寫他的身世。筆者以為至少有下列各點值得注意：

第一是作者對孫悟空身世的安排。孫悟空是產自一塊仙石。從石卵中誕生的一個石猴，然他甫經誕生，就知禮儀，居然曉得參拜四方，而驚動天庭玉帝。此乃在說明他的身世不凡；他非人、非獸、非妖、非仙，卻又似人、似獸、似妖、似仙，作者蓄意把他寫成「四不象」的目的，旨在暗喻他是一座人、獸、妖、仙的橋梁。

第二是描寫孫悟空如何產生修行之念？以及矢志苦修的情形。孫悟空誕生於花果山，覓得水簾洞，眾猴拜他為王，飢食山果、渴飲山泉，無憂無慮，原本十分快活，但一日忽生長生之念，就別了眾猴要去尋仙覓道，以求長生。於是歷經數年，遨遊四海，遍謁名山，終於覓得一位年高十萬，不願稱名的祖師，拜在門下為徒，習得一身通天本領，騰挪七十二種變化，又獲賜姓名為孫悟空。

第三是寫他如何驚動天庭。原因有二，其一是為尋兵器驚擾龍宮，東海龍王雖懼其威，贈奉了一根一萬三千五百斤的擎天柱予他，事後卻一狀告到玉帝；其二是，他本只有三百四十二歲的陽壽。閻王派小鬼來勾魂索命，他卻大鬧陰曹，十殿閻王都奈何不得，只得聽憑他將所有猴類的名籍均自生死簿中勾銷。大大地搞亂了陰世輪迴制度。十殿閻君稟於地藏王，地藏王也一狀告到天庭。

第四是描寫他的兩次棄職潛逃。第一次是他得知弼馬溫原來是那麼職卑位微，官不入品，如何敵得過花果山美猴王的樂趣，就悄悄奔回花果山，自立為「齊天大聖」去稱王為聖去了；第二次是玉帝封他為齊天大聖後，因其閒散無所事，卻終日與仙會友，怕他滋事，乃要代管蟠桃園，而偷吃蟠桃、仙酒、金丹，闖下大禍，而棄職潛逃。

第五個重點是寫孫悟空自太上老君煉丹爐中逃脫而大鬧天宮的情形。作者寫孫悟空的「犯罪」逐次升級：由龍宮而地府而天庭，旨在暗示真正人才無法埋沒，終必有嶄露之時。孫悟空被擒後，玉帝原要將他斬於斬妖台，奈孫悟空曾偷吃蟠桃、金丹，已臻長生不滅之境，只好交由太上老君置於丹爐，希能煉出他腹中吃下的金丹，取他性命，不意時經四十九天，當太上老君開爐取丹之際，竟然被他自丹爐逃出。孫悟空受了許多屈辱，一經逃出，難怪他一路殺至雲霄寶殿，聲聲要逼玉皇大帝讓位了，否則那一腔屈膝養馬及蟠桃大會不被邀請的怨氣何能發洩？

允武復允文的是全才

綜上所述，我們已明白孫悟空大鬧天宮的由來。同時也了解玉帝對他的兩次招安，皆非出憐才愛才之美意，而是由於孫悟空一身驚天動地的本領，恐他上天滋事，才接受太白金星的建議，招安於天庭，以示安撫。怎奈悟空不屑於弼馬溫的官卑位賤，棄職而去。此種藐視天庭的行為，玉帝原要加罪，無奈托塔天王和哪吒並十萬天兵天將都吃了敗仗，始依孫悟空的要求封為「齊天大聖」。這說明了兩次招安，均非惜才用才，都是困於情勢所迫。然而兩次的安排都未能適才適所，得展所長，反而加諸許多屈辱，這才激發出孫悟空失去理性的殺伐，演出一場大鬧天空的故事來。

在前七回的故事中，孫悟空有兩次被擒的紀錄，第一次是由於觀士音、太上老君和二郎神的聯手合作，第二次是與如來賭賽，被如來施法鎮壓於兩界山。兩擒悟空，都不是天庭的兵力、諸將的神，而是宗教的力量，所以孫悟空一向看不起天庭，認為「天庭中不如我老孫者多矣。」

作者對孫悟空這個人物的塑造，著筆是多方面的，除了以正面的筆觸寫出他的武藝高強，從龍宮至地府至天庭無一可敵外，而他在斬妖台上刀斧不能傷身，雷劈火燒不能動其毫髮，太上老君的煉丹爐也只能略傷其眼，變得微紅而已。作者諸此用筆，旨在側寫孫悟空的武藝絕倫、生命不滅，連他使用的兵器都是由擎天柱變化而來，暗喻其為頂天立地的英雄也。而且更有進者，孫悟空之本領不僅武藝一端，文韜武略無一不精，的是允文允武的全才，除了取經途中多次破妖方法不同外，且舉特例兩端藉以證之。

在一般人的印象中，孫悟空只是一個能征慣戰，善於殺伐變化的英雄。脾氣高傲，性情急燥，粗裡粗氣的人。殊不知他胸中錦繡，頗有涵泳，譬如他為朱紫國王診病理脈的那段情節就頭頭是道呢！

話說朱紫國王聞奏，得知孫悟空可以醫治他的宿疾，就問道：「那一位是神僧孫長老？」行者厲聲道：「老孫便是。」唬得國王跌在龍床，眾臣責道：「你這和尚，甚不知禮，怎麼這等粗魯？怎敢就擅揭皇榜？」行者道：「似汝等這般慢人，你國王之病，就是一千年也不得好。」眾臣道：「人生能有幾多陽壽？怎說一千年也還不好？」行者道：「他如今是個病君，死了是個病鬼，再轉世也還是個病人，卻不是一千年也還不好！」眾人責他胡說。行者笑道：「不是胡說，你們都聽我道來：醫門法理至微玄，大要心中有轉旋。望聞問切四般事，缺一之時不備全。第一望他神氣色。潤枯肥瘦起和眠！第二聞聲清與濁，聽他真語及狂言；三問病原經幾日，如何飯食怎生便；四才切脈明經絡，浮沉表裡是何般。我不望聞並問切，今生莫想得安然。」

眾人見他說得有理，就讓他為王診脈。因那國王懼見其面，行者便顯神以將三根毫毛變作三根長達二丈四尺的金線，按二十四氣。三線分繫於國王的「寸、關、尺」，行者將線頭以自己大指先托著食指，看了寸脈，次將中指托大指，看了關脈，又將大指托定無名指，看了尺脈。調停自家呼吸，辨明虛實之端，又教解下左手，依前繫於右手腕部，一一從頭診視完畢，便道：「陛下左手寸脈強而緊，關脈濇而緩，尺脈芤且沉；右手寸脈浮而滑，關脈遲而結，尺脈數而牢。夫左寸強而緊者，中虛心痛也；關脈濇而緩者，汗出肌麻也；尺芤而沉者，小便赤而大便帶血也。右手寸脈浮而滑者，內結經閉也；關遲而結者，宿食留飲也；尺數而牢者，煩滿虛寒相持也。診此貴恙，是一個驚恐憂思，號為『雙鳥失群』之症。」那國王在內聞言，滿心歡喜，讚道：「果是說得明白，竟是此疾，就請用藥！」（第六十九回）

智謀無雙機伶令人絕倒

另一個例子是側寫孫悟空的機智應變者。

話說唐僧等一行來至獅駝嶺，太白金星變幻老翁前來報信，聲稱此山有怪，十分厲害！孫悟空就去探路。途中遇著一個揹著「令」字旗的小妖，正在鳴鑼巡山。高聲嚷道：「我等巡山的，各人要謹慎提防孫悟空，他會變化。」悟空本待一棒將牠打死，因憶及方才金星言道，此山共有大小妖怪四萬七八千，僅打死一妖，又有何用？便心生一計，也變作小妖模樣，伺那小妖搭訕。叫道：「走路的，等我一等！」那小妖回頭道：「你是那裡來的？」行者笑道：「好人呀，一家人也不認得。」小妖道：「我們家沒你呀。」行者道：「我原是燒火的，所以少會。大王近因看我的火燒得好，就將我升遷來巡山，作你們的頭領。」小妖將信將疑，後來見行者也有腰牌（臨時變化者），也就深信不疑了。而行者作事絕倒，他見小妖的腰牌正面皆有「小鑽風」三字，而個他變化的腰牌卻是「總鑽風」，使得小妖們不得不接受他的管轄了。那行者隨著小妖來到一高處，命將眾巡山小妖均予集合，應名點卯。並伺眾小妖道：「你們可知道大王點我出來之故？皆因大王要吃唐僧肉，只怕孫行者神通廣大，也變作小鑽風來探尋路徑，打聽消息，把我陞作總鑽風，來查勘你們之間可有假的？」眾小妖俱道：「長官，我們都是真的。」悟空指著其中一名小妖道：「你且說來，大王有什麼本領？說的不錯，就是真的。」那小妖道：「我大王神通廣大，本事高強，一口曾吞了十萬天兵……」悟空故意斥牠胡說！小妖又道：「長官原來不知，我大王會變化，大能撐天，小如芥子，那年欲與玉帝爭天，玉帝派了十萬天兵征剿，被我大王變化法身，張開大口，若似城門，一口氣將十萬天兵都用力吞了。」悟空乃道：「二大王有何本事？」小妖又道：「二大王身高三丈，若與人爭鬥，只消一鼻子捲去，就是鐵背銅身，也要魂亡魄喪。」悟空又問道：「那三大王呢？牠有些甚麼手段？」小鑽風道：「我三大王不是凡間之怪，名號雲程萬里鵬。行動時，博風運海，振北圖南。隨身有個陰陽二氣瓶，假若誰被裝入瓶中，一時三刻，準為肉醬。」悟空說：「你所說的三個大王的本領倒也不差，只是那個大王要吃唐僧呢？」小妖道：「長官你不知道？」悟空斥道：「我豈不知底細只恐汝等不知，大王吩咐我來著實盤問你們呢！」小妖道：「我大王和二大王久居此山，三大王卻住在離此四百里的獅駝國，五百年前吃盡了城中男女，現在一城俱是妖怪。牠不知從那兒得來消息，說那唐王差一僧人去西天取經，那唐僧乃十世修行的好人，有人能吃他一塊肉，就能長生不老。只因他手下有個徒弟孫悟空十分厲害，自家一個難以施為，就來此與我家二位大王結為兄弟，共圖大事！合意同心，打夥兒捉那唐僧也！」（摘要於第七十四回）。由於他的機伶，軍情盡得。

孫悟空保護唐僧西行，一路破妖除惡，固然有賴於他的一身絕世武藝，然而每每歷難情形不同，且皆是以少戰多，處於劣勢，再兼那些佔山據海的妖怪都有來歷，每多法寶，單憑力戰是很難取勝的，率皆有賴於孫悟空的機智也。

從英雄性格看孫悟空

小說是文學中一種特殊的體式，其特徵在於它是藉人物扮演故事，藉故事以表現主題。一部作品的好壞固然繫於主題的正確，與故事的生動，而人物描寫的是否成功尤為重要，蓋若干作品儕身名作之林，聲譽遐邇，恒受人物所賜；君不見若干目不識丁的鄉愚婦孺，雖不曾讀過《三國演義》，卻無人不知關羽之義、孔明之智，和曹操之奸？又如時下一般知識青年從未讀過《紅樓夢》，而賈寶玉的多情不專，林黛玉的癡情任性，王熙鳳的陰險潑辣，以及劉姥姥的圓通世故，豈不也是大家耳熟能詳的事？因之，若干小說可以說是「書以人傳」的，如果書中沒有了那些靈魂人物，勢必就索然無味，天長日久可能就會被時間淘汰泯滅了。是以任何一位真正的小說家，莫不以精心塑造人物為其職志也。

所謂小說人物的塑造、外貌的描寫、身世的介紹、才華的顯示等等，固然皆係重要的方法和手段，而最重要的，還在性格的刻劃。

《西遊記》也可以說是一部「書以人傳」的作品，儘管很多人並沒看過它，而孫悟空的大名卻無人不曉！作者對此一人物塑造的成功，自是毋可置疑，然而其成功的因素何在，也就是堪以玩味和研究的問題了。

前文我們曾經提到，《西遊記》不是唐僧取經的傳記，而是孫悟空建功立業的傳略。所以作者在他身上運筆最多，除了前文所述，作者曾以大量筆墨來突出他的武藝文才外，而更重要的是作者從多種角度來描繪其性格，使得他不但是一位頂天立地的英雄，也是一個赤膽忠心的典範，我們從他身上嗅到人性的光輝，也從他身上看到一個英雄的沮喪和感傷。他是我們心目中除暴安良的英雄，也是我們深深敬愛的朋友！以下且就作者在其性格方面的著筆略舉大要，以供本書之愛好者一同欣賞。

怕軟不怕硬、不願受拘束

一般說來，英雄的性格也都無異於常人，有其多元性也有其統一性。所謂多元性，即指一般人所具有的複雜性，英雄們也不例外，蓋英雄亦人也。既是人，就當具有人性，不能過份神化，太神化，即失之疏離。但英雄之所以為英雄者，乃導源其性格共同的特色。試析如下：

英雄性格特色之一是怕軟不怕硬。孫悟空曾觸犯天條。玉帝差遣天兵天將十萬大軍壓境，佈下天羅地網，悟空全無一點懼色，勇敢迎戰；當他陽壽屆滿，閻王派遣小鬼來勾魂索命，他也一點不生畏懼，見了十殿閻君猶威風凜凜，要他們一個個通名報姓，才能免打，十殿閻君反倒畏畏縮縮，任由他自生死簿中除去名籍；孫悟空於皈依沙門，拜在唐僧門下為徒後，唐僧因不同意他一口氣打殺了六名擋道劫財的強盜，嘮嘮叨叨地責備他一番，他就賭氣要回花果山。行經大海，忽欲飲茶，就去龍宮借茶，卻發現一幅「圯橋三進履」的圖畫，因問其故，才知道是張良遇黃石公的故事，遂打消負氣之念。以此數例，皆可說明孫悟空實具有怕軟不怕硬的性格也。

英雄性格特色之二是不願受到拘束。孫悟空做了唐僧徒弟以後，最大的苦惱莫過於頭上被戴上一頂金箍帽，使他受到無限的委屈。他曾苦求唐僧去之不得，只有徒呼奈何。孫悟空生性放蕩，但求逍遙自在，他隨師到達烏雞國，救活了已死亡三年的國王，驅走妖魔，光復江山，國王感於活命復國之恩，立意遜位唐僧師徒，唐僧自是不肯，國王就請悟空即位，悟空笑道：「不瞞列位說，老孫若要做皇帝，天下萬國九州的皇帝都做遍了，只是我們做了和尚，是這般懶散，若做了皇帝，就要留長頭髮，黃昏不睡，五鼓不眠，聽有邊報，心神不安，見有災荒，憂愁無奈，我們怎能弄得慣？你還做你的皇帝，我還做我的和尚，修功去也。」（第四十回）後來他們到了駝羅莊，老者請悟空捉怪，問需多少謝金？悟空道：「何必謝禮？俗語云：說金子幌眼，說銀子傻白，說銅錢腥氣。我等乃積德的和尚，決不要錢。」眾老道：「既如此說，都是受戒的高僧，既不要錢，豈有空勞之理！我等各家俱以魚田為活，若果投了妖孽，淨了地方，我等每家送你兩畝良田，共湊一千畝，坐落一處，你們師徒在上起蓋寺院，打坐參禪，強似方上雲遊。」悟空又笑道：「越不停當！但說要了田，就要養馬當差，納糧辦草，黃昏不得睡，五鼓不得眠，好倒弄殺人也。」（第六十七回）由此二例又可說明，孫悟空充份具有不願受到拘束的性格。

好名、好勝、復自負

英雄性格特色之三是好名、好勝及極端自負。先說好名。大凡英雄人物多重名不重利；惜名譽如生命，視錢財如糞土。孫悟空棄弼馬溫於不顧，是因為那官不入流，為人養馬，很不體面。後來玉帝派遣天兵來剿，戰不能勝，又有招安之意，孫悟空就提條件，若能依他自擬的封號，封他為「齊天大聖」，就可以息戰罷兵。其實齊天大聖既無俸祿，又無職位，不過名稱響亮耳！作者於此更具體地著筆者，莫於第三十八回悟空為救烏雞國王，擬囑八戒一同協力，知道八戒唯利是圖，就哄騙八戒前去盜寶，八戒道：「哥哥，你哄我去做賊哩。這個買賣我也去得，只是有什麼幫寸（金錢酬勞），也須先與你講個明白，若果偷得那寶，我卻不耐煩那般小家子氣均分，我就要獨得了。」悟空道：「老孫只要圖名，那裡圖甚麼寶貝，就與你罷了。」不僅此也，作者於第八十五回又再加著筆。話說那師徒一行來到滅法國，途中遇到一陣怪風，唐僧驚懼不已，悟空就命八戒沙僧保住師父，自己便縱身雲端，察看究竟，果見一老妖統領幾十小妖在那兒列陣作法，興風噴霧，悟空暗笑道：「我師父也有些兒先兆，他說不是天風，果是妖精在這兒弄喧兒呢。若老孫使鐵棒往下就打，這叫『搗蒜打』打便打死了，只是壞了老孫的名頭。我且回去照顧八戒，教他先來與妖精見一仗，若是八戒有本事，能打倒這妖，算他造化；若無手段，被這妖拿去，等我再去救他，才好出名。」

次為好勝與自負。好名、好勝、自負三者殊有密切關係；惟其好名，則必好勝，惟其好勝，則必自負。因為英名必須爭取，爭取之道，取決於勝負；所謂勝者為王，敗者為寇是也。而爭勝之心必基於自負，如果自己沒有致勝的信心，氣勢上就受了挫折，則不落敗者幾稀？英雄們的自負原該以武藝為基礎，可是有些一介武夫，雖武藝平平，為逞英雄也甚自負。何況武藝的高低，未經較量，是難知高下的。往昔武藝的高低，並不似今日各項競賽皆有完備的紀錄可考。與戰雙方，常是初次交鋒，優劣如何，實也難以先知。孫悟空是英雄式的人物，自然也免不了這種性格，所以在他心目中「天上諸將不如老孫者多，勝似老孫者少。」不過他這般自負卻是有事實為基礎的，因為「想我大鬧天宮時，玉帝遣十萬天兵，佈天羅地網，更不曾有一將敢與我比手。」（第五十一回）

不怕軟但怕求、不懼勢但怕激

英雄性格特色之四是不怕人欺、但怕人求、毋懼權勢，但怕人激。英雄的行徑不外殺伐聞勝，所表現的精神不外英勇果敢，乃予人一種剛強勇猛的形象。其實英雄性格卻亦多外剛內軟，似強實弱者。縱然他們常常出生入死，殺人如麻，一身血腥，一臉殺氣，一副兇煞神情，然而他們內心常有柔軟脆弱的一面。所以這種人「不怕人欺但怕人求」。君不見若干敗在英雄刀尖下的歹徒，一旦向英雄們磕頭禮拜，聲聲家有八旬老母、妻弱子幼，無人撫養，那英雄必然刀口超生，饒其一命。再者英雄必須扶弱鋤強的性格，故無懼於權勢強梁，如對他們有所求，動之以利，誘之以色，迫之以勢，都是行不通的，如果動之以情，說之以理，或者尚能奏效。尤其激之以義，就必然無往不利了。其例如下。且說唐僧因聽八戒讒言，逐了悟空，結果竟應了悟空所說：「師父不要我作徒弟，恐怕你西天路難行」的話。唐僧在寶象國被妖所擒，變作老虎，八戒沙僧屢救不得，後來沙僧也不幸被擒，八戒就嚷著要分行李散伙，倒是白馬（由小龍王所變者）不忍，便向八戒道：「你趁早去花果山請回大師兄，他有降妖的法力，救得了師父。」八戒道：「兄弟，另請一個兒便罷了，那猴子與我有些不睦，前者在白虎領打殺了那白骨夫人，他怪我攛掇師父念緊箍兒咒，他不知怎樣惱我呢，我去，他決不肯來。倘或言語上略有不遜，他那哭喪棒兒又重，我還能有活命？」小龍道：「他是有仁有義的猴王，決不打你；你見了他莫說師父有難，只說師父想你哩……」八戒無奈，只得硬著頭皮去見孫悟空。一番寒暄後，說明來意，請他去救師父，悟空執意不肯，八戒不敢強求，敗興而歸，一路上罵悟空，不意悟空派人跟蹤，得知此情，便將八戒拘回要打，八戒求情，望看師父及觀音之面，悟空才有三分轉意，乃責斥道：「你這個獃子，我臨別之時，曾叮嚀又叮嚀，說道：『若有妖魔捉住師父，你說老孫是他大徒弟，』怎麼卻不說我？」八戒遂思量道：「請將不如激將，等我激他一激。」便道：「我何曾沒說過呢，喝那『妖精不得無禮，莫害我師父，我還有個師兄孫悟空，神通廣大，他來時教你死無葬身之地。』誰知那怪聞言，越加忿怒，罵道：『什麼孫悟空？我可不怕他，他若來，我剝了他的皮，抽了他的筋，啃了他骨，吃了他心——饒他猴子瘦，我也要切鮓著油烹！』」悟空果然氣得爆躁如雷，隨著八戒去了。（摘要於三十一回）是為英雄們怕求及怕激之寫照。

藐視權勢從來不拜玉帝

英雄性格特色之五是藐視權勢。大凡英雄們都有與世不諧的性格，他們對世事的看法，但問是非曲直，不問關係背景；對人的尊抑，端視人格的高下，不論地位的高低！凡是人格與地位不能配合的，必然藐視。孫悟空可謂此中典型，他見了玉帝不行跪拜禮，第四回他被召至雲霄寶殿，玉帝道：「那孫悟空過來，今宣你做個齊天大聖，官品極矣，但切不可胡為。」這猴亦在朝上唱個喏，道聲謝恩。第三十一回他邀得上界二十七位星宿，協力擒了奎木狼（二十八宿之一），玉帝發落後他表示滿意，朝上唱個大喏，又向眾神道：「列位，起動了。」天師笑道：「那猴子還是這等村俗，替他收了怪神，也倒不謝天恩，卻就是唱諾而退。」玉帝道：「只得他無事，落得天上清平是幸。」足見他輕視玉帝，玉帝也拿他無可奈何。至於一般神仙，他更是不放在眼中了。例如第十五回觀音遺落伽山山神給唐僧送鞍轡來，臨行向唐僧道：「聖僧，多簡慢你，我等是落伽山山神、土地，蒙菩薩遣送鞍轡與汝等的。汝等可努力西行，卻莫一時怠慢。」慌得三藏滾鞍下馬，望空禮拜道：「弟子肉眼凡胎，不識尊神尊面，望乞恕罪。煩轉達菩薩深蒙恩佑。」三藏只管朝天磕頭，不計其數，路旁活活的笑倒孫大聖，上來扯住唐僧道：「師父，你起來罷，他已去遠了，聽不見你的禱祝，看不見你的磕頭。」唐僧道：「徒弟呀，我這等磕頭，你也就不拜他一拜，且立在旁邊，只管哂笑，是何道理？」行者道：「你那裡知道，像他這等藏頭露尾的，本該打他一頓，只為看菩薩面上，饒他打儘夠了，他還敢受老孫之拜？老孫自幼兒做好漢，不曉得拜人，就是見了玉皇大帝、太上老君，我也只是唱個喏便罷了。」誠然，他曾數度見玉帝，從來沒有三呼跪拜過的。他一生只拜過三個人，要他再拜別人，就無限委屈。第三十四回為救唐僧，變化小妖去見九尾狐，不能不拜，看看他那份委屈：孫悟空心中忖道：「老孫既顯手段，變作小妖，來請這老怪，沒有個直直地站了說話之理，一定見他磕頭才是。我為人做了一場好漢，上拜了三個人，西天拜佛祖，南海拜觀音，兩界山師父救了我，我拜了他四拜。為他使碎六葉連肝肺，用盡三毛七孔心。一卷經能值幾何？今日教我去拜見此怪，若不跪拜，定必走漏風聲，苦啊，這只是為師父受困，故使我受辱於人。」

孫悟空的高傲藐視權勢的性格，於焉可見。

尾語

小說人物之成功與否，關係作品的成敗。小說人物是否成功？端在性格的描寫是否具有個性和通性？個性在顯示個人的特色，通性在顯示人類的天性。人物沒有個性，就沒有生命，叫他張三也可以，叫他李四也可以。人物沒有通性，就顯示他失去了人性，脫離了人群。成功的小說人物必須二者兼具；既須具有個人的性格，也須不失人類共同的天性。孫悟空之所以活躍在我們每個人的心中，是因為他有自己的性格，也有英雄的特色，更具備了人類天性上的若干弱點，所以他縱然是石猴的化身，我們不視他為異類，而把他看作我們最親切的朋友。

孫悟空無疑是吳承恩所創造最成功的人物，他是我們崇拜敬愛的英雄。從表面看來，英雄是風光的，為人所羡慕的，不過英雄也有感傷和悲哀的一面，容另為文析論。

孫悟空因何流淚和痛哭

委屈傷心初流淚

熟悉《西遊記》的讀者，都知唐僧是最愛哭的；其愛哭的程度遠超過三國中的劉備。但是我們若稍加留意就會發覺：無獨有偶，連孫悟空也有揮灑熱淚和痛哭失聲的紀錄呢！

大凡本書的讀者，對唐僧的膽小、懦弱、昏庸、無能，多沒有好印象，故唐僧動輒流淚痛哭，都是不足為奇的事。然而，蓋世英雄如孫悟空者，竟然也有揮淚及痛哭的時候，那就不是等閒的事情了。

依筆者記憶所及，孫悟空流淚和痛哭的紀錄如下：

孫悟空的第一次流淚，見於原著第二十七回，肇因於屍魔白骨夫人想吃唐僧肉，因知有孫悟空保護，只能智取，不宜力敵，乃先後變作少婦、老嫗、老翁，施計要唐僧上當，被孫悟空識破皆予打死。唐僧不識好歹，誤聽八戒讒言，兩次三番怒斥悟空，最後終予貶書一紙將悟空趕走，使得孫悟空不禁掉下英雄淚。我們且錄引一段原著，好心的讀者們，你們讀了恐怕也會要為孫悟空一掬同情之淚吧！

行者道：「師父錯怪了我也，這廝分明是個妖魔，他實有心害你，我打死他替你除害，你卻不認得，反信了那獃子讒言冷語，屢次逐我。常言道事不過三，我若不去，真是個下流無恥之徒，我去便去，只是你手下無人。」唐僧怒斥道：「這潑猴無禮，看起來只你是人，那悟能、悟淨就不是人！」大聖一聞此言，乃道：「……這一路來，我穿古洞，入深林，擒魔捉怪，收八戒，得沙僧，吃盡千辛萬苦，今日你昧著惺惺使糊塗，只要我回去，這才是『鳥盡弓藏，兔死狗烹』，罷！罷！罷！只是我頭上那金箍帽兒！」唐僧見他言言語語，越發惱怒，就滾鞍下馬，叫沙僧自包袱內取出紙筆，即於澗下取水，石上磨墨，寫了一紙貶書，遞於行者道：「猴頭，執此為照！再不要你作徒弟了！如再與你相見，我就墮入阿鼻地獄！」行者接了貶書道：「師父不消發誓，老孫去罷，只是我跟你一場，今日半途而廢，不曾成得功果，你請坐，受我一拜，我也去得放心。」唐僧轉身不睬，口裡唧唧噥噥地道：「我是個好和尚，不受你歹人的禮。」大聖見他迴避，就使毫毛另變了三個行者，四面圍著下拜，那唐僧左右無法躲避，才勉強受了一拜。大聖又吩咐沙僧道：「賢弟，你是個好人，要留心八戒的瘋言瘋語。途中要有妖怪拿住師父，你就說老孫是他大徒弟。西方毛怪聞我手段，不敢傷害師父。」唐僧卻道：「我是個好和尚，不提你這歹人的名字。」

如此這般，孫悟空只好「噙淚叩頭辭長老，含悲留意囑沙僧」，逕奔回花果山，獨自悽悽慘慘，止不住腮邊淚了。

痛哭失聲因忠心

孫悟空第二次流淚見於第五十回，他去化齋，唐僧不聽他的囑咐，擅闖妖窟。悟空與戰，不但未能取勝，連金箍棒也被妖精的法寶套去。英雄失劍，怎能施展，不禁使他「樸梭梭兩眼滴淚」。

孫悟空的第三次流淚，也是在兵敗之餘。這次是緣於小雷音寺遇怪，不但悟空獨力不敵，就連自上天請來的二十八宿都被那妖一包袱裹去，悟空雖然倖免得脫，卻是心力交瘁，不免悲從中來，而悲嗟失聲：「師父啊，你是那世裡造下這等劫難，今世裡步步遇妖精。似這般苦楚難逃，怎生是好？」

孫悟空的另一次失聲痛哭，是在獅駝嶺被妖所阻，反覆鏖戰不能取勝，唐僧、八戒、沙僧均被擒，悟空變化潛入妖洞前往搭救，尋得八戒。聞得八戒說：「師父沒了，昨晚被妖精夾生兒吃了。」就「忽失聲淚似泉湧。」後見沙僧，也是如此說，就縱身離去，坐在山頭，放聲大哭起來，並叫道：「師父啊，恨我欺天困網羅，師來救我脫沉奇痾。潛心篤志同參佛，努力修身共煉魔。豈料今朝遭蜇害，不能保你上婆娑。西方勝境無緣到，氣散魂消怎奈何。」

悟空以為唐僧既死，就去見如來，倒身下拜，淚如泉湧，悲聲不絕。（摘引於七十七回）

這是悟空最悲痛的一次。

英雄有淚不輕彈

從以上的引述，我們可以了解，孫悟空的流淚和痛哭，不外兩種心境，一為深受屈辱而傷心，一為效忠師父的一片忠心。前者如第二十七回唐僧聽信八戒讒言，兩次三番念動金箍咒，使他滾地求饒，百般哀告，不但肉體受盡折磨，人格尤其受到無比的創傷。他是普天公認的「齊天大聖」，從不低頭的英雄，為了皈依佛門，修行正果，屈膝為徒，對他高傲的英雄性格已是莫大的委屈。自從拜在唐僧名下，一路上拒盜除妖，出生入死，危險備至，辛苦備嘗，功勞無人可比，忠心斑斑可見，可是為了打殺白骨夫人，唐僧不聽他的解釋，毋視於事實的證明，竟然寫下貶書，予以驅逐，以這等忠奸不辨，皂白不分的情形，怎不叫耿直的英雄傷心落淚呢？

至於其後的幾次流淚與痛哭，皆是敗陣之餘，悟空雖能倖免於難，自己得以逃生，但他沒有援手，救不了師父，到不了西天。他曾對唐僧說過「你不要我作徒弟，西天路難行」的話，唐僧怒責他「猴頭無禮」，認為「八戒沙僧怎麼不是人！」誠然，八戒沙僧皆人也，但八戒是成事不足，敗事有餘的小人，沙僧亦不過是馬弁挑伕之流的貨事，誰是可用的能人？

孫悟空是頂天立地的英雄；英雄之所以為英雄者，是不輕諾，不寡信，言必行，行必果。他既然答應了要保唐僧去西天取回三藏真經，就非效忠使命，履踐諾言不可。然而，西天路上多妖魔，而且一個個神通廣大無比，難勝難纏，故在一片忠心難展的情形下，不免要落淚、要痛哭了。

有人對於孫悟空的流淚和痛哭之舉不表贊同，認為英雄有淚不輕彈，流淚痛哭乃匹夫匹婦的懦弱行為，非大丈夫所應有，似此，殊有損於孫悟空的英雄形象。此一說法，乍聞之下，似甚有理，但若深思，卻又不然，蓋孫悟空之流淚與痛哭，並非膽小懦弱，也不是基於自身的安危；昔者，十萬天兵壓境，何曾驚慌！斬妖台上刀斧加身，何曾畏懼！彼之所以流淚痛哭者，為的是唐僧不爭氣，為的是取經大任難成也。

遠因近果話從頭

文學作品是表達作者的思想、意識、情感的；而且有的人特別強調情感的表達。太史公就曾說過這樣的話：「《說難》、《孤憤》聖賢發憤之作也。」因此，就有人引伸太史公的話說：「古之聖賢，不憤則不作矣；不憤而作，譬如不寒而慄，不病而呻吟也。」這種說法，雖近誇張，卻也不算為過。誠然，文學作品不情無物。明乎此，也就不難了解吳承恩為什麼要寫本書？（註一）以及孫悟空為什麼流淚和痛哭了。

孫悟空流淚痛哭的原因，雖剖析如前文，但只能視為表面的因素，或可稱之為果。真正的遠因則須縱觀全書，剖析孫悟空苦惱的癥結所在。茲歸納如下：

第一是懷才不遇、有志難伸。任何讀者皆知孫悟空是個了不起的英雄，允武允文的全才（註二），但他一生際遇不佳，沒有「如魚得水」般的幸運，雖曾兩次蒙玉帝加封官職，皆非愛才用才之意，不過是一種安撫的手段而已。後轉人間，觀音要他保唐僧赴西天取經，雖是委以重任，可惜所事非人；唐僧愚昧昏庸，膽小自私，軟耳膿包（註三），猶過阿斗，縱膺重任，卻有志難伸。

第二是人心險惡，世情複雜。孫悟空委事唐僧，一心保主，立志取經，故出生入死，義無反顧，但他常常遭到豬八戒的讒言中傷，導致兩次被逐。而且取經途中所遇到的妖魔，凡是他力所不逮，無法降服者，一經追查，都有複雜的後台背景，顯赫的權勢撐腰，一旦將牠們擒住，便有人情關說，只有眼睜睜地任期逍遙法外。（註四）

第三是唐僧偏袒八戒，寵信小人。讀者皆知，豬八戒好吃懶做，貪財愛色，累進讒言，撥弄是非，種種言行，皆不合佛門清規。除了善於獻媚唐僧以外，取經路上毫無寸功，可謂典型的小人，而唐僧對他卻偏袒備至，寵愛有加，言聽計從，最使悟空憤慨苦惱。

第四是頭上的那頂金箍帽。悟空一向踢天弄井，不慣受掣於人，他之所以受掣於唐僧者，皆因頭上那頂生了根的金箍帽。這帽出自如來，由觀音轉授予唐僧，悟空被騙戴上後，一經唸動緊箍咒，就會痛得地上打滾，聲聲求饒。他曾屢求觀音及唐僧去之不得，無奈只有委屈事奉那「膿包、一頭水」的唐僧了。

流淚、痛哭，毋庸諱言，都是傷感悲慟的表現，然而，際此之時如能放聲大哭，亦未常不是快事，最可悲者莫如哭笑不得也。第五十一回哪吒戰敗，向李天王稟道：「妖魔果然神通廣大。」悟空在旁笑道：「那廝神通也只如此，怎奈那個圈子厲害……。」哪吒責他：「大聖甚不成人，我等折兵敗陣，十分煩惱，都只為你，你反嘻笑何也？」悟空道：「你說煩惱，難道老孫竟不煩惱？我今沒奈何，哭不得，所以只得笑也。」此話當可釋為作者寫作本書時的心境也。

（註一）詳見本書之〈西遊記的主題意識〉。
（註二）詳見本書之〈論孫悟空的英雄形象〉。
（註三）詳見本書之〈繡花枕頭話唐僧〉。
（註四）詳見本書之〈西遊記中妖魔的背景〉。

孫悟空為何玩世不恭？

且從詼諧滑稽說起

世人皆知《西遊記》是一部具有詼諧趣味的滑稽小說。而孫悟空更有玩世不恭的傲慢性格。何以致之？卻很少有人願加深究。原因也許是受了胡適之先生的影響。胡氏在為《西遊記》作完考證後，曾作結論說：「這部《西遊記》至多不過是一部很有趣的滑稽小說、神怪小說。它並沒有什麼微妙的意思，至多不過有一點愛罵人的玩世主義。這點玩世主義也很明白的，他並不隱藏，我們也不用深求。」（見《胡適文存》二集卷四〈西遊記考證〉一文。）因而若干人也就視為定論，果然就不再深究了。

事實果真如此乎？卻也未必。筆者以為應該從兩方面來說，茲分述之。

第一是詼諧、滑稽與玩世不恭是否有必然的因果？

說到「詼諧」、「滑稽」，且先從它的含義說起：照辭書上的說法，「詼諧」一詞乃插科打諢的一種戲謔表現，常見於諧劇、雜劇中。而「滑稽」一詞則是指「言談辯捷之人，言非若是，說是若非，能亂異同」者。按「滑稽」原是一種酒器，以其容量甚大，吐酒不絕，對於那些出口成章，詞不窮竭的人喻之為「滑稽」，實有讚美之意。此二詞彙，雖意不盡同，卻源出一轍，殊有相互為用的關係。縱然「滑稽」者不一定「詼諧」（戲謔），而「詼諧」者必定「滑稽」。

至於「詼諧、滑稽」者是否皆為「玩世不恭」的人？卻又未必。蓋人類的「詼諧、滑稽」多出自天性，後天是不易學習與培養的，而「玩世不恭」率受後天境遇的影響。大凡身處順境者很少有玩世不恭的現象，而那些生活詼諧、滑稽卻又懷才不遇的人，就很容易表現出玩世不恭的態度了。

第二是研究文學作品何能僅看表面不予深求？胡氏認為「這點玩世主義也很明白的，他並不隱藏，我們也不用深求。」這一說法很值得商榷，若果如此，則我們僅看看孫悟空的七十二變，和他那十萬八千里的斛斗雲就夠了，又何必花許多精力時間為本書作考證，寓出堂堂數萬言的宏文！胡生先這種「不用深求」的說法豈不矛盾？

當然，人各有志，胡氏只對考證的工作有興趣，對於價值評估、技巧分析興趣缺缺，也是難以強求的事。不過，筆者以為，以胡氏學術地位之尊，他儘可以說志不在此，卻不宜斷然說出「不用深求」的話。否則，所有的研究工作豈不完全白費！誰能否認學術的進步不是建立在研究上？不研究何從獲益！焉能進步！

這是筆者對胡氏之說第二點不能敬表同意者。

多方面看玩世背景

或曰：「閣下對胡氏之說既不表同意，那公尊意又如何呢？」筆者以為：要了解作者在本書中所表的玩世態度，應從下列四方面著手：

一、須從文學產生的背景和作者寫作的心態來看。文學作品是人類高度文化智慧的表徵，它是用來表現作者的思想、意識、情感者。所以太史公主張文學作品乃聖賢「發憤之作」。不發憤即不作；不憤而作，即言而無物，一如不寒而慄，無病而吟。日本作家廚村白川也有類似的說法，他認為「文學乃苦悶的象徵」。而李辰冬教授則認為文學作品旨在表現意識，他說：「人類因生活方式不同，各有不同的意識；地主、佃農、資本家、工人、商人、執政者、人民，各種人都有自己的意識，各種集團也都有自己集團的意識。這些意識互相矛盾，互相傾軋，以致社會意識非常紛亂。傾軋的結果，社會充滿了不公。這些不平，往往又非個人或社會集團所能肅清，自然而然在想像中產生一種超人的力量，來肅清或報復這些氣憤。文學由此而產生。」他又說：「文學就是穿過個人意識而組合的理想世界。這種種理想世界，正足償還社會對作者的不公。」（見李著《三國、水滸與西遊》）這些說法都很正確，不過各有所專而已，惟皆不出筆者所云之「思想、意識、情感」的範圍。

了解了文學產生的背景後，進一步則應一探作者寫作的心態，而作者心態的形成，恒與其身世、思想、性格、際遇等等有關，請詳下文。

二、須從作者的身世、思想、性格和際遇等方面來看。（註）從現有的資料中，我們知道作者吳承恩是江蘇淮安人，曾祖父及祖父都做過學官，卻家境清寒。父親是個小商人，也博讀經史，手不釋卷。他自幼聰敏過人，少小即有文才，享譽淮上。為詩文，下筆立成，清雅流麗，有秦少游風。寫成一手好字，並精金石，堪稱多才多藝。生性好奇，幼少年間就愛讀野言稗史，年歲比長，好奇益甚，搜奇益多，旁求曲致，貯滿胸腹。但他性不諧世，不肯巴結行賄，故屢試不中。直到四十歲才考取一名「歲貢生」（有公費的秀才），六十多歲還為了生活，不得不去浙江長興地方作個縣丞（一作「縣式」），不久因當道不合，恥折腰，拂袖歸。他也曾想到京師去求發展，卻一無所獲，後轉南京，幾致流落，靠賣文、字生活。可謂一生懷才不遇，際遇坎坷。他之寫《西遊記》大概是晚年歸里之時。我們想想，像他這樣博學高才的人，不能為世所用，一展抱負，心中焉無怨懟？

三、須從當時的社會背景看。吳承恩為明代中葉時期的人，一共經歷過五位皇帝，而這些皇帝都是酒色之徒，只求享樂，又望長生，一個個昏昏庸庸，無一賢明之君。由於他們既要無止境地淫樂，又要長生不老，便只有乞求邪於道術士，乃有道士陶仲文縱橫政壇二十年，一人兼領三孤的現象。國勢之亂恒自上起，君王不朝，朝政豈能不廢？因而當茲之世政治腐敗，社會奢靡；道士左右皇帝，宦官把持朝政，官員貪污斂財，鄉紳欺壓人民，惡霸魚肉百姓，這樣的社會情形，看在一個有才華、有正義感的文人眼裡，豈能沒有憤慨！吳氏寫作本書，豈不是正應了太史公「聖賢不憤不作」的話麼？

四、再從孫悟空的際遇來看。固然，文學作品率多由於聖賢發憤之所致。但是處在當時的政治勢力下，作者能夠振筆疾書麼？吳承恩的腦袋能似孫悟空者刀斧不傷麼？所以他只能假借歷史人物故事作為簡架，而借題發揮了。

本書的主角表面看來是唐僧，實是孫悟空。因為唐僧是膺負重任的象徵人物，作者不便以正面用筆來毀損他。孫悟空才是真正的主角，作者卻故意將他寫成「非獸、非妖、非人、非神」的「四不象」。以掩人耳目。但他卻是一個「天地生成的好漢」，他不但武壓諸天，無可匹敵，抑且能夠看病把脈，頭頭是道。能詩能文，不讓碩儒。似這等雄才高士，他所得到的社會待遇是什麼——為人養馬的「弼馬溫」，有官無祿的「齊天大聖」，以及為膿包、一頭水的唐僧作徒弟，能不委屈乎？

誰都可以看得出來，孫悟空是作者塑造的一個理想人物；是作者心目中的英雄，卻也是他自己的影子；他們兩者的不幸應該參照來看。兩者所遭遇的苦惱是相同的。但吳承恩只有一枝筆，不能似孫悟空手中的如意金箍棒，可以打遍天下，因而便只有用它來寫些笑罵文章，以玩世不恭的態度，對時人時事來揶揄諷刺一番了。

藐視玉帝戲謔妖魔

讀《西遊記》看孫悟空的機智變化、勇敢善戰、除暴安良、忠心保主等等情節，固然是一種樂趣，而孫悟空所表現的許多詼諧滑稽，尤其值得我們細細地品味。蓋作者諸此筆墨，並不單是取樂讀者而已，實乃是其激情的轉化，藝術的昇華。

前文曾就詼諧滑稽之含義略加說明，已知詼諧滑稽兩者雖效果相若，本質實異。縱然滑稽者未必詼諧，而詼諧者必然滑稽。例如第三十二回一位值日功曹化作樵夫向悟空報信，謂平頂山有妖精要吃唐僧，悟空問他「但不知怎樣吃法？」樵夫反問道：「你要他怎麼吃法呢？」行者道：「若是先吃頭，還好耍子，若是先吃腳，就難為了。」樵夫道：「先吃頭怎麼說？先吃腳怎麼說？」行者道：「你卻不知，若先吃頭，一口咬下，就已死了，憑他們要怎麼炒煎蒸煮，我也不知痛苦；若是先吃腳，他啃了孤拐，嚼了腳亭，吃到腰骨，我還急忙不死，卻不是零碎受苦，此所以難為也。」

孫悟空的滑稽幽默於焉可見。而任何玩世不恭情節的描寫，必須以此為基礎，方能醞釀出諷刺的意味。茲將有關情節摘誌如後，以供玩賞。

孫悟空最先表現其玩世不恭者，莫於他對玉皇大帝的態度。玉帝對他兩次加封，雖非出於惜才愛才用才之意，但當時他並不知道「弼馬溫」的職所為人養馬，「齊天大聖」只是一個空銜，受封之際還是歡歡喜喜的，但他對玉帝只是「唱諾」為禮而已。以後遇難請玉帝派遣天兵相助，依然如此，從不三呼跪拜。而當他大鬧天宮時，更口口聲聲「皇帝輪流做，明年到我家」，直要玉帝讓位。

孫悟空既然把玉帝都不放眼裡，其他神仙自然不在話下，他曾要護駕唐僧的揭諦、伽藍、功曹、六丁六甲要隨時聽候點卯，誤卯受罰，對那些迎接來遲的山神土地動輒要打「孤拐」（腳踝）；向四大天師開玩笑，呼太上老君為老官；喚南極仙翁為老弟；到陰曹地府要十殿閻君報名聽點，許許多多的天庭神職、諸羅列仙、地府陰君，沒有一個不是常被揶揄戲謔的對象，俱見其玩世態度的一斑。

不但此也，他對那些妖魔怪道，更是肆意戲弄。第七十四回他故意被老魔吞入腹中。演出一場好戲：

卻說那老魔吞了行者，以為得計，回至洞中道：「拿了一個來了。」二魔喜道：「哥哥拿的是誰？」老魔道：「是孫行者。」二魔道：「拿在何處？」老魔道：「被我一口吞在腹中哩。」三魔大驚道：「大哥啊，我就不曾吩咐你，孫行者不中吃！」那大聖在肚裡應道：「忒中吃，又禁餓，再不得餓。」慌得那小妖道：「大王，不好了，孫行者在你肚裡說話哩！」老魔道：「怕他說話，有本事吃了他，沒本事擺佈他不成！你們且去燒些鹽白湯，等我灌下肚去，把他嘔出來，慢慢地煎了下酒。」小妖真個沖了半盆鹽湯，老怪一飲而乾，注著嘴，著實一嘔，那大聖在肚子裡生了根，動也不動。那怪又攔著喉嚨往外吐，吐得頭昏眼花，黃膽都破了，行者越發不動，老魔喘息一陣，叫道：「孫行者，怎麼不出來？」行者道：「你這妖精，甚不通變。我自做和尚，十分淡薄，如今秋涼，還穿著單衣，肚裡倒暖，又不透風，正好過了冬再出來。」老魔道：「恁地我就打起禪來，一冬不吃，餓殺你這弼馬溫。」大聖道：「我的兒，你甚不知事，我有攜摺疊鍋兒，正好將你的肝、腸、肚、肺煮雜碎吃！慢慢受用，還夠盤纏到清明呢！」那二魔大驚道：「哥啊，這猴子他幹得出來！」三魔道：「了不得，他支起鍋來，燒動煙火，衝到鼻孔裡，豈不要打噴嚏！」行者笑道：「不妨事，我可以用金箍棒將頂門搠個窟窿，一則當天，二來當煙囪。」

諸此這般，可謂極盡戲謔之能事，迫使老魔不得不百般求饒了。

作弄神仙揶揄國王

此外還有許多有趣的筆墨，諸如：

第二十五回孫悟空在五莊觀偷吃人參果，推倒果樹，被鎮元子逮捕，要打唐僧，罰他「做大不尊」之罪，悟空恐怕師父不經打，就說道：「先生差矣，偷果子是我，吃果子是我，推倒果樹的也是我，怎麼不先打我？打他作甚？」後來鎮元子又要打唐僧的「訓教不嚴，縱徒撒潑」，悟空又道：「先生又差了。偷果子時，師父不知，在堂上與你二童講話，是我兄弟做的勾當。縱有教訓不嚴之罪，我為弟子的，也當替打，再打我罷！」大仙道：「這潑猴，雖是狡滑奸頑，卻倒有些孝意，既這等說，還打他罷。」

是日，孫悟空等黴夜逃脫，恐天明鎮元子發覺來追，就以樹根變作四眾。但後來終究識破，又被捕回，這一次是要下油鍋。悟空又弄法術，將一座石獅幻作自己，竟將鍋底砸破。那大仙又要油炸唐僧，悟空知道師父不中炸，一滾就死，只得按落雲頭，道：「莫要炸我師父，還是由我下鍋罷。」那大仙驚罵道：「你這糊猻，怎麼弄手段搗了我的灶？」行者笑道：「你遇著我就該倒灶，干我甚事？我本也要領些油湯，但只是大小便急了，不好在鍋裡開風，恐怕污了一鍋油，不好調菜吃！如今大小便都乾淨了，才好下鍋。不要炸我師父，還來炸我罷。」

第四十五回車遲國王誤信妖道虎力、羊力、鹿力三妖之言，以為金丹聖水可以治其宿疾，孫悟空就撒了一泡尿當聖水。第四十六回與三妖鬥法，先賭砍頭，次賭剖腹挖心，再賭下油鍋。孫悟空有砍不完的頭．有心無數。三妖被戲，一一喪命，都寫得十分詼諧有趣。

第六十九回為朱紫國王治病，竟要將八百味藥材各送三斤到驛館備用，實際上孫悟空只用了一兩巴豆，配以半盌馬尿，就製成了所謂「烏金丹」，將那國王、群臣和御醫都大大地揶揄諷刺一番。

最令人發噱是的第八十四回，唐僧一行來至滅法國，國王立下殺僧萬人的誓願，其時已殺僧九九九六人，只差四人就是一萬。唐僧師徒恰應此數，孫悟空便使手段，一夜之間，將舉國的文武大臣，以及帝后嬪妃的頭髮全都剃光，滿朝上下男女，都成光頭和尚，自此才使國王知罪，不敢再妄殺和尚了。這是孫悟空戲弄人君最大一次的手筆。

當然，被孫悟空戲弄最多的還是豬八戒。他為什麼要戲弄八戒？如何戲弄八戒？容另為文析論。

（註）作者於本書另文〈西遊記的主題意識〉中對作者吳承恩有較詳細的介紹，惟便於本文讀者，特再予簡述之。

孫悟空何以要戲弄豬八戒

豬八戒乃諸不戒的反諷

寫完〈孫悟空為何玩世不恭？〉後（註），心中還有許多話如鯁在喉，不吐不快。因為由孫悟空的玩世不恭而談到孫悟空的種種戲謔行為，如果略去他之對豬八戒者，實是不可容許的疏忽！

孫悟空曾說過「老孫是天地生成的好漢」這句話，準此而論，若干人也就誤認為孫悟空的詼諧滑稽性格也是「天地生成」的，就不予深究，如胡適之先生所言就是一例。其實，如果人人皆作如是觀，那便大大地辜負了作者的苦心深意。吾人須知，孫悟空固然是作者憑理想所塑造出的一位心目中的英雄，實則他也是作者的化身，所以作者的許多理想由孫悟空代他來實現，作者的許多牢騷和怨氣也由他來代為發洩。明乎此，才能真正洞徹，作者寫作本書的本意。因而孫悟空對豬八戒的戲弄是必然的，也是不可或缺的。筆者以為：閱讀本書，至少應了解作者是以浪漫和象徵的手法來寫作本書的。所謂唐僧取經也者，只是一種假借的手法而已。故我們對這取經的小小集團應作如是的看法：它是一個王國的象徵，唐僧象徵昏庸的君主，孫悟空等三人象徵不同類型的幹部；孫悟空是忠貞人才的代表，豬八戒是奸佞奴才的代表，而沙和尚則是平凡庸才的代表。

假如讀者諸君同意這種說法，那麼進一步我們就要問：忠臣與奸佞能否相容共存？人才與奴才是否能和睦相與？其答案之否定自是必然的事。

關於孫悟空的才智與忠貞，筆者在〈論孫悟空的英雄形象〉一文中已有詳盡析論，不再贅述。至於豬八戒的形象如何？則尚未述及。不過豬八戒也是大名遠播的人物，即非本書的讀者，也莫不知他是個笨頭笨腦、兩耳招風、一張長嘴、大腹便便，豬首人身的怪物，而且生性貪財、愛色、好吃、懶做、外帶愛撒謊、進讒言、撥弄是非，可謂是個典型的小人。佛教中有八戒之律，它們是：一，不殺生、二，不偷盜、三，不淫、四，不妄語、五，不飲酒、六，不塗飾香鬘歌舞並觀聽、七，不眠坐高廣大牀、八，不食非時食。而豬八戒的言行思想卻無不牴觸諸與戒條，所以作者為他取名豬八戒者，實為「諸不戒」的反諷。因此，我們若稍加留意就不難看出：孫悟空對豬八戒常愛戲弄，就是作者對豬八戒的用筆，亦莫不如此。而且都是針對其思想、言行、性格的缺失而來，爰例證如後：

作者以輕蔑心態寫八戒

我們知道：唐僧這小小的取經集團是由師徒四眾及一匹白馬所組成。唐僧原有的一名從僕甫上征途就被妖精吃了，其後在兩界山方收孫悟空為徒，爾後又得悟空之力收伏了豬八戒和沙和尚二人為徒，以及一位小龍王為腳力。且摘錄若干孫悟空收伏豬八戒的情形，就可以看出作者是以如何輕蔑的態度來描寫豬八戒的——

且說行者卻弄神通，搖身一變，變得就和那女子一般，獨自坐在屋裡等那妖精。不多時，一陣風來，真個是飛沙走石……那狂風過處，只見半空裡來了一個妖精，果然生得醜陋；黑臉短毛，長嘴大耳。行者暗笑道：「原來是這個買賣！」好行者卻不迎他，也不問他，且在床上裝病口中哼聲不絕，那怪不識真假，走進房，一把摟住就要親嘴，行者即使個拿法，托著那怪長嘴，使勁一抖，就把他摔下床來。那怪爬起來，扶著床道：「姐姐怎麼今日有些怪我，想是我來得遲了？」行者道：「不曾怪你，只因今日有些不自在，你可脫了衣服睡吧。」那怪不解其意，真個就去脫衣，行者卻跳將起來，坐在淨桶上。那怪在床上抹不著人，叫道：「姐姐你在哪裡？請脫衣服睡罷。」行者歎氣道：「造化低了。」那怪道：「你惱怎的？怎的造化低了？我到你家，也曾耕田肥地，種麥插秧，創家立業，如今你身上穿錦戴金，四時八節不缺食用，還有那些兒不趁心？」行者道：「不是這等說，你可知我父母隔著牆，拋磚丟瓦地打罵我哩！」那怪道：「他們打罵你怎的？」行者道：「他們說我和你做了夫妻，竟連身世也不知，沒一點兒體面，會不得親朋，見不得好友，玷辱門楣，壞了家風，所以我才這般煩惱。」那怪道：「我雖醜陋，來時卻是說明的，他們願意，方才招我。今日怎麼又說起這話？說起身世，我家住在福陵山雲棧洞，我以相貌為姓，故姓豬。」行者聽了暗笑道：「這怪卻也老實，竟不打自招了。既有了住處和姓名就好拿他了。」行者又故作憂慮道：「他們要請法師來拿你呢。」那怪道：「莫睬他們，睡罷；我有天罡三十六變，有九齒的釘耙，怕什麼天師，就是九天蕩魔祖師下凡也不敢怎的我！」行者道：「他說要請一個五百年前大鬧天宮的齊天來拿你呢。」那怪聞得這個名頭，就有三分害怕，道：「既是這樣，我們兩口子作不成了，我就去了罷。」行者道：「你怎的就這等怕他？」那怪道：「你不知道，那弼馬溫有些本事，我只怕弄他不過，豈不低了名頭？」那怪說罷就套上衣服，開了門，往外就走，被行者一把抓住，將自己臉上抹了一抹，現出原身，喝道：「好妖怪，那裡走，你抬頭看看我是那個？」（摘自第十八回）

以上是悟空收八戒的一段描寫，我們可很明顯地得知，作者完全是一種輕蔑和戲謔的態度看著筆的。

肚大嘴饞因而屢遭戲弄

肚大嘴饞，是豬八戒的缺點之一，作者不時在許多情節中加以誇張描寫，如第十九回豬八戒於拜師唐僧後便道：「師父，我受了菩薩戒行，斷了五葷三厭，在我丈人家吃齋把素，更不曾動葷，今日見了師父，我開了齋罷。」這就是作者以點染的手法，來塑造豬八戒貪嘴好吃的形象。而孫悟空更多次以此缺點來戲弄他，如六十八回他們來到朱紫國，驛館只供米柴菜蔬，需要自己動手炊煮，悟空要八戒去買調味品，八戒本不肯去，悟空就說街上有許多可口的食物，要買些請他，那獃子就信以為真，道：「哥哥，這遭我擾你，待下次攢錢，我也請你回席。」又是作者對八戒貪饞的一次素描。且由於悟空對他的戲弄，並且引出揭榜治病的故事來。原來朱紫國王罹有痼疾，太醫束手，屢醫不癒，乃貼出皇榜，遍召天下名醫，悟空為了要顯手段並戲弄八戒，就揭了皇榜，施手法，納入八戒懷中，太監們便要八戒入朝見駕，急得八戒窘態百出，「你兒子便揭了皇榜，你孫子便會治病。」悟空的目的就是要看他氣急敗壞的窘相。後來他們來至滅法國，遇到一陣妖風，悟空意欲要八戒去見頭陣，八戒自是不肯，悟空就詐稱：「前面不遠就是一莊村，村上人家好善，蒸的白米乾飯，白麵饝饝齋僧呢。這些霧，想是那些人家蒸籠之氣，也是積善之意。」八戒聽說有米飯饝饝可吃，就悄悄地問道：「哥哥，你先吃了他們的齋來？」悟空道：「吃不多，因那菜蔬太鹹了。」八戒便藉放馬為由，要去吃齋，結果撞入妖陣，被妖捉去。（第八十五回）

既好色復貪財又愛撒謊

貪愛女色是八戒的另一缺點，悟空雖未以此直接戲弄八戒，卻也是屬於「幫兇」地位。第二十三回，觀音為測試唐僧等之性行，煩黎山老母、文殊菩薩等在野外點化一座村莊，莊中住著一位中年寡婦，領著三個年輕的女兒，俱有姿色，具家資萬貫，良田千頃，騾馬成群，從僕眾多，就少當家撐戶的男人，聲聲要招他們師徒四人為婚。別人都無動於衷，只有八戒大動凡心，藉放馬為由，偷偷溜到後門向那婦人認娘招親，悟空探知八戒的行徑，也深知這是菩薩對他們的試驗，卻坐觀這鬧劇的發展，任由八戒去吃苦頭。明達的讀者一看便知，這是作者與前文「八戒在高家莊佔良女為妻」遙相呼應的筆墨。

豬八戒另一個缺點是好撒謊，這也是心直性烈的孫悟空所不能忍受的。第三十二回他們一行到達平頂山，功曹報信，此山有怪，悟空本欲命八戒前去巡山，悟空料他此去就必然偷懶，仍變化了一個小虫暗暗跟隨，八戒行了數里，果然指手畫腳地罵道：「你罷軟的老和尚，捉掐（造孽）的弼馬溫，面弱的沙和尚，你們都在那裡自在，卻撮弄我老頭來巡山，我往那裡睡一覺，含含糊糊的答應他，就了其帳也。」便尋著一個草坡睡了。於悟空又變成一隻啄木鳥，頻頻啄他嘴鼻。八戒好夢不成，只得又往前行去。卻選定一塊大石，演謊起來，八戒道：「我這回去見了師父，若問有無妖怪？就說有妖怪，他問是什麼山？我只說是石頭山。什麼洞？也只說是石頭洞。問是什麼門？卻說是釘釘的鐵葉門。若問裡面有多遠？只說入內有三層。十分再尋問，只說老豬行忙記不清。就此編造停當，哄那弼馬溫去！」結果自是被悟空揭穿，使八戒在師父面前大大地丟人獻醜一番。

悟空對八戒的另一次戲弄，是恥於他的貪財。取經途中八戒多次要分家當，且不去說他，卻說第七十六回師徒一行遇青獅及白象精等阻路，八戒被擒，唐僧命悟空前去搭救，悟空因恨八戒暗中咒他，動不動要分行李散伙，且常慫恿師父唸緊箍咒。又憶記日前沙僧曾說八戒藏有私房錢的事，就故意來訛詐他，偽稱是五殿閻王差來的索命鬼，八戒懇求寬延一日，待見了師父再去陰曹，悟空詐稱可以商量，但有同行伙伴，須有盤纏打點，八戒只得供道：「可憐，可憐，我自作和尚到於今，零零碎碎地只攢了五錢銀子。因不好收藏，前者到城中央個銀匠熬成一塊，那沒天理的又偷了我幾分，其實只得四錢六分，現藏在耳內，你拿去吧。」悟空拿到銀子即現真身，哈哈大笑起來……。

書中戲弄豬八戒的筆墨尚不止此，以上所舉僅其大要，總之，作者與悟空都痛恨八戒，故而不時聯手將八戒戲弄一番以洩胸中之恨。而且如將本文與〈孫悟空為何玩世不恭〉一文同參，就更不難了解作者寫作本書的心態了。

中華民國七十四年一月十四日

繡花枕頭話唐僧

小說是藉人物扮演故事而表現主題的一種特殊文體，人物描寫是否成功，關係到作品的成敗。

《西遊記》是以唐僧赴西天取經作為故事的架構，所以故事一直都是圍繞著唐僧師徒們在發展，是則本書的主要人物在唐僧師徒，其餘的神仙、佛道、妖魔、鬼怪都是一些呼之即來、揮之即去的「臨時演員」而已。因而欲研究本書的人物，應以唐僧師徒為重心。

小說是一種具有高度可讀性的文學，關鍵之一在有故事，關鍵之二在有人物；所以欣賞故事是一種有趣的事，欣賞人物也是一種有趣的事。本文且以研討人物著眼，來談談書中的幾位主要人物。

從表面看來，本書的主角是唐僧，然稍加探討，卻知是孫悟空。故本書一開始，就以七回的篇來寫他的出身和大鬧天空的情節。正文發展到第八回才漸次寫到唐僧。且爾後取經途中，唐僧所歷各難，無不是悟空奮力排除。故悟空為本書的主角，迨無疑義。不過取經的任務畢竟是如來、觀音及唐王賦予唐僧者，何況唐僧居於師父地位，是以研究本書人物，還是應該自唐僧著手。

膽小膿包．動輒哭泣

細心的讀者不難看出，作者寫唐僧是以象徵的手法來作某種的影射。在行文走筆之間，明褒暗貶。開頭對他的描寫還有幾分敬意，一經邁上取經的旅途，種種的懦弱的行為便一一呈現於讀者的眼前。茲擇引原著如下，以證其說。

△第十三回看見獵戶劉伯欽與猛虎博鬥「慌得三藏軟癱在草地。」劉伯欽告別，他「牽衣執袂，滴淚難分。」

△第十九回被黃風怪所擒，悟空尋來，「只見那師父紛紛落淚。」

△第二十一回行至流沙河，水怪阻路，「那長老滿眼下淚道：『似此艱難，怎生得渡？』」

△第二十五回因悟空等偷吃了人參果，被鎮元子所擒，「那長老淚眼雙垂」，嗣得悟空夜間作法救下師徒，「那長老在馬上搖晃打盹。行者見了叫道：『師父不濟，出家人怎的這般辛苦？我老孫千夜不眠，也不曉得些困倦。且下馬來，莫教走路的人看見笑你。』翌日鎮

元子追來，「唐僧聞言，戰戰兢兢。」

△第二十九回奎木狼自上界下凡，要吃唐僧，悟空等三人奮力勇戰，「卻說那長老在洞裡悲啼。」

△第三十二回天神化作樵夫前來報信，謂此山有怪，「長老聞言，魂飛魄散，戰兢兢坐不穩雕鞍。急回頭忙呼徒弟道：『你聽那樵夫報道，此山有毒魔狠怪，誰敢去細問他一問？』」

△第三十六回來到寶林寺，老和尚不肯留宿，「就滿眼垂淚，欲待要哭，又恐那寺裡的老和尚笑他，只得暗暗扯衣揩淚。」後得悟空使些手法，不但答應留宿，而且全寺五百僧眾一齊到門口跪接。所以連八戒都批評道：「師父老大不濟事，你進去時，淚汪汪，嘴上掛得油瓶。師兄怎麼就有此獐智，教他們磕頭來接。」

△第四十七回行達通天河，使悟空去探路，悟空回來道：「師父，寬哩、寬哩，老孫火眼金睛，白日能看千里，夜裡也還能看三五百里，如今看不見岸邊，怎定得寬闊之數？」三藏大驚，口不能言，聲音哽咽滴淚道：「徒弟呀，似這等怎了？我當年別了長安，只說西天易走，那知道妖魔阻隔，山水迢遙。」後來唐僧被擒，囚於石匣，悟空尋來，「只聽得三藏在裡面嚶嚶的哭哩！」

△第五十四回遇蝎子精，要與成婚，「那師父又止不住落下淚來。」

△第六十五回唐僧師徒及被請來相助的諸天神均被黃眉怪捉住，半夜悟空「忽聞有悲泣之聲，側耳聽時，卻原來是三藏聲音。」

△第六十七回到了七絕山稀柿衕口，三藏聞得那般惡穢，又見路道阻塞，又見悟空說難，「便就眼中垂淚」。

△第七十四回太白金星化作老人前來報信，「三藏聞言，大驚失色，一是馬的足下不平，二是坐的雕鞍不穩，撲地跌下馬來，掙扎不動，睡在草裡哼呢。」

△第七十五回遇青獅、白象、大鵬三怪阻路，悟空屢戰不勝，被怪擒去，八戒就主張分家散伙，「那長老聞得此言，就氣噓噓叫皇天，放聲大哭來起。」悟空逃脫歸來，「遠遠的卻看見唐僧睡在地上打滾痛哭。」

△第七十八回來到小兒國，國王聽信妖道讒言，要用唐僧的心作藥引，你看那唐僧「忽聞此言，諕得三屍神散，七竅煙生，倒在塵埃，渾身是汗，眼不定睛，口不能言。」

△第八十二回遇白鼠精逼婚，唐僧要悟空救他，悟空道：「他這洞，不比走進走出去的，是打上頭往下鑽。如今救了你，要打底下往上鑽。若是造化高，鑽著洞口兒，就出去了，若是造化低，鑽不著，還有個悶殺的日子了。」三藏滿眼垂淚道：「似此艱難，怎生是好？」

△第九十二回被犀牛精所捉，悟空變化來救，「只聞得啼泣之聲，乃是唐僧鎖在後房簷柱上哭哩！」

真假唐僧，判若兩人

從以上的引證，可見唐僧一遇災難險阻，除哭以外，別無他法，全沒有一點勇敢犧牲的殉道精神，全然是一副懦弱、膽小的膿包相，不但悟空心裡瞧不起他，就連八戒也笑「師父老大不濟」。而最令悟空難忍者，是他的白馬被孽龍吃了，他說：「既是牠吃了，我如何前進！可憐啊！這千山萬水，怎生走得！」說著話，就淚如雨落，行者見他哭將起來，那裡忍得住暴躁，便發聲喊道：「師父莫要這等膿包形麼！你坐著，等老孫去尋那廝，叫牠還我馬匹便了。」三藏卻又扯住悟空道：「徒弟啊，你那裡去尋牠？只怕牠暗地裡躥出來，卻不是連我都害了，那時人馬兩亡，怎生是好。」難怪行者要恨聲不迭地叫道：「你忒不濟，又要馬騎，又不放我去，似這般看著行李，坐到老罷。」（第十五回）所以悟空曾不止一次譏他為膿包：「莫哭，莫哭，一哭便膿包形了。」（第七十四回）

但是，在正史中對真正的唐僧之描寫如何呢？

「……出玉門關孑然孤遊沙漠矣……從此以去，即莫賀延磧，長八百里，古曰沙河，上無飛鳥，下無走獸，復無水草，是時顧影，唯一心但念觀音……行百餘里、失道，覓野馬泉，不得。下水欲飲，袋重，失手覆之，千里之資，一朝斯罄……四顧茫然，人馬俱絕。夜則妖魑舉火，爛若繁星，晝則驚風擁沙，散時如雨。雖遇如是，心無所懼，但苦水盡，渴不能前。於是者，四夜五日，無一滴霑喉，……遂臥沙中，默念觀音，雖困不捨，啟菩薩曰：『玄奘此行，不求財利，無冀名譽，但為無上道心正法來耳，惟菩薩念舊群生，以救苦為務，此為苦矣，寧不知耶！』如是告時，心心無輟……。」

《西遊記》中的唐僧是一遇險阻即驚惶萬狀，一遇困難便淚眼悲泣，全無一點勇敢鎮定的表現，而歷史上的唐僧則是「雖遇妖魑舉火，驚風擁沙，卻心無所懼，惟念觀音，心心無輟……」這就可見作者是如何將一個原本勇敢的高僧，寫成一個窩囊膿包的和尚了。

聽讒言．信邪風．一頭水

如果唐僧單只是膽小膿包倒也罷了，不幸他還是個信邪風的「一頭水」。

且說唐僧一行來到寶林寺，含冤三載的烏雞國王之鬼魂向唐僧求救，既經撈得屍首，唐僧見那皇帝容顏未改，就慘然失聲，八戒笑道：「師父，他死了可干你事？又不是你家父祖，哭他怎的？」三藏道：「徒弟啊，出家人慈悲為本，方便為門，你怎的這等心硬？」八戒道：「不是心硬，師兄和我說來，他會醫得活；若醫不活，我也不馱他了。」那長老原是一頭水的，被那獃子搖動了，就叫道：「悟空，若果有手段醫活這個皇帝，正是救人一命，勝造七級浮圖，我等也強似靈山拜佛。」行者道：「師父，你怎麼信這獃子亂說，人死三年，如何救得？」八戒道：「師父，莫被他瞞了，他有些夾腦風。你只念動那話兒，管他還你一個活人。」唐僧就真個念起緊箍咒兒來，勒得行者眼脹頭痛，直在地上打滾。（第三十八回）

卻說這日唐僧行至途中又饑又寒，便命行者前去化齋，行者對三藏道：「師父，這去處少吉多凶，切莫動身別往。」就用金箍棒在地上畫了一個圈子，要他端坐當中。行者去後多時，不見回來，唐僧就欠身張望道：「這猴子往那裡化齋去了？」八戒在旁笑道：「知他往那裡耍子去來！化甚麼齋，卻教我們在此作牢。」三藏道：「怎麼謂之坐牢？」八戒道：「師父，你原來不知，古人劃地為牢，他將棍子劃個圈兒。以為強似銅牆鐵壁，假如有虎狼妖獸來時，如何擋得他住？只好白白地送與他吃了罷了。」三藏道：「悟能，依你怎麼處？」八戒道：「此間又不藏風，又不避冷，若依老豬，只該順著路，往西且行。師兄化了齋，讓他駕雲趕來，如有齋，吃了再走，如今坐了這一會，老大腳冷。」

唐僧聽了八戒讒言，竟然撞入魔窟。（第五十回）

唐僧不但是信邪風的一頭水，而且還愛護短。

有一次，悟空要八戒去巡山，八戒偷懶睡覺去了，編了一席謊言準備交差，不想悟空變化跟來，盡知底蘊。唐僧見悟空歸來，就問道：「悟空，你來了，悟能怎麼不見回？」悟空道：「他在那裡編謊哩。就待他來。」唐僧道：「他兩個耳朵蓋著眼，愚拙之人也，會編甚麼謊？又是你捏合甚麼鬼話賴他哩。」悟空道：「師父，你只是這等護短，這是有對證的話。」

其後，八戒的謊言揭穿，悟空要懲處他，八戒就扯住師父道：「你替我說個方便罷。」長老便道：「悟空說你編謊，我還不信，今果如此，其實該打。但如今過山少人使喚，悟空你且饒他，待過了山再打吧。」（第三十二回）

作者寫唐僧的護短還不止此，另一次是為搭救烏雞國王，師徒二人正在議計。悟空笑道：「老孫的計已成了，只是干礙著你老人家有些兒護短。」唐僧道：「我怎麼護短？」悟空道：「八戒生得劣，你有些兒偏向他。」唐僧道：「我怎麼向他？」悟空道：「你若不向他，就讓八戒與我去御花園，將烏雞國王的屍首撈起……」唐僧道：「只怕八戒不肯去。」悟空笑道：「如何，我說你護短。你怎麼就知他不肯去……。」（第三十八回）

屢逐悟空．蠻不講理

唐僧另一性格弱點是怕事。且說有一日他們在中途遇強盜打劫，悟空打死了兩個強盜，唐僧怕他們到地府告狀，乃向死者禱告：「拜惟好漢，聽禱原因，念我弟子，東土唐人，奉太宗皇帝旨意，上西方求取經文。適來此地，逢爾多人，不知是何府？何州？何縣？都在此山內結黨成群。我以好話，哀告殷勤，爾等不聽，返善生嗔。卻遭行者，棍下傷身。切念屍骸暴露，吾隨掩土盤墳。折青竹為香燭，無光彩，有心勤；取頑石，作施食，無滋味，有真誠。你到森羅殿下興詞，倒樹尋根，他姓孫，我姓陳，各居異姓。冤有頭，債有主，切莫告我取經僧人。」

作者以此不但寫出唐僧的怕事性格，抑且揭露他的自私心理。而更有進者，是他的不講理！孫悟空兩次被逐，都是由於他信讒言、不講理，且舉其一。

話說唐僧一日行至白虎嶺，嚷著腹中饑餓，要悟空去化齋。因近無人煙，悟空見遠處有桃，就去摘桃，不期此山有一殭屍精欲吃唐僧，惟見八戒沙僧維護左右，難以強取，就變化了一個美麗少婦，攜食物前來，聲稱要行善齋僧，悟空適返，識是妖精，將她打死（其實只得化身，真身仍然走脫。），唐僧就老大不悅，罵道：「這猴著然無禮，無故傷人性命！」行者道：「師父莫怪，你且來看看這罐子裡是甚麼東西？」唐僧近前看時，乃是一罐子拖尾巴的長蛆，和一些活蘇的癲蛤蟆，這才有三分兒相信，不期八戒在一旁不悅，就攛動道：「師父，說起這女子，她本是此間農婦，因為送飯下田，路遇我等，卻怎麼栽他是個妖怪？哥哥的棍重，走將來試手打她一下，不期就打殺了，怕你念緊箍咒兒，故意使個障眼法，變做這等東西演幌你，何不念咒哩！」唐僧信以為真，果然念動緊箍咒兒，痛得悟空在地上打滾求饒。「師父有話便說，莫念莫念。」嗣經悟空好歹哀求，才權留身邊，未予驅逐。但那屍魔一計未成，又再變成八十老嫗尋將前來，悟空識破，舉棍又打，仍然只打得化身，唐僧一見，驚下馬來，更無二話，就將緊箍咒兒足足念了二十遍，可憐把個行者的頭勒得像小腰葫蘆似的，痛得滾地求饒。唐僧又要逐他。嗣因悟空要求，去了緊箍帽兒才走，但觀音只授唐僧緊箍咒，卻不曾授得鬆箍咒，只得勉強留下。不意那屍魔第三次又變化一個老者前來，口裡並還不停地念著經哩，唐僧見了大喜：「阿彌陀佛，西方真是福地，那公公路也走不上來，逼法的還念經哩。」八戒又挑撥地說：「師父，你且莫要誇獎，那個是禍的根哩。」唐僧道：「怎麼是禍根？」八戒道：「師兄打殺他的女兒，又打殺他的婆子，這正是那老兒尋將來了。我們若撞著他，師父，你便應償命，該個死罪；把老豬為從，問個充軍；沙僧喝令，問個擺站；那師兄使個遁法走了，卻不苦了我們三個頂缸呢！」但行者為恐師父遭暗算，還是把那「老者」打死了，這回打得真身，現了原形，那脊梁上有一行字，叫作「白骨夫人」，唐僧見此，倒也罷了，怎禁那八戒在旁又唆嘴道：「師父，他是怕你念那話兒，故意掩你耳目哩！」唐僧復又念起咒來，再逐悟空。事不過三，悟空只得去了。唐僧寫下一份休書付予悟空，悟空無奈，只好說：「師父，跟你一場，今日遽別，請受我一拜。」那唐僧卻說：「我是個好和尚，不受歹人的禮！」

如此這般，怎不令赤膽忠心的悟空傷心得掉淚呢？

作者在行文走筆間，雖曾不止一次讚揚唐僧的儀表，謂其頭方耳大，相貌堂堂，明雖頌譽，實則貶抑，因為明達的讀者，對唐僧在腦海中都會留下一個：軟耳朵、聽讒言、一頭水的膿包印象，不過是一個「金玉其外，敗絮其中」的繡花枕頭罷了。

佛門聖僧・小說傀儡
——為唐僧洗雪沉冤

唐僧玄奘是我國家喻戶曉的人物，既享名於佛家，也享名於俗家；享名於佛家的原因是對於佛學有研究、有貢獻，為一有道高僧。至於享名俗家，則是吳承恩《西遊記》之所賜也。

佛教在我國，信徒雖多，而絕大多數信徒，只知一心拜佛，並不研究佛理，以為只要時時虔誠禮拜，就可以得到菩薩的保佑。至於佛義為何？佛理何在？卻不深究。因之我國佛眾固多，由此而知唐僧之偉大者並不多，唐僧之所以享受盛名，實乃因《西遊記》之聞名遐邇所致也。

唐僧在佛家與俗家雖同享盛名，卻譭譽不一。在佛家，他是有學問、有道德、信仰堅定、志行勇敢、精研佛理、宏揚佛學，將《三藏真經》傳入我國的第一人。他是相當偉大，深受後世教徒所崇拜的高僧。可是在《西遊記》中，他卻是個膽小、愛哭、聽讒言、信邪風、一頭水的膿包，真假唐僧的實質，殊有天壤之別也。

由於《西遊記》在我國流傳至廣，書中的故事人物，婦孺皆知，而且揚名海外，舉凡受中國文化、文學影響的國家，也莫不喜愛這部變幻多端、饒寓趣味的偉大說部，以及因而得知鼎鼎大名的唐僧了。而同時，鮮活在一般人心目中的唐僧也就是膽小、愛哭、聽讒言、信邪風、一頭水的膿包相了。因此筆者不免常為那真實的唐僧抱屈。筆者雖非佛教徒，但為了對一代高僧的崇敬，深願為之昭雪沉冤、一洗蒙塵。

且先從真實的唐僧說起。

唐僧俗姓陳，名褘，法號玄奘，河南偃師人，生於隋文帝仁壽二年（西元六〇二年），卒於唐高宗麟德元年（西元六六四年），出身門閥世家，高祖陳湛，任北魏清河太守。曾祖陳欽，任北魏征東將軍，南陽郡開國公。祖父陳康，北齊國學博士，禮部侍郎。父陳惠，隋江陵縣令。唐僧兄弟四人，他居季。十歲喪父，十三歲出家。其兄陳素早歲出家，法號長捷。唐僧出家後即隨兄住在洛陽淨土寺。十四歲那年，隋煬帝下令度僧二十七人，報名投考的人很多，選拔嚴格，唐僧年幼，未諳經業，空懷出家之志，遂徬徨於試場之外，遇主考官大理卿鄭善果，察其器宇不凡，因詢其志。唐僧答曰：「意欲遠紹如來，近光遺法。」主考官嘉其志，破格錄入僧籍。

隋朝末年，天下大亂，洛陽淪為戰場，民多饑饉，遠走他鄉，寺院斷絕齋供，僧侶被迫星散，唐僧勸兄入長安，未幾長安亦亂，乃經子午谷、登劍閣、入成都，住益南空慧寺。年弱冠，方正式受戒成為比丘。迨戰火稍定，再返長安。勤習梵文胡語，遍聆名師述法，遊學十年，足跡遍及半壁河山，於峰火及雲遊中奠定佛學基礎。

唐僧少年即有壯志，要「遠紹如來，近光遺法」。所以他一心要去佛教聖地的印度求佛法、求真知。但是當時並沒有得到朝廷的允許，而是在唐太宗貞觀二年，關東、河南、隴右一帶災害嚴重，政府下令疏散人口，唐僧方得混入人叢，逃過關禁，卻又旋被發覺而予通緝。唐僧誓死不回。為躲避追緝，只能晝宿夜行，幾經險阻才達邊界。然自此雖不怕追兵，卻面臨大戈壁，滾滾黃沙，人獸絕跡，草木不生，只見累累白骨，暴露曠野，對此險境，無不卻步。而唐僧仍毅然決然，一人一騎，投入沙漠瀚海。初遭風沙之困，尚可勉力支持，嗣則水盡糧竭，人倒馬翻，實難為繼。掙扎三晝夜（註一），唯念觀音聖號，半夜被涼風拂醒，馬亦自起前行，不數里，忽見青草水池，方脫困境。再前進，終於到達西域。沿途備受各國熱烈歡迎，尤以高昌國國王麴文泰，格外尊敬，堅留供養。唐僧不為所動，繼續西行，國王只好派人護送、抵達印度。唐僧得以親訪佛陀成道之處。惟目睹聖跡猶在，卻四境荒涼，不覺悲從中來，遂放聲大哭，由此「遠紹如來，近光遺法」之志益堅。

唐僧初抵印度，先從各大小乘學者名師學習諸經論。最後抵達摩揭陀國之那爛陀寺。該寺為全印最高學府，住有高僧學者一萬餘人，規模之大，人才之眾，學術風氣之盛，古今無四。寺中最負盛名之戒賢長老，時已一一七歲，年邁體弱，已輟講多年，卻又專為唐僧講課五年。唐僧其時年方而立，所受之禮遇，全寺中只有十人可與他比。

五年後，唐僧又遊學各方，一則朝禮聖跡，一則參學前所未學，以求前所未知。既返母寺，拜謁戒賢長老，長老知其學養精進，便命他開課，為諸學人主講《攝大乘論》及《唯識抉擇論》。以其所講條理井然，分析入微，深得眾學者之讚佩。惟其中有「空宗」學者師子光者，心存不服，乃在別院主講《龍樹性空學》之《中觀論》及《百論》，用《性空學理論》駁斥「有宗」之《攝論》及《唯識論》。唐僧遂撰《會宗論》三千頌以破之。論成，傳閱寺眾，未幾並傳遍全印。不僅本寺萬餘人欽佩歌頌，即全印學者、哲人、以及各國國王無不傾倒。戒日王及鳩摩羅王相繼敦請弘法，並率先皈依佛門。

貞觀十六年，當時戒日王的國勢最強，他邀約諸國對佛學有研究的學者集會於曲女城。與會者有十八國國王，各國大小乘比丘三千人，那爛陀寺學僧一千餘人，外道僧侶三千餘人，計八千餘飽學之士。另王室軍馬百萬、兵艦四萬，齊集於恆河兩岸，盛況空前。此即佛教史上有名的「曲女城辯論大會」。唐僧被奉為論主，提出論文「唯真識量」頌，全文廿三萬字，並附言宣示：「若其間一字無理，能有人難破之者，玄奘願自斬首相謝。」經過十八天，竟無一人敢與唐僧論辯，於是與會國王及學者莫不歡欣，競呼唐僧為「大乘天」！會後十八國國王均皈依為弟子。

會既畢，唐僧便決心回國。戒日王堅留不成，便再邀集十八國王在首都鉢羅那迦城，舉行為期七十五天的「無遮（布施）大會」，為唐僧隆重餞行。並傾全國貲財，義賣王冠寶座，用以維持大會百萬人之開支。大會結束，諸王餽贈唐僧大象一頭，良馬數十匹，用為馱載佛經。金錢三千，銀錢一萬，充作旅費。十八國王親送至三十里外，並遣重臣護送，直到大唐國境為止。環顧古今中外之僧侶，能於國際博得如此殊榮者，唯有玄奘唐僧一人也。

貞觀十八年，唐僧啟程回國，唐太宗獲訊，立刻詔令全國，籌備盛大歡迎，所經之處，萬人空巷，夾道焚香膜拜，爭睹聖容。貞觀十九年元月抵長安，中央文武百官，郊迎十里。其時，太宗在洛陽，特予接見，傾談之下，頻興相見恨晚之歎，兩度請唐僧還俗出任宰相之職，唐僧均予婉拒，堅持從事譯經及弘法，太宗只好從其志。指定弘福寺（後遷慈恩寺）成立大規模譯場。譯者兩千多人，直至麟德元年，二十年中譯出經書七十五部，計一三三五卷，共一三〇〇萬言，唐太宗曾親為之作「聖教序」而盛讚之。而唐僧卻於是年二月「示寂」。葬之國禮，附近州郡前來送喪者多達百萬之眾，夜宿墓房者亦達三萬人，身後哀榮可謂空前。（註二）

以上所述，是唐僧一生事蹟的概況，藉知其事業彪炳，志行堅定，人格高超，尊之完人，禮為聖僧，實當之無愧。但是，到了吳承恩的《西遊記》中則完全判若兩人了，首先，且說取經的動機，各有不同。前者是出於唐僧本人的意思，他立志要「遠紹如來，近光遺法。」而《西遊記》的取經，最初的發起者是佛祖如來。祂在「盂蘭盆會」中說：「我觀四大部洲，眾生善惡，各方不一：東勝神洲者，敬天禮地，心爽氣平；北俱盧洲者，雖好殺生，祇因餬口，性拙情疏，無多作踐；我西牛賀洲者，不貪不殺，養氣潛靈，雖無上真，人人固壽；但那南瞻部洲者，貪淫樂禍，多殺多爭，正所謂口舌凶場，是非惡海，我今有《三藏真經》，可以勸人為善。……怎得一個有法力的去東土尋一個善信，教他苦歷千山，詢經萬水，到我處求取真經，永傳東土，勸化眾生……。」在座的觀世音乃應聲曰：「弟子不才，願上東土尋一個取經人來。」後來觀音在長安的「水陸大會」上方發現了唐僧。書中有一段極為複雜的故事。

事緣於長安有一漁一樵，一日兩人競讚漁樵之樂，兩人說來說去，漁夫說出他日日打漁，均能滿載而歸，是因為城中有一測字先生，善能起課，每日以鯉魚一條送他，便為漁夫起一課，叫他來日何時於何處下網，必然滿載而歸，屢試不爽。兩人這番談話被一個巡水的夜叉聽到，遂稟於涇河龍王，龍王不信，次日就變成一名秀士去訪問那起課先生。二人以明日下雨之事打賭；先生算得：「明日辰時布雲，巳時發雷，午時下雨，未時雨足，共得水三尺三寸零四十八點。」彼此言明，先生若贏了，贈課金五十兩，若輸了，就砸招牌，趕出長安，永遠不得在此惑眾。

龍王職司雨水，當時天青氣爽，萬里無雲，心想那卜課先生必然輸定了。不意回到龍宮即奉玉帝聖旨，明日何時布雲，何時發雷，何時下雨，何時雨止，共下雨多少，與那先生所言絲毫不差。龍王大驚，但為要贏那賭賽，就未遵玉旨，將下雨的時刻及雨量都改了。事為玉皇得知，以擅干天條，乃命人臣魏徵於明日午時三刻斬首龍王。龍王在夢中得此旨意，知道闖了大禍，心想卜課先生既能預知天機，或能救他，遂往求告。那先生告以：「玉帝既命魏徵斬你，魏乃唐朝大臣，唯有太宗可以命令於他，你去求太宗，或可救你。」龍王夢中求救於太宗，太宗應許。次日早朝，獨不見魏徵，命人召來，與他下棋。太宗原想將他羈絆，不讓他離開，焉能執行斬龍任務。不想到了午時三刻，魏徵竟在棋枰上睡著了。太宗因愛有功老臣，不忍叫醒他，不意魏徵竟於夢中將龍王斬首。龍王死後陰魂不散，每於夢中來擾太宗，謂他食言寡信，後來並在陰府告狀，要太宗到陰曹對質。太宗經此夢擾，驚駭得病，乃逝。臨終時，魏徵修書一封，致陰曹判官崔珏，請予搭救。崔判官暗中為太宗增添陽壽二十年。太宗與龍王對質已畢，閻王以太宗陽壽未終，就命判官送他還陽。太宗乃得遊地府。途經十八層地獄，眾多鬼魂向他索命。判官告以：「此乃你李氏父子為奪江山而誤殺之人，今為野鬼孤魂，不得超生。應先以金錢賑濟，回到陽間後再舉行『水陸大會』以超度之。」

太宗死後，魏徵力阻不可即時下葬。數日後果然還魂。太宗為履踐諾言，遂頒下聖旨，舉行「水陸大會」超度亡魂，並選有道高僧主持之，這才引出唐僧——唐僧膺選其任。

再說觀音領了如來佛旨，要到東土引度取經的人，就領了如來所賜的袈裟與錫杖，偕木又變作師徒二僧來到長安，輾轉將袈裟、錫杖獻於太宗，太宗轉贈唐僧。觀音又混入法場，聽唐僧講經，故意引度唐僧，問他：「你只知『小乘教法』可知『大乘教法』麼？」並說：「你這小乘教法，度不得亡者超身，只可渾俗和光而已。我有大乘佛法三藏，能超亡者昇天，能度難人脫苦，能修無量壽身，能作無來無去。」

這事驚動了唐太宗，而後觀音又顯了原本法相，太宗遂封唐僧為御弟，命他去西天取經。

這兩者取經的動機和背景各有不同。前者是唐僧自己的志願和抱負，後者不過是奉旨行事而已，而且在書中完全只是一個傀儡。

此外，還有一點必須一提的，是兩者身世又各不同。真唐僧是出身纓簪世家，已如前述。《西遊記》中的唐僧出身十分傳奇，又有一段複雜的故事。

唐僧的父親姓陳，名光蕊。狀元及第，遊街之日，適逢丞相殷開山之女彩球選婿，光蕊幸運中選，娶了相女，並奉聖旨任命江州。陳光蕊乃偕妻赴任。途中為賊人害，將陳光蕊推入江中，霸佔殷小姐為妻。小姐其時已身懷有孕，為欲為陳門留下一脈，忍辱偷生。十月臨盆，產一男嬰，因恐賊人害命，附以血書，將嬰兒放逐江中，順流而去。嗣為金山寺長老救起，收養十八年，方告知其父受害，其母受辱之事，唐僧乃赴京稟知外祖父，請得聖旨，發兵討賊，報了父仇。而其父前因放生一條金色鯉魚，原來竟是龍王真身，龍王為報答救命之恩，以明珠一顆置於陳光蕊口內，因而屍身不朽，嗣而還魂復生。只是殷小姐貞節受污，愧見丈夫兒子，卻自盡了。

吳承恩以此筆墨來寫唐僧身世，是褒是貶，有待考量。而最不堪者是書中對他諸多不敬的描寫。先說第十五回失馬之事。唐僧說：「既是牠吃了，我如何前進！可憐啊，這千山萬水，怎生走得。」說著就淚如雨下。行者見他哭將起來，那裡忍得住暴躁，便發喊道：「師父莫要這等膿包形麼！你坐著，待老孫去尋那廝，教牠還我馬匹便了。」三藏卻又扯住悟空道：「徒弟啊，你那裡去尋牠，只怕牠暗地裡竄出來，卻是連我都害了？那時人馬兩亡，怎生是好？」行者恨聲不迭地叫道：「你忒不濟，不濟，又要馬騎，又不放我去，似這般看著行李，坐到老罷。」所以孫悟空曾不只一次譏他為膿包：「莫哭，莫哭，一哭就膿包形了。」

從表面看來，作者有不少恭維他的筆墨，稱他為聖僧、為長老，說他是金蟬子轉胎，而且一旦能吃到他的肉，就可以長生不老，其實，作者時時處處都在醜化他呢！

△第十三回看見獵戶與猛虎博鬥「慌得三藏軟癱在草地。」

△第十九回被黃風怪所擒，悟空尋來「只見那師父紛紛落淚。」

△第二五回因悟空等偷吃人參果，被擒，「那長老淚眼雙垂。」嗣於夜間悟空施計得脫，「那長老在馬上搖晃打盹。」翌日鎮元子追來，「唐僧聞言，戰戰兢兢。」

△第二十九回奎木狼要吃唐僧。「卻說那長老在洞裡悲啼。」

△第三十二回天神報信，謂此山有怪，「長老聞言，魂飛魄散，戰戰兢兢，坐不穩雕鞍。」

△第三十六回寶林寺不肯留宿，「就滿眼垂淚，欲待要哭，又恐那寺裡老和尚笑他。」

△第四十七回通天河遇阻，「三藏大驚，聲哽淚滴道：『徒弟呀，似這等怎了？』」後來被擒，悟空尋來，「只聽得三藏在裡面嚶嚶的哭哩。」

△第五十回遇蝎子精要與他成婚，「那師父又止不落下淚來。」

△第六十五回被黃眉怪所擒，半夜悟空「忽聞有悲泣之聲，側耳聽時，卻原來是三藏聲音。」

△第六十七回在七絕山受阻，「便就眼中垂淚。」

△第七十四回聞太白金星報信，「三藏聞言，大驚失色，撲地跌下馬來，掙扎不動。」

△第七十五回遇青獅、白象、大鵬三怪，悟空被擒，八戒主張分家散伙，「那長老聞得此言就氣呼呼叫皇天，放聲大哭起來。」後來悟空逃脫歸來，「遠遠的卻看見唐僧睡在地上打滾痛哭。」

△第七十八回小兒國國王要用唐僧的心臟作藥引，「唐僧忽聞此言，嚇得三屍魂散，七竅生煙，倒在塵埃，渾身是汗，眼不定睛，口不能言。」

諸此種種，真是洋相出盡，醜態百出了。

前文我們曾經引述一段唐僧歷經沙漠的情形，以其略而不詳，茲再根據《慈恩三藏法師傳》（唐．沙門慧立法師撰）對同一事件的描寫引述如次：

「行百里，失道，覓野馬泉，不得。下（筆者按：取也）水欲飲，袋重，失手覆之。千里之資，一朝斯罄……四顧茫然，人馬俱絕。夜則妖魑舉火，爛若繁星，晝則驚風擁沙，散如時雨。雖遇如是，心無所懼。但若水盡，渴不能前。於是時，四夜五日，無一滴霑喉，口腹乾焦，幾將殞絕，不能復進，遂臥沙中，默念觀音，雖困不捨。啟菩薩曰：『玄奘此行，不求財利，無冀名譽，但為無上道心正法來耳。仰惟菩薩慈念群生，以救苦為務。此為苦矣，寧不知耶？』如是告時，心了無輟。至第五夜半，忽有涼風觸身，冷快如浴寒水，遂得目明，馬亦能起。體既穌息，得少睡眠……。驚寤進發，行可十里，馬忽異路，下馬憩食。去草一步，欲迴轉，又到一池，水甘澄鏡澈，下而就飲，身命重全，人馬俱得穌息……。」

唐僧這種臨難不懼，受阻不回，堅定勇敢的精神，堅忍不拔的信念，與《西遊記》中的膿包和尚，怎能是一人呢！

其實唐僧若僅是小說中的膿包相，以其迭遇妖魔梗阻，為博得讀者的同情，也還罷了，而更不堪者，為其人格上的侮辱；將他寫成一個沒有主見、不明是非、聽信讒信、信邪風的一頭水。更叫人氣憤。茲舉例以證。

且說唐僧一行來到寶林封，含冤三載的烏雞國王之鬼魂向唐僧求救，既經撈得屍首，唐僧見那國王容顏未改，就慘然失聲。八戒笑道：「師父，他死了可干你事？又不是你家父祖，哭他怎的？」三藏道：「徒弟啊，出家人慈悲為本，方便為門，你怎的這等心硬？」八戒道：「不是心硬，師兄和我說來，他會醫得的，若醫不活，我也不馱了。」那長老原是一頭水的，被那獃子搖動了，就叫道：「悟空，你果有手段醫活這個皇帝，正是救人一命，勝造七級浮圖，我等也強似靈山拜佛。」行者道：「師父，你怎麼信這獃子亂說，人死三年，如何救得？」八戒道：「師父，莫被他瞞騙了，他有些夾腦風。你只唸動那話兒，管他還你一個活人。」唐僧就真個唸起緊箍咒兒來，勒得行者眼脹頭痛，直在地上打滾。（第三十八回）

《西遊記》中唐僧軟弱怕事，不負責任，這也絕不是真唐僧的本性。

且說一日他們在途中遇盜，悟空打死兩人，唐僧怕他們到陰府告狀，乃向死者禱告：「拜惟好漢，聽禱原因，念我弟子，東土唐人，奉太宗皇帝旨意，上西方求取經文。適來此地，逢爾多人，不知是何府？何州？何縣？都在此山間結黨成群。我以好話。哀告殷勤，爾等不聽，返善生嗔，卻遭行者棍下喪生。切念屍骸暴露，吾隨掩土盤墳，折青竹為香蠋，無光彩，有心勤。取頑石，作施食，無滋味，有真誠。你到森羅殿下興詞，他姓孫，我姓陳，各居異姓。冤有頭，債有主，切莫告我取經僧人。」

作者對唐僧之用筆，可謂極盡挖苦諷刺之能事也。

最令人不能容忍的，是他兩次寫下休書，驅逐悟空，不要為徒！例如他們行經白虎嶺，遇屍魔，三戲唐僧，設計要吃唐僧，為悟空識破，先後打死由屍魔變化的少婦、老嫗，第三次卻來了一名老者，唐僧見了大喜，道：「阿彌陀佛，西方真是福地，那公公路也走不上來，逼法的還在念經哩。」八戒挑撥地說：「師父，你且莫誇獎，那是個禍根呢；師兄打死他的女兒，又打殺他的婆子，這正是他尋將來了。我們若撞著他，師父，你便應償命，該個死罪；把老豬為從，問個充軍；沙僧喝令，問個擺站；那師兄便使個遁法兒走了，卻不苦了我們三個頂缸呢！」

悟空百般解釋，唐僧固執不悟，定將悟空休逐，悟空說：「師父，跟你一場，今日遽別，請受我一拜。」那唐僧卻說：「我是個好和尚，不受歹人的禮！」難怪頂天立地的孫悟空不禁要灑下英雄淚了。

經此一一對比，試問我們怎能不為真正的唐僧叫屈鳴冤呢！

（民國八十年八月於台北。）

註一：一說四夜五日。

註二：以上資料引自道安法師之撰文。日月潭玄奘寺印贈。

其他參考資料：

慧立法師撰：《慈恩三藏法師傳》（引自《胡適文存》）

李辰冬著：《三國、水滸與西遊》（台灣水牛出版社）

羅盤著：《四說論叢》（台北大東圖書公司出版）。

《西遊記》原著。

透視《西遊記》

《西遊記》是一本很受讀者喜愛的小說，但一般人大都有一種錯覺，甚至連胡適之先生也認為「它沒有什麼微妙的意思，至多不過有一點愛罵人的玩世主義而已，可以不必深求。」

胡適之先生是我國近代傑出的學者，對我國古典名著小說的考證貢獻很多，但他對小說本身沒有下過功夫；不知能夠列入文學作品之林的名著小說，自有其深刻的寓意及豐富的內涵，其人物故事只是表現主題的媒介而已。

小說的主題包括作者的思想、意識、情感。此三者互為因果。基本上，小說家們都是「入世」的，莫不有匡時濟世的情懷，而真正文學小說，也皆負有反映人生、表現人生、美化人生、啟迪人生、指導人生、娛樂人生的使命。所以好的小說必有「微言大義」，不可不加深求。太史公曾說過「聖賢非憤不作」的話，他是最了解作家寫作心態的，日人廚川白村說：「文學是苦悶的象徵」，也是對文學作品極為中肯的註釋。真正文學小說，皆為作者嘔心瀝血的結晶，焉能沒有「微言大義」！何能「不加深求」！

然而，愈是寓有「微言大義」的小說，作者愈有難言之隱。則作者愈將運用種種掩飾隱諱的手法。而讀者如何突破這層掩飾的面紗，便須從了解作者的身世、際遇，以及其所處的時代背景著手。

且請看以下的簡介。

《西遊記》作者吳承恩，江蘇淮安人，生於明朝弘治十三年（公元一五〇〇——一五八二）。曾祖父和祖父均做過學官，父親是個極愛讀書的小商人。吳承恩生於世代書香的家庭，自小就博覽群書，詩文俱佳，名噪一時，並且又會寫小說、精攻書法，各種應酬文字莫不精通。可是這麼一位多才多藝的人，卻因為生性耿介，不肯隨俗，沒有賄賂學官而屢試不中，直到四十五歲才考取一名有歲費的秀才。五十歲試圖到京城發展，飽嚐世態炎涼的況味，後來一度流落到南京，六十歲時迫於飢寒到浙江長興縣作「縣丞」，不久又因與上司不和而拂袖歸。卒年八十二歲，身後蕭條，沒有子嗣。《西遊記》著作於晚年。

簡述了吳承恩個人的身世，再來看看他所處的時代背景，就更容易明白他為什麼要寫《西遊記》，以及其寫作的心態了。

有明一代創基於公元一三六八年，滅世於一六四四年，二百七十七年間共有十位皇帝，吳承恩的一生共經歷了孝宗、武宗、世宗、穆宗、神宗等五個皇帝。世宗在位四十五年，為時最久，那正是吳承恩二十二歲到六十六歲的一段時光。明世宗迷信道術，妄想長生，二十年不理朝政，朝臣無法面君，只有道士陶仲文可以隨時得見，而且不稱姓名，呼之為師，並且賜坐。朝政落於道士、宦官、奸臣之手，貪污腐敗，魚肉百姓，莫此為甚。吳承恩處於這樣一個黑暗時代，能無憤慨？但他又不能不顧到文字之獄、殺身之禍，便只好假託於歷史了。於是他選中了唐代高僧西方取經的故事，作為他發洩心中憤慨的護身符。

然而，唐僧（陳玄奘）是一位有道的高僧，取經的故事是一個偉大的史實，如據實寫來，不符寫作的宗旨，所以便將唐僧的人格和性格重新加以塑造，而將他寫成一個：膽小、愛哭、信邪風、聽讒言、膿包相、軟耳朵、一頭水的庸僧！用來象徵影射那令人憎惡痛恨的無道昏君！

唐僧既被影射為國王，那麼孫悟空等人便是這王國中的幹部了。於是，孫悟空便象徵文武全才、忠心耿耿除暴安良的英雄，豬八戒便象徵那好吃懶做搬弄是非的奸臣，沙和尚便象徵那些庸庸碌碌的無能之輩。

從表面看來，《西遊記》是一本唐僧西天取經的傳略，其實它乃是孫悟空除暴安良、立功揚名的傳記！君不見本書一開始就用了七個回目的篇幅來介紹孫悟空出生學道及大鬧天宮的經過麼？而後唐僧取經歷程的開始，孫悟空又何難不赴？何役不與呢？

從第一回到第七回這段描寫中，作者的目的並不僅在介紹孫悟空的身世來歷而已，其實我們應該有如下的認知：

第一、孫悟空產自仙石，天地為父母，不是凡胎，雖屬猴籍，卻如人類，但又長生、變化多端，實為「非人、非獸、非仙、非妖」的混合體，作者如此用筆，實具深意。

第二、孫悟空有天地不滅的金身，頂天立地的本領，天兵天將奈何不得的能耐，卻未為天庭重用，兩次加封官職，均非出於惜才愛才之意，乃是迫於情勢的安撫手腕而已。

第三、孫悟空滋事的層次逐漸提高，初為龍宮、再為地府，最後到達天庭，寓有人才無法埋沒之意。

第四、孫悟空兩次被捕，均非天兵天將之力，所以孫悟空看不起那些天兵天將，認為「上天諸神不如我老孫者多矣」！

第五、孫悟空大鬧天宮，是由於所受的屈辱太多，一腔怒火不能自己，意寓作者的心態及普天的公憤也。

唐僧踏上取經之途後，就陸續遭遇到種種困難，作者以八十一難融化於四十幾個故事中，每個故事不但情節各異，而且都各具匠心寓意，不應忽視，茲舉例如次：

△第四十回眾山神土地對行者說：「那洞裡有一個魔王，神通廣大，常常的把我們拿去燒火頂門，黑夜與他們提鈴喝號，小妖兒又討什麼常例錢。」此乃暗示由於朝綱不振，權貴們以大欺小，作威作福，以神的社會不平影射人的社會不平也。

△第三十七回烏雞國王被妖怪謀害，陰魂求救於唐僧，唐僧問他何不去向閻王告狀？那亡魂道：「他的神通廣大，官吏情熟；都城隍常與他會酒，海龍王盡與他有親，東嶽齊天是他的好友，十代閻君是他的異姓兄弟，因此這般，我也無門投告。」猶言官官相護，下情無法上達也。

△第四十三回黑水河河神向行者泣道：「大聖，我不是妖邪，我是這河內真神，那妖精去年把我的神府占了，我沒奈何逕往海內告他，原來西海龍王是他母舅，不准我的狀子……欲啟奏上天，奈何我神微職小，不能得見玉帝。」此神世不公，實寓人世之不公也。

本書用「假託唐漢」手法，明寫唐代，實寫明代，明寫神妖，實寫人世，明寫唐僧取經的故事，實寫明世宗的性格及朝政。

△第三十回寶象國公主說：「我父王不是馬掙力戰的江山，他本是祖宗遺留的社稷，自幼兒是太子登基。」明世宗十四歲即位，正是自幼兒太子登基。

△第三十回妖魔變作駙馬，反說唐僧是妖怪，作者在書中寫道：「你看那水性的君王，愚迷肉眼，不識妖精，反把一片虛情當了真實。」明世宗豈不是正有真假不辨的性格麼？

△第四十五回寫車遲國崇奉道士，欺壓和尚。虎力大仙、鹿力大仙、羊力大仙三個妖精變作道士，被孫悟空打死，那國王哭到天晚，如喪考妣，悟空教訓道：「今日滅了妖邪，方知我禪門有道，向後來，再不可以胡為亂信，望你把三道歸一，也敬僧、也敬道，也養育人

才，我保你江山永固。」明世宗迷信道士，陶仲文曾領三孤，此正是針砭之筆也。

△第六十二回寫祭賽國「文也不賢，武也不良，國王也不是有道。」豈不是明明用了指桑罵槐、含沙射影的手法麼！

△第七十五回獅駝國國王及文武官員並滿城大小男女都被妖精吃了，不就是隱喻全國上下被道士迷惑麼！

△第七十八回比丘國國王稱妖道為國丈，國王貪戀美女，不分晝夜。那國丈又獻海外秘方，這情形與明世宗奉陶仲文為師，迷惑其道術又有什麼不同？

唐僧取經途中，遇見妖魔無數，孫悟空為了掃蕩群妖，無不出生入死，自不待言，也從無怨懟，惟每每擒服，卻又非釋放不可，則殊令其憤忿不平也。例如第二十回中的玉兔精，第二十四回的黃風怪，第三十一回的黃袍怪，第三十五回的金銀角大王，第三十九回的妖怪，第四十九回的金魚精，第五十二回的獨角大王，第六十六回的黃眉怪，第七十一回的金毛獅，第七十七回的大鵬鳥，第七十九回的白鹿精，第九十回的九頭獅……，當他們被擒時先後計有靈古菩薩、太上老君、文殊菩薩、觀音菩薩、彌勒佛、如來佛、太乙天尊、壽星、太陰星君等前來說情，要求釋放！這又隱喻象徵些什麼！

以上所舉各例，固然令孫悟空氣絕，但最令他傷心的尚不在此，而是那膿包相、一頭水、信邪風、聽讒言的師父，曾經立下休書，兩次驅逐，才令他傷心至極，痛哭流淚呢！

孫悟空之所以傷心者，第一是他懷才不遇，初未見重於天庭，皈依佛門後又侍候這樣一位師父，第二是人心險惡，世情複雜，第三是豬八戒屢進讒言，唐僧竟然無不聽信！第四是頭上那頂煩惱的金箍帽，永遠去不掉。

孫悟空所面臨的痛苦，不僅是他個人的痛苦，這痛苦是世人所共有的，他之痛哭也是為天下人一哭！

向者，中國的讀書人都有「學優則仕，匡時濟世」的抱負，然而，書生只有一枝筆，所以吳承恩只能藉其生花妙筆創造一個英雄，掃蕩妖孽，為舉世的黎民百姓一抒胸中的積壘！

此外，作者更運用了許多滑稽詼諧的筆法來戲弄豬八戒，也是一洩胸中之怨的手法。不知我們的學術泰斗胡適之先生，何以不能透視作者的心意，竟說「《西遊記》至多不過是一部有趣的滑稽小說、神話小說，他並沒有什麼微妙的意思……我們不必深求」呢！（語見《胡適文存》二集卷四〈西遊記考證〉）

鏡花篇

論《鏡花緣》的主題

胡適看走眼了

小說是人類智慧的結晶，它是人類的創作，也是為人而創作。小說創作的目的，旨在反映人生、表現人生、啟迪人生、美化人生、指導人生、娛樂人生。小說是離不開人生的。

人有男女兩性之別，寫人生離不開男女。但人類自生產經濟之權為男性操縱後，男人也就有了統治權，乃形成以男性為中心的父系社會，女人居於附屬地位。

往昔的小說，就題材性質言，可概分為宮廷、政治、軍事、社會、愛情等幾大類。除了愛情小說兩性居於同等地位外，其他各類小說大都以男性為主，女人常常僅是聊備一格的配角而已。但是《鏡花緣》不是取材兒女之情及閨閣生活的小說，卻是以女性為中心，致而引起若干讀者對本書主題的議論，有人便以為本書創作的目的，旨在表彰武則天以及倡導女權。

持此論者可以胡適先生為代表，胡先生在其〈鏡花緣的引論〉一文中說：「然而女學與女權，在我們這個『天朝上國』，實在不容易尋出歷史制度上的根據。李汝珍不得已，只得從三千年的歷史上挑出武則天的十五年（六九〇—七〇五）做他的歷史背景……李汝珍抓住了這個正式的女皇帝，大膽地把正史和野史上一切污衊武則天人格的謠言都掃的乾乾淨淨。《鏡花緣》對於武則天只有褒詞，而無謗語……這是李汝珍的過人卓識處。」

其實，胡先生的看法太離譜了。作者不是藉此以表彰武則天為其湔雪蜚言謗語的，實係以反諷的手法來貶謫武則天，以遂其口誅筆伐之願也。因為這一百位由武則天開女科而錄取的才女是這樣產生的——

話說這年東王母華誕，眾仙齊來祝壽，嫦娥恃寵，建議百鳥齊歌，百獸齊舞，嗣又要百花齊放。百花仙子以花開俱有時序，豈能一時俱開？且玉帝向飭有司稽查甚嚴，除非玉帝有旨，縱使人皇旨意亦不能遵，執意不肯。百花仙子說了一套大道理，訴了許多苦衷，嫦娥本無言以對，原可作罷，不意風姨挑撥，致而互相唇齒相譏，百花仙子遂與嫦娥結怨。此事或係天意，數百年後，一日，時值隆冬，百花仙子以群芳暫息，既少稽查之役，又無號令之煩，便出洞府去訪問百草仙子與百谷仙子。偏偏皆外出不遇，忽憶久闊麻姑，便去造訪。此二仙姑情誼甚篤，又是棋友，這日便飲酒弈棋起來，不意卻因此鑄下大禍。

原來其時人間乃為唐代。上天以李淵、李世民在位時殺戮生靈太多，擬命一魔星臨凡擾亂唐室。心月狐聞知即請命前往，投胎人氏，是為武則天，廢了中宗，自為女皇。這日武則天上林苑賞雪，飲酒過量，忽然心血來潮，竟然下了一道無道旨意：命令百花齊放，以助其樂。而此時也，百花仙子正在麻姑洞府飲酒下棋，眾小花仙尋不著百花仙子，一時沒了主意，在女皇時限緊逼之下，不敢違拗，只得曲從，就命百花於隆冬之日不按時序地開放了。嗣為天使奏知玉皇，譴責下來，遂罰百位花仙俱歷凡塵受苦贖罪。

而上次東王母壽慶時，魁曲曾以女相出現。百花仙子在與嫦娥口角時，曾有誓言：「……要便是嫦娥仙子臨凡，做了女皇帝，出這無道之令；別個再不肯的。那時我果糊塗，竟任百花齊放，情願墮落紅塵，受孽海無邊之苦，永無翻悔！」（第二回）後來，嫦娥雖未臨凡作女皇，但是，當心月狐臨凡前到月宮辭行時，嫦娥卻囑咐心月狐，要她有朝一日下一道百花齊放的旨意，爾後武則天果然就下了這道旨意。百位花仙既獲罪墮落塵凡，前此魁星又曾以女相現身，後來便有了武則天開女科、取才女之舉，而錄取之百位才女，正是這百位花仙轉世之人也。

以上所述，是為百位才女由來之概要，由此可以概見，武則天者，乃為天魔之心月狐，擾亂人世之魔君也，所以才會下這種違天無道的旨意；下無道旨意者，不是無道之君為何？

天魔、心月狐、無道君，哪一點是頌揚武則天的呢？胡適先生實是看走眼了。

旨在闡揚民族意識

那麼本書的主題究竟是什麼呢？

凡是好的小說——真正的文學作品——須有主題，殆無疑義。然作者大多不願將其主題正面宣示。

好的小說除娛樂讀者，供應精神食糧外，也都具有教化作用，一如本文文首所言，它是反映人生、表現人生、啟迪人生、美化人生和指導人生的；是為小說的使命。每一部小說雖然不見得皆能肩負諸多使命，然其複雜性則如焉可見。有的小說之所以被譽為偉大作品，不單是其主題要有深度，而且也須具有廣度。因為任何一部長篇巨著，作者所要表現的，絕不是一點點單純的思想；偉大的作家，必然有許多意思要表達。因而，長篇小說的主題往往是多元性的和複雜性的，洵非三言兩語可以盡述。同時也會見仁見智各說不一。

以筆者的愚見，我以為本書的主題旨在表現反武則天稱帝的道統意識，進而引伸為反異族統治中國的民族意識，以及書生憤世嫉俗的情懷，本文且論前者，後者容另文析論之。

何以見得作者是反武則天的呢？且引部分原文為證：

「當時中宗在位，一切謹守彝訓，天下雖然太平，無如做人仁慈，不合武太后之意。未及一載，廢為盧陵王，貶在房州。武后自立為帝，改國號周……無奈武后一味尊崇武氏兄弟，荼毒唐家子孫。那時惱了一位豪傑，是英國公徐勣之孫徐敬業，在外聚集英雄，同駱賓王做了一道檄文，布告天下，以討武后。武后即發強兵三十萬，命李孝逸率領眾將征勦。徐敬業手下雖有兵十萬，究竟寡不敵眾，……彼時徐敬業、駱賓王各有一子，跟在軍前，都不滿十歲。徐敬業見事機難挽回，即同駱賓王商議，選了四名精壯偏將，保護兩位公子，暗暗奔逃。並將所討武氏檄文，割下袍襟，咬破手指，每人各書一張，交付兩位公子，叮嚀囑咐，教他日後務保主上復位，以承父志——所以徐敬業之子取名徐承志，駱賓王之子取名駱承志……。」（第三回）。

我們再看看第六十回燕紫瓊等救了宋素，易紫菱前索取，因易紫菱自我介紹時說：「俺姓易名菱，父親在日，曾任大唐都招討之職，祖父當年亦曾執掌兵權，我家世受國恩，所以特來擒此叛逆。」……燕紫瓊遂道：「你說你家世受國恩，這國恩自是大唐了？府上既受大唐之恩，要知九王爺不獨是大唐堂堂嫡派，並是大唐為國忠良。他因大唐被廢，每念皇恩，欲圖報效，所以特起義兵，迎主還朝，那知寡不敵眾，為國捐軀，上天不絕忠良之後，故留一脈，不意尊府乃世受唐恩之人，不思所以圖報，反欲荼毒唐家子孫，希驥獻媚求榮，不獨恩將仇報，遺臭萬年，且劍俠之義何在？公道之心何存？今趁諸位姐姐在此，尊駕不妨把這緣故說明，如宋素（即九王爺之子之易名）果有大罪，俺們自當獻出，絕不食言。」易紫菱聽了，立在堂中，如同木偶，半晌無言。

由以上所舉三例，可知作者始終是心存唐室，斥武則天的周為偽朝，所以《鏡花緣》中不是稱她為「武后」，就是稱她是「太后」，從沒稱她為「皇帝」的。我們切不可因書中若干讚頌之詞就以為是表彰武則天，其實那只是障人耳目之手法也。愛好小說者不可不知。

前文筆者以為本書的主題之一是「表現反武則天稱帝的道統意識，進而引伸為反異族統治中國的民族意識。」關於反武則天部分舉例如前，其意甚明，不必多述，至於反對異族統治部分則須再略申述。

我國自民國肇建以來，　國父主張五族共和，漢、滿、蒙、回、藏，都是構成中華民國的主要民族，毋分軒輊，但是，在一兩百年前漢裔的讀書人只認為漢族才是中國的正統，捨此以外皆係夷狄之邦。兼以歷來異族統治中國時，對漢人都橫加迫害，有清一代亦不例外。清代對漢裔的讀書人雖採懷柔政策，加以收攬，而迫害之舉猶屢見不鮮，故漢裔士子莫不對異族心懷敵意，縱使有些讀書人食清之祿，內心深處還是不免有種族之分。李汝珍生於清代，終生賫志不伸，藉翰墨以抒情懷，假歷史以古諷今，乃是很自然而可理解的事。是以我們可以代伸其意：作者是以武則天象徵異族。反武則天廢帝自攝，也無異於反滿人入主中國。

反異族之統治，當然不免自詡民族氣節，所以當百花仙子被貶入紅塵時曾對麻姑說了下面這段話：

「我當日有言在先，如爽前約，情願墮落紅塵。今我既已失信，將來自然要受一番輪回之苦。只要你家仙姑留神，看我在那紅塵中，有無根基，可能不失本性？日後緣滿，還是另須苦修，方能返本；還是剛棄紅塵，就能還原。到了那時，才知我的道行並非淺薄之輩哩！」（第六回）故書中所有勤王者之後裔於事敗後，莫不避難他鄉待機而發，而爾後武則天開女科所取的百位才女，極少有願意食祿偽周的，而第一女主角唐小山的名字竟曰「唐閨臣」更是不忘其本之意了。

基於胡適之先生認為本書是「表彰武則天的事功者」，也就聯想到本書創作的另一題意是在「提倡女權」，胡先生說：「三千年的歷史上，沒有一個曾大膽地提出婦女問題的各個方面來作公平的討論，直到十九世紀的初年，才出了這個多才多藝的李汝珍，費了十幾年的精力，來提出這個極重大的問題。他把這個問題的各方面都大膽地提出，虛心地討論審慎的建議。他的女兒國一大段，將來一定要成為世界女權史上的一篇永垂不朽的大文。他對於女子貞操，女子教育，女子選舉等等問題的見解，將來一定要在中國女權史上佔一個光榮的位置，這是我對《鏡花緣》的預言，也許我和今日的讀者還可以看見這一日的實現。」（胡適之先生《鏡花緣》引論）。

這段話乍看起來頗有道理，如若深究又不盡然。胡先生似乎只看到這部書的表面，沒有進一步透視當時的政治氣候和文學潮流。其時也，有的讀書人固然可以領月饟或歲饟，中了進士後更可以作官，但是清廷卻在各地明倫堂豎碑，書生不得論國是、談政治，那麼他們只好談鬼怪、談女人了；如蒲松齡、吳敬梓、曹雪芹的小說莫不如此。而且，由於那時有些酸臭的讀書人，領了國家的月饟、歲饟及得了一官半職就數典忘祖，在有志節的讀書人眼中實在是俗不可耐，所以紅樓夢中之賈寶玉說：「男人是泥做的，女人是水做的。」《鏡花緣》中的妖怪捉到唐小山和林之洋，想釀為倮兒酒，黑面男妖說：「女倮之味必清，男倮之味必濁。」這正與賈寶玉的話不謀而合了。賈寶玉常罵那些爭逐名利的讀書人是「國賊祿蠹」，正是當時有志之士者之心聲。《鏡花緣》中罵窮秀才、罵那些似通不通、咬文嚼字、冒充文雅者不止一次，我們對這些筆墨不可忽視。

李汝珍的憤世情懷

任何一部偉大的文學作品作者所欲表達的思想情感往往都是錯綜複雜的，易言之，其主題必具多元性。在〈論鏡花緣的主題〉一文中，筆者曾經指出：「本書的主題旨在表現反武則天稱帝的道統意識，進而衍生為反異族統治中國的民族意識，以及書生憤世嫉俗的情懷。」就份量言，後者尤重於前者，茲析論如次。

本書內容共一百回，一至六回在敘述百位花仙被貶入紅塵的因由，是為全書故事與人物的佈局，自第七回起，第一男主角才開始登場。

這不是以寫兒女私情的愛情小說，男主角不是翩翩風流的多情公子，而是一位年屆天命的老秀才唐敖。這年他赴京應試，本來中了第三名探花，奈他曾與徐敬業、駱賓王等有金蘭之交，被人參奏一本，經武則天密訪，唐敖雖無劣蹟，卻仍舊被降為秀才。

唐敖本是有意功名，希望將來能幹出一番事業，再結忠良，恢復唐室的。經此打擊，銳氣全消，並感無顏面對鄉里親友，竟未還鄉。這日路過妻舅林之洋的家門，勉強造訪，得知林之洋又要到海外去作買賣，就央求攜他同往，意欲海外尋仙覓道。林之洋婉拒無效，只得權且帶他到海外散心，即日邀請老舵工多九公一同前往。

本書一共用了三十幾個回目的篇幅描寫三人到海外遊歷的情形，他們共歷經三十二國，另外尚有僅及國名未親歷其境者數國。總共約四十國。這些國家皆是杜撰，看可知。作者之所以杜撰國家如此之多，想係當時小說寫作技巧發展未臻成熟，不知交叉運用，作者想要表現一些題意，就杜撰一個國家，採用遊記手法，寫來較為輕鬆，以今日小說之水準而言，觀之自屬平常，然在兩百多年前有此創意，也就頗為難能可貴了。

唐敖一行遊歷外邦，首先到達的是君子國。遠遠望去就見城門上書有「惟善為寶」四個大字。一路行去，但見耕者讓畔，行者讓路，尤其是買賣交易，賣者頻頻減價，買者則屢屢加錢；或者賣主不肯言價，任憑買主隨意付錢，而買者付值必多，賣者則堅不肯受，以此爭執不休。這是作者的理想，希望有個好讓不爭的社會出現。這也是作者的感嘆：「好讓不爭」應是天朝上國的景象，不意此種景象卻見諸於瀛海外邦。

君子國的人謙恭有禮，博學多聞，但不鄉愿，對天朝上國習俗評議甚多，他們認為：殯葬之事入土為安，不應因選風水停柩不葬，淨厝無數，菴觀寺院，到處充塞；生育子女，三朝、滿月、百日、周歲，不應大開殺戒舖張筵席；一旦有了子女為父母者，今日東庵許願，明日西廟燒香，祈求無災無病，福壽綿長。殊不知為此而殺生、浪費，不特不是為其祈福，實是為之造孽；更有若干父母有將子女送入空門，以為「捨身」可獲神佛養護者，實是僧尼誘人之說；爭訟之端常肇於細故，或為口角，或因財產，一時尚氣，訴之於官，訟端既起，控告無休，欲罷不能，事業皆廢，家道中落；宴客浪費，窮極奢華，珍饈滿桌，菓菜無數，正餚之外，又加小吃熱炒；三姑六婆，能言善道，一經入門，必受其害，無知婦女或被騙朝山，或被哄上廟，酒亂其性，淫詞蕩心，任憑三貞九烈、玉潔冰清，亦必難逃災禍，若醜未外揚，尚僅失財失身而已，一旦外洩，便有懸梁自盡之慘劇發生；蛇蝎後母，晚娘面孔，前妻兒女，百般荼毒，或以苦役致其勞頓，或以疾病故令纏綿，或任聽飢寒，或時常打罵，一經生兒育女，希冀獨吞家財，更施種種陷害，誣男涉盜，誣女涉淫，血口噴人，從何分辯？其父始有護兒之心，亦知防範，久而「曾參殺人」亦不能自主，誤信為真，自己也施毒手，是於後母之外，又添後父，以致「枉死城」中，不知添了多少小鬼；婦女纏足，百般痛苦，皮腐肉敗，鮮血淋漓，夜不成寐，食不下咽，種種疾病，由此而生，昔以為此等女子係屬不肖，父母不忍置之於死，乃以此治之。誰知係為美觀而設，若不如此，即為不美，試問鼻大者削之以小，額高者削之使平，人必謂為殘廢之人，何以兩足殘缺，步履維艱，卻又為美；又有算命合婚之說，婚姻一事，關係男女終身，理宜慎重，豈可草草，既要聯姻，如果品行純正，年貌相當，門第相對，即屬良緣，何必再去推算，命書豈能定準？推算安能無錯？尤其可笑者，北女何以屬羊為劣？南女何以屬虎為兇；此外上邦世俗最尚奢華，即如嫁娶、殯葬、飲食、衣服以及居家用度，莫不失之過奢，此在富貴之家不知惜福，已屬造孽，何況無力下民，只圖眼前適意，不顧日後窘迫，豈是持家之道？

以上是作者假君子國二位宰相之口，對唐、多二人之質疑，實係作者胸懷積壘之感歎也。

離了君子國，走了幾日來到大人國。大人者，非為身軀高大之人，意為人品之高尚，若近君子之意。作者寫此一國，旨在以其國人均足下生雲，雲分五色，五彩為尊，黑色為賤，但尊賤之分，不在於各人的社會地位與家庭貧富，故有富貴者足生黑雲，而貧賤者反登彩雲，雲色隨各人之心地和人格而異，不能勉強。作者如此用筆，乃是恨不得天朝上邦之國人也能人人足下有雲，以顯示其心地人格也。

以次他們來到勞民、聶耳、無腸等國。勞民國的特色是終日勞勞碌碌，走路搖擺身軀，猶如罹患羊角風，舉動浮躁，坐立不安，然此國之人雖終勞碌，卻是大家長壽，因他只勞動筋骨，並不操心，兼以果木為食，煎炒烹調之物皆不入口；聶耳國人耳垂至腰，行路時兩手捧耳而行；無腸國人因其無腸，故食物吃不下時即行拉出，以其尚未腐臭，仍將糞便好好收存，以備僕婢下頓之用，且連三復四，直到僕婢食而哇之，才肯更換，難怪此間富人愈富了。

接著他們來到犬封國，此國之人人身狗頭，一稱狗頭民，其人雖然狗頭狗腦，飲食烹調卻極講究，終日想著法兒，變著樣兒在吃喝上下功夫，每日不知傷害多少生靈。

再行幾日到了毛民國。國人全身長毛，以其生性吝嗇，一毛不拔故也。相繼又經過了毘騫、無臂、深目、黑齒等諸國。毘騫國人生得面長三尺，頸長三尺，身長三尺，壽皆享年，藏有盤古前案，調借一閱，內文盡是圈圈點點，唐、多二人均不解何意，倒是林之洋卻有妙論：「他書上盡是圈子，大約前盤古所做的事總不能跳出這個圈子，所以篇篇都是這樣。這叫作：『惟有圈中人，才知圈中意。』」

無臂國也就是無繼國，人不分男女，故不能生育，其國人之所以能生生不息，因死後又能復活，是以死曰「睡覺」，生叫「作夢」。

深目國人面上無目，眼在手上，如朝上看，手掌朝天，如朝下看，手掌朝地，四路八方都可察看，易防人心之不測。

黑齒國人通身如墨，連牙齒也是黑的，卻是紅眉、紅唇、紅衣，更覺其黑無比，非常醜陋，然其風俗人文大有古風，男女有別，秩序井然，文風頗盛，女子亦多讀書，對於文字學、音韻學研究尤深，經典古籍涉獵至廣。唐、多二人因貌取人，原本藐視，不意被詰字問難，大大吃了苦頭，落得抱頭鼠竄。作者在此數回中不但大大地賣弄了他的高才飽學，也給那些半吊子文人多方諷譏揶揄，是為本書精彩篇章之一。洵為以貌取人者戒。

走了幾日到了靖人國，其人身長不滿一尺，風俗磽薄，人最寡情，言語相反，以甜為苦，以苦為甜，顛倒黑白，名副其實的小人也。

這日到了跂踵國，有幾個人在海邊取魚，一個個身長八尺，身寬八尺，竟是一個方人。足長二尺，厚一尺，走路僅用腳指，腳跟並不著地，一步三搖，斯斯文文，寧可溼衣，不可亂步。

穿越跂踵即達長人國，其人身長竟有七八丈，林之洋見了嚇得急忙奔跑。多九公笑說了幾則長人的故事：「有身長千餘里者，身長十九萬三千五百里，頭頂天，足踹地與天齊高者，更有身長十九萬四千里身高過天者；與天同高者，天上最硬的剛風不能傷其面皮，因其面皮之厚；身高過天者不能直立，只得橫臥於地，兩眼望天，目空一切，旁若無人。」作者發揮其詼諧的才華，將那些妄狂自大者諷嘲笑罵一番。

他們到了白民國，又是另一番風光，其時也，正值麒麟與鳳凰相率獸鳥大鬥。其中有一山雞因毛色不如孔雀，竟羞憤輕生。林之洋認為山雞太過性烈，只要把臉皮一老就混過去了，何必輕生。作者常假林之洋的口，說出他內心的憤慨。有時也詼諧一番。例如他們在白民國交界的山區，受到狻猊追逐時，林之洋嚇得放聲哭道：「只顧要看廝鬥，那知狻猊腹飢，要吃俺肉；俺聞秀才肉酸，狻猊如怕酸物，九公和妹夫還可躲過這災難，就只苦殺俺了。」（註）

三人到了白民國，但見國人無分老少個個面白如玉，白衣白帽，穿戴整齊，飾金佩玉，體香撲鼻，儀態風流。市井店面，貨積如山，吃喝穿戴所需之物，無一不備，無一不精。

三人瀏覽市街，十分羨慕景仰。林之洋為推銷貨物，來至一大戶人家，見門上貼著「學塾」兩個大字，唐、多二人吃了一驚，黑齒國受窘之情復現腦海。來到廳堂，見了師生個個品貌絕美、衣帽鮮明，又見詩書滿架，筆墨如林，二人摒氣輕步，自稱晚生，那先生見二人愈謙卑，愈是傲慢，斥責唐敖不該儒服儒巾，執意考問，唐敖那敢應承。先生遂將唐敖等逐之廳外，以免俗氣薰人。隨授學生功課，學生隨聲朗誦，唐敖等在外但聞：「切吾切，以及人之切；羊者，良也；交者，孝也；予者，身也；永之興，柳興之興……。」唐、多二人私自慶幸方才不曾答問，否則又將出醜，那學生們讀的何書，從未聽聞，可見其高深了。可是後來唐敖得機翻閱學生的課本，才知道他們是把「幼吾幼，以及人之幼」，讀成「切吾切，以及人之切。」將「庠者，養也；校者，教也；序者，射也。」讀作「羊、良、交、孝、予、身」，皆取其半，而「永之興，柳興之興」，乃為「求之興，抑與之與」。把這種混充斯文的人真是罵慘了。

作者對這類人相當厭惡，於是他又假借另一種手法來譏笑之。

話說唐敖一行三人來到淑士國，到酒樓吃酒，酒保儒生打扮，滿口咬文嚼字，林之洋甚不耐煩，嗣又以醋作酒，林之洋嚷道：「酒保，錯了，把醋拿來了。」不意鄰座一老者急忙阻止，林問其故，我們且來欣賞老者以下的一席酸話：「先生聽者，今以酒醋論之，酒價賤之，醋價貴之。因何賤之？為甚貴之？其所分之，在其味之。酒味淡之，故爾賤之；醋味厚之，所以貴之，人皆買之，誰不知之，他今錯之，乃無心之。先生得之，樂何如之！——第既飲之，不該言之。不獨言之，而謂誤之。他若聞之，豈無語之？苟如語之，價必增之。先生增之，乃自討之；你自增之，誰來管之。但你飲之，即我飲之；飲既類之，增應同之，向你討之，必我討之；你既增之，我安免之，苟亦增之，豈非累之？既要累之，你替與之。你不與之，他安肯之？既不肯之，必尋我之。我縱辯之，他豈聽之？他不聽之，勢必鬧之。倘鬧急之，我惟跑之——跑之，跑之，看你怎麼了之！」（第二十三回）

離開淑士國再走幾日，就到了兩面國，此國之人個個都戴「浩然巾」（風帽形式之頭巾，因唐代孟浩然曾戴此巾，故名。）前面的面孔在外，後面的則被頭巾遮住。習尚以衣冠取人，這日林之洋僅著便服，頗受冷落，後與唐敖易服而衣，冷熱迥然有別。唐敖趁其不備，掀開後面頭巾，露出青面獠牙，其人因被觸怒，原來前面那副笑容可掬的面孔，也立即變成青面獠牙，口中伸出一條鋼刀似的長舌。

一日，他們到了穿胸國。此國之人因每每遇事就把眉頭一皺，心就歪偏，今日也歪，明日也偏，漸漸心離本位，胸無主宰，前心生了「歪心疔」，後心生了「偏心疽」，日漸潰爛，久而前後穿通。嗣經巫醫將狼心狗肺取來移植患處，並雖醫好，而這狼心狗肺仍舊一歪一偏。作者罵人都是極盡巧妙之能。

後又有一國名曰結胸，人人胸前高起一塊，緣於每日吃了就睡，睡了又吃，飲食不化，漸成積痞。林之洋因問九公可有醫治之方，多九公說：「如請我治，也不用服藥，只消把懶筋抽了，饞蟲去了，包管就好了。」

其後他們又歷經了厭火國，耆薄國、火山國、長臂國、翼民國，民情風俗無特異之處者即未詳記。倒是這翼民國人，均非胎生，卻是卵生，有翼能飛、不遠。身長五尺，頭長也五尺。頭何其長？原來是愛戴高帽子所以致之。值得一記。

這日三人遊罷豕喙國歸來，唐敖因向多九公道：「此國人為何生一張豬嘴，而且又皆語音不同，是何緣故？」九公道：「向聽人說，本地向無此國，只因三代以後，人心不古，撒謊的人過多，死後阿鼻地獄容納不下。若令彼等好好托生，恐將來此風更甚，冥官遂上條陳，將罪孽較輕謊精發此托生，因其前生最好撒謊，罰其一張豬嘴，終生以糟糠為食。」

伯慮國風光卻又不同，國人終日昏昏沈沈，不敢睡覺，唯恐一睡不醒，故有「杞人憂天，伯慮愁眠」之說。其人因終年不睡，煎熬過度，竟有一眠不起者。

巫咸國盛產桑樹及木棉，國人只知用棉可以紡織，卻不知桑可養蠶，蠶可吐絲織綢。後有人傳入蠶種，從事生產絲綢事業，卻遭群起反對。

歧舌國的人擅長音韻之學，國王則嚴禁國人將音韻學傳授予外人，違者不准娶妻，已娶妻者，使之離異，再犯則予閹割，禁令極嚴，唐敖苦苦求學無門。

智佳國的人年不足三十即已鬢髮如霜，緣因國人愛用心機，爭強賭勝，總要出人頭地，終日苦思惡想，心血耗盡，故人人年未而立盡皆白頭。

這日林之洋將船泊岸，到了女兒國。此女兒國不同於唐僧取經所至之女兒國。這女兒國也有男人。且男女配合，生男育女，與世無異。只是此國之人，男人穿著衣裙，纏腳傅粉，視為婦人，負責家務；女子反穿靴帽，作為男人，以治外事。林之洋到此賣貨，不意被女王看中，硬要強娶林之洋為婦，大吃纏足之苦。

唐敖一行的海外遊歷到三十九回為止，四十回唐敖深山覓仙，一去不返，故事乃另行發展。

本書自第七回至四十回，為一重要的段落，在這三十三回的篇幅中，在在都是表現作者的憤世情懷，所歷各國都不過是作者的假象而已，實際的世界上並沒有這些國家。這些杜撰的國家中，有些是作者希望的寄託，如君子國、大人國，作者希望有這麼一個禮讓不爭的社會出現。作者寫此兩國，所費筆墨甚多，作者不特藉以描繪他理想中的世界，同時感嘆尤多，乃藉二位宰相之口，對我們天朝上邦的種種積弊大肆笞撻。

作者所寫以次各國皆是反諷筆法，如勞民國諷其國人終日勞碌急躁；無腸國諷刺富人的吝嗇刻薄；犬封國諷其狗頭狗腦專在吃喝上用功；毛民國人皆全身長毛，因其一毛不拔；無臂國人死曰睡覺，生叫作夢；深目國人目生於手掌之上，可以觀看四面八方，以防人心之不測；在黑齒國受窘受辱，緣於以貌取人；靖人國人身不滿尺，以甜為苦，以苦為甜，是非顛倒，典型小人；跂踵國人一步三搖，寧可濕衣，不可亂步，一派假斯文；長人國人自高自大，目空一切；白民國人金玉其外，敗絮其中；淑士國人愛咬文嚼字，酸臭無比；兩面國人人皆兩面，勢利偽善；穿胸國人皆狼心狗肺；結胸國人好吃懶做，積食成痞；翼民國人頭長五尺，因愛高帽所致；豕喙國人豬頭豬腦，長食糟糠，因其前世愛撒謊故也；伯慮國人不敢睡覺，唯恐一覺不起，致終日昏昏沈沈；巫咸國有桑不知養蠶，保守排外；歧舌國王禁人傳授音韻之學，自私自利；智佳國人年不滿三十即鬢髮皆白，緣於愛用心機，心血耗盡；女兒國以男為女，以女為男，牝雞司晨，顛倒乾坤。諸此種種，莫不是我天朝上國國人之通病、華夏民族之積弊也，作者雖以詼諧遊戲之筆墨出之，而我們卻不能不以嚴肅的態度來體會作者寫作的深意也。

（註）多九公和唐敖均係秀才出身，作者順此一筆便又將「酸秀才」挖苦一番。

鏡花緣的創作背景

文藝作品是表達人類思想與情感的一種媒介。它有著一個龐大的家族：詩、詞、歌、賦、散文、戲劇、小說等等都是這家族中的成員。它們雖有著血緣的關係，然其型態、儀表、性格卻各異其趣。因之，予人的感受與喜愛便也不盡相同了。

小說，在這家族中可以說是年歲最輕、輩份最晚的，唯其結構嚴謹、技巧複雜、內容浩瀚、且無任何時間、空間及篇幅的限制，所以在這家族中頗有後來居上之勢。

我國的小說有一段漫長的演變和發軔時期，最初是稗官記事的工具，所謂「小說家者流，蓋出於稗官」。記述的內容不外是「街談巷語、道聽塗說」閭俗之事。其後又被用為目錄等的名詞。凡其作品不能歸類者，皆列為小說。直到明朝，歷經神話、傳統、傳奇、說話的蛻變階段，才算發展成熟，開始豐收。有清一代繼續發揚，成果更為豐碩。

以古典小說言，明清兩代的作品可謂登峰造極，《三國演義》、《水滸傳》、《西遊記》、《金瓶梅》、《聊齋誌異》、《儒林外史》、《紅樓夢》、《鏡花緣》等，都是這三百年間先後誕生的作品。

民國以降，小說的取材雖有重大的突破，表現技巧有很多的變革，然就造詣而言，則未能有所超越，究其原因，蓋昔日的小說家多屬懷才不遇的飽學之士，他們除了滿腹經綸，更有不同的遭遇。或則是科舉不第，仕進無門；或則是生性耿介，與當道不合；或則是遭逢突變，生意闌姍。

施耐庵雖出身於進士，卻只做了兩年官，不能肆應權貴，恥於折腰，拂袖歸里，嗣投入張士誠麾下，參加革命，惜張事敗，施耐庵便只好隱居起來。施之棄官，係不滿意官場的黑暗、政治的腐敗；嗣參加革命乃是鑑於朝政不綱、豪權霸道、官吏貪墨、百姓水火。他既不恥於作官，革命又不成，心胸積壘，便只好藉小說來發洩了。

羅貫中與施耐庵是同一時代的人，一說是同僚好友，一說有師生之誼。羅貫中有沒有科舉及第？有沒有作過官？尚無可考。但知他也曾從張士誠參加過革命。羅與施同為胸羅萬卷的讀書人，皆生性耿介，命運多舛，以後他們分別從事小說著作，各顯崢嶸。

吳承恩少有文才，卻屢試不中，四十五歲時才考得個「歲貢生」。其時科場賄賂，吳承恩既囊中羞澀，無能為力，而且性情狷介，也不屑與鼠輩為伍，所以考來考去，連個舉人也沒考上。吳承恩曾在官衙為吏，在長興縣做過縣丞，後來因與上司關係處得不好，也演出了「拂袖歸」的尷尬場面。吳承恩較施、羅二人可能更為博學，而際遇更為潦倒。他生於明代中葉，這時當道迷於道術、妄想長生，國勢積弱，社會奢靡，抱有匡時濟世的讀書人，怎能無睹無聞，所以寫出了諷刺揶揄的《西遊記》。

曹雪芹出身於官宦世家，他的祖父、父親擔任江寧及蘇州織造共達五十八年之久。織造衙門是直隸內務府專為宮中採辦物資、蒐集情報的機關。他的祖母曾為康熙的褓母，父親幼年是康熙帝的遊伴。所以後來康熙皇帝六下江南，四次寄宿他家。家世顯赫，不可一世。可是當曹雪芹寫紅樓時卻是「蓬牖茅椽、繩床瓦灶」幾乎過著乞丐一般的生活了。雪芹嗜酒，常酒渴如狂。前後際遇真是天壤之別。曹雪芹是否得過功名尚無可考，然其學識之淵博，才氣之縱橫，則於其作品中處處可見。

民國以降，我國文學丕然劇變。廢文言、倡白話；廢科舉、興學堂。學生的課業不再囿於文、史、哲的範圍，次第擴大於社會科學與自然科學。人文科學的水準便逐漸降低，作家的素養，大不如前。

此外，往昔士子著作小說，率以匡時濟世為職志，至少也是如骾在喉，不吐不快。寫作的動機，沒有商業的目的。而今，建立了完善的稿費制度和版權制度，作者在學識方面的素養既差，殊少飽學之士，而寫作的動機又非「聖賢非憤不作」，多是基於獲得稿費抽取版稅的目的，是為商業行為，故兩者之間便有謬之毫厘差之千里之別了。

前文所析，旨在說明，一位偉大作家和一部卓越作品產生的背景，準此以論，我們再來看看李汝珍寫作《鏡花緣》的動機與背景。

李汝珍字松石，河北大興（今北平）人，約生於清乾隆二十八年（一七六三），卒於清道光十年（一八三〇）左右，享壽不足七十。他博學多聞，精於樂理、音韻，旁及陰陽、星象、篆隸，卻不屑於章句帖括之學，所以無緣科舉，在官衙中也曾吃過公事飯，只是職司「縣丞」而已。他並長於水利，治理黃河水患。雖有功於朝廷、社會，卻終生潦倒，鬱志難伸。這與他的性格有關。他生性狷介，肝膽照人，不擅逢迎，不合時俗，是個典型的文人才子性格。到了四十幾歲才以積憤填膺的心情來寫《鏡花緣》。孫吉昌在《鏡花緣卷首題詞》（今本多已從缺）中描述他晚年的困境說：「形骸將就衰、耕無負郭田，老大仍驅飢、可憐十數載，筆硯空相隨，頻年甘兀兀，終日為孳孳。」孫氏十分同情他寫作此書的心境：「聊以耗壯心，休言作者癡，窮愁始著書，其志良足悲。」

往日的學問，率以文、史、哲為正統。讀書人的職志，不外乎在經濟上能改善生活，廣置田畝，餘蔭後代；在事業上能施展抱負，報效國家，造福社會；在精神上能光宗耀組，采麗門楣，享譽鄉里。欲遂斯志者，要皆須循科舉出身，一朝名登金榜，步入仕途，自然會財源滾進，衣錦榮歸了。

讀書人功名之獲得，固然有待寒窗之苦讀，然亦須時勢所賜。如果欣逢「天子重英豪，文章教爾曹，萬般皆下品，惟有讀書高」的開明盛世，讀書人就有出路了。倘若不幸遇到重武輕文、或異族統治、排斥漢人的時代，那麼讀書人便多窮途潦倒、有志難伸了。而李汝珍便是處於後者不幸的時代。

讀者或謂：有清一代建國兩百六十餘年，康、乾國勢最盛，乾隆尤其愛好文學藝術，君不見今日故宮博物院珍藏的文物多屬乾隆所收藏者乎，何言不重讀書人。殊不知時代的氣壓，自有其歷史的背景。

這話得從元朝說起。

原來自元朝起，我國讀書人受到很大的衝擊。蒙古人生性好武，不懂文學，藐視讀書人，將人民分為十等，讀書人列在九等，低於娼妓，僅在乞丐之上。且入主中原後大封功臣，所有重要官職都是世襲。而元朝有數十年不曾舉行科舉；縱有，也是蒙漢分榜錄取，不是公平競爭，漢人很少有作官的機會，堵塞了讀書人的出路。元亡明興，政權雖然復為漢人所有，但是市井出身的朱元璋也是重武輕文，對讀書人施以嚴厲的迫害，還是沒有出頭的機會。

元朝是輕視文人，明朝是迫害文人，而清朝則是雙管齊下，一方面迫害、一方面懷柔。在這三個朝代裡，讀書人都得不到正常的發展。滿清入主中原後，於順治九年即立臥碑於各省明倫堂，凡軍民一切利病，不許生員上書陳言，如有建白者，以違詔治罪。

立臥碑於明倫堂，不准生員談論國事的措施，明末已然有之，但執行不力，到清朝才徹底執行，文人所作文字不許刊刻。怪傑金聖歎就是因此橫遭禍害。清初順、康、雍、乾四朝文字之獄接連發生，在這樣的高壓政治下，文人便不敢再談國事政治了。

但是，讀書人是有思想、情感、抱負的。既然學得文武藝，不能貨於帝王家，那麼他便只有寄情於文墨了。當道不准書生涉談政治，那麼他們來談鬼神、談女人總可以吧！所以有清一代產生不少鬼怪與女人的作品，如《聊齋誌異》、《醒世姻緣》、《紅樓夢》、《兒女英雄傳》等皆屬之。而《鏡花緣》也就是在這樣的背景下所產生的。（關於《鏡花緣》的主題及藝術價值另文再談）。

瑕不掩瑜

研究作品、瞭解作品，須從作者的身世背景著手，雖說是一句老生常談，卻是一個顛撲不破的真理。

所謂身世背景，包括作者個人的出身、家境、學歷（科舉功名）、經歷、處世順逆、思想胸襟、以及性格趣向等等。因為作品既出於作家的手筆，作者絕不可能超然化外，沒有一點瓜葛。

筆者前此在本刊發表的〈鏡花緣創作的背景〉一文，所述及李汝珍的資料雖不多，至少也能得到一個梗概：他是一位有學問、有才華、有思想、有抱負的人，但他生性耿介、家境清寒、仕途潦倒；而他所處的時代，則是一個異族統治、壓害文人、輕視書生、沒有言論自由的時代。

往昔讀書的志業端在作官。如若仕途得意，便不免如江淹之「江郎才盡」，寫不出好的作品，唯有生不逢時，懷才不遇的潦落書生，才可望有好的作品出現。

文學之怒

——評中國的憤世小說

好的文學作品，不在詞藻豔麗，章句工整，胥賴內涵。

文學是苦悶的象徵。苦悶恆易激發悲憤。所以文學作品也多屬「發憤」之作。昌明自由的時代，可能容許讀書人直抒其悲憤之情，專制高壓的時代如欲抒發其「悲憤之情」就必須運用其高明的表現手法，庶其作品才能傳之當世，流傳後世，作品不致遭禁，作者不致招罪。因而若干作者便不免常有「假託唐漢」之舉。《西遊記》是最顯著的例子，也是最成功的例子。陳玄奘者，確有其人，確曾去印度取經。但唐之陳玄奘是一代高僧，不是《西遊記》中「聽讒言、信邪說、一頭水、膽小如鼠的膿包」的唐僧。孫悟空者，吳承恩的化身也。他一肚子學問（孫悟空有七十二變的通天本領），一腔報效國家造福社會的赤忱，但他生不逢時，未遇英主，所以他痛哭落淚（孫悟空曾因三次被逐而痛哭流淚）。吳承恩是以憤世的心情寫《西遊記》的，則李汝珍又何嘗不是秉此心境寫《鏡花緣》的呢！明乎此，我們就不難明白，「書在唐朝，心在清朝」的用心了。

小說負有匡時濟世的使命，然須以趣味出之；寓教化於故事人物。人類具有好奇探勝的秉性。孩童們聽老奶奶講故事是一種娛樂，路人圍觀突出事件是為滿足好奇。如何將此二者予以結合？是小說家的職責。

中國的小說，曾經歷過「說話」的階段。「說話」是源自唐代的「講唱」文學，迨至宋代，「講、唱」分離，「講」的部分衍為「說話」，「唱」的部分衍為「戲曲」。往日國民文盲居多，印刷也不發達，故小說的聽眾多於讀者。小說既須便於口述，所以故事性要特別強烈，而且要結構嚴密、條理分明，首要明白易懂，方能激發聽眾的興趣，再次要情節呼應，易於記憶，便於傳誦；再者須有結果，惡有惡報、善有善報，才能符合聽眾心意，達到教化目的。

中國早期小說的經營，大多不出此範疇。迨至明、清時代，小說雖仍本此軌跡發展，以其作者殊多為「有心人」，部分作品便不完全走廣大的群眾路線。而有刻意表現個人胸懷，讀者取向而偏重於知識份子的現象。所以作品的取材漸漸多元化，不再囿於才子佳人的愛情故事。《鏡花緣》的寫作就是顯例之一。

《鏡花緣》的內容可概分為兩大部分，前者為唐敖、林之洋遨遊海外諸國，透視其風俗人情、以及唐小山尋父經過，後者則是百位才女的諸般聚會、吟詩弄月、各抒文才。

就小說的觀點言，本書的精髓在前部。作者是有意對其當世痛加針砭的。但是作者豈能忽視血淋淋的文字獄乎？那麼他只好正面寫：「如今天朝聖人在位，政治純美，中外久被其澤，所謂巍巍蕩蕩，惟天為大，惟天朝則之……」諸般歌功頌德，其有該予貶謫或揶揄諷刺者，則寫的是海外夷邦，那麼官署有司總該找不著麻煩了吧！是以海外有小人國、白民國、兩面國、淑士國、君子國、女兒國等等。或者寫其奇風異俗之可笑，或則慨乎禮失求諸野！

胡適先生以為本書旨在倡導女權，此書中曾有女兒國，以及武后開女科，錄取才女百人作為重視女權、提倡女權的佐證，此說實屬過於牽強。若據此以論，書中所寫其他之小人國等等情形又當作何解釋？

武后開女科之舉，意不在倡導女權，只緣於她曾於酒醉中下了一道無理的旨意，要百花於嚴冬之時一齊開放。其時百花仙子因奕棋於麻姑洞府，眾花仙一時無主，不敢擅違人君之命，就胡亂地任其開放，嗣為玉帝譴罰，貶百位花仙於塵凡，乃有百位才女之誕生。既屬才女，理應有才，於是乎爾後諸才女便藉種種聚會大展其文才了。

我們不能否認李汝珍是位很有學問的人，他也可以成為一位偉大的小說家，但是我們卻不能如此定位，畢竟本書還不能成為典範之作，就小說的觀點言，它的瑕疵甚多，然其偉大之處卻也不容抹殺。他使我國小說的取材與表現手法，邁向了一個新的領域與新的途徑。老舍的「貓城記」相信必是得自李氏的啟示而獲致的靈感。研究本書應去蕪存菁，不必迷惑於作者的博學；那些賣弄才情的筆墨在小說中是多餘的，但也不能因本書的諸多「贅肉」而抹殺了它在文學上的價值。

從鏡花緣到貓城記

近重讀《鏡花緣》，並寫了幾篇研究該書的文章，不禁使我想起另一與本書淵源極深的小說。那就是老舍的「貓城記」。

讀「貓城記」已四十多年，至今印象猶新，是因為該書的取材和表現的手法深獲我心。

「貓城記」的故事概要如次：有一個地球上的飛行員，某次航行時飛機發生故障，失去控制，不能降落，只得任其向太空飛行。飛呀，飛呀，直到撞擊到某個星球才終止了它的航程。

不知過了多久，這位飛行員才自昏迷中甦醒，發覺自己竟然來到另一個世界；圍繞在他身邊的人群，一個個地竟都是貓首人身！

一陣驚愕以後，地球人漸漸恢復鎮靜，那些貓人的眼神中除了充滿好奇，並無敵意。

沒有可以互通的語言和文字，是彼此間的一大障礙，然而笑容是共同的語言。他們從笑容中化解了一切猜忌。從手勢及表情建立起溝通的橋樑。

地球人被貓人救到城裡去療傷，然後大家都做了好朋友。

原來這一星球是火星，這國家叫貓城國，因國人皆是貓首人身而得名。

貓城國的人生性善良，懶散、好客。他們以一種樹葉為食。樹葉遍地皆是，處處可以免費獲得，故人民毋須耕種，餓了摘葉而食，即可一飽。樹葉吃飽，即昏昏欲睡；吃了就睡，睡了再吃，除此以外，終日玩耍，便是生活。

地球人的傷勢不重，經過一番調養，已漸痊癒，他已無恐懼，也不寂寞，他獲得許多友誼，貓城國的人都樂於與他為友，彼此已可以簡單的語言溝通。貓人們很愛聆聽地球人的故事，很羨慕地球的文化與文明，尤其女孩們得知地球婦女都擦胭脂口紅，她們也立即找到一種可以擠出紅汁的花朵，將花汁塗抹在臉頰與嘴唇上；她們聽說地球婦女穿高跟鞋，行走起來擺臀扭腰，婀娜多姿，她們也一個個將腳後跟墊高起來，效法地球婦女的行姿，雖頻頻摔跤，而百折不懼。

地球人來到火星貓城國，自然也很想了解他們一些民情國情。在地球人的要求下，他參觀了他們的學校設施和教育制度。

貓城國的教育普遍、發達，是他們引以為非常自豪的事；他們人人大學畢業。

地球人到達貓城大學時，適逢他們正在舉行開學典禮，學生們男女老少排列而坐，聆聽校長及貴賓們的訓話。典禮完畢，即熱烈展開各種社團活動，組織校友會及各種聯誼會，下午隨即舉行畢業典禮，授予學位、頒發證書，即完成了他們的大學教育。

地球人一行轉到另一建築物，抬頭一看，上書「外交部」三個大字。地球人很想了解一下貓城國的外交情形，便要求入內一觀。

屋內沒有辦公人員，連辦公的桌椅也沒有。只見地上排列許多木排，上面均刻著「抗議」兩字。地球人原本詫異，以為是日係假日，官員們均休假未來上班；又以為外交部甫行喬遷，辦公桌椅尚未搬來。嗣經當地老者解釋，貓城國的外交工作極為簡單，凡是有國際事務發生，他們國家的權益受到損害時，他們就遞送「抗議」牌一面，他國不理會他們的抗議，所以連覆文檔案全都免了。

地球人一面遊覽貓城風光，一面熟記路徑，某天夜晚，乘著那些貓城友人熟睡之際，溜出城來找到那架失事的飛機。

這飛機並沒墜毀，小小的故障，經他抹抹弄弄以後，居然又能發動了，於是他飛離火星，別了貓城，回到地球。

原著似約十萬言，在我閱讀過的文藝作品中本書雖說是印象深刻者之一，畢竟為時以逾四十年，內容已只能略記梗概。然由此已可窺知，作者是以假託的手法來反諷我們的國家、社會、民族的病根與弱點。作者寫作的動機當是基於一種憂時、憂國、憂民的憤慨情懷。其寫作的靈感則很可能是得自《鏡花緣》的啟示，而李汝珍之所以寫作《鏡花緣》，當應如拙文「李汝珍的憤世情懷」所析論者也。

國家圖書館出版品預行編目

文學之怒：評中國的憤世小說／羅盤著. --
一版. -- 臺北市：羅德湛, 2004[民93]
面； 公分

ISBN 978-957-41-2299-8（平裝）

1. 章回小說 - 評論

857.44 93020346

文學之怒 －評中國的憤世小說

作　　者 / 羅　盤
發 行 人 / 羅德湛
責任編輯 / 張慧雯
美術編輯 / 羅季芬
數位轉譯 / 徐真玉
行銷業務 / 李坤城
印製銷售 / 秀威資訊科技股份有限公司
台北市內湖區瑞光路583巷25號1樓
電話：02-2657-9211 傳真：02-2657-9106
E-mail：service@showwe.com.tw
劃撥帳號：1956386-8

2004 年 11 月 BOD 一版
2007 年 2 月 BOD 二版
定價： 320 元

讀者回函卡

感謝您購買本書，為提升服務品質，請填妥以下資料，將讀者回函卡直接寄回或傳真本公司，收到您的寶貴意見後，我們會收藏記錄及檢討，謝謝！
如您需要了解本公司最新出版書目、購書優惠或企劃活動，歡迎您上網查詢或下載相關資料：http:// www.showwe.com.tw

您購買的書名：________________________________

出生日期：________年________月________日

學歷：□高中（含）以下　□大專　□研究所（含）以上

職業：□製造業　□金融業　□資訊業　□軍警　□傳播業　□自由業
　　　□服務業　□公務員　□教職　□學生　□家管　□其它____

購書地點：□網路書店　□實體書店　□書展　□郵購　□贈閱　□其他

您從何得知本書的消息？

□網路書店　□實體書店　□網路搜尋　□電子報　□書訊　□雜誌
□傳播媒體　□親友推薦　□網站推薦　□部落格　□其他________

您對本書的評價：（請填代號　1.非常滿意　2.滿意　3.尚可　4.再改進）

封面設計____　版面編排____　內容____　文／譯筆____　價格____

讀完書後您覺得：

□很有收穫　□有收穫　□收穫不多　□沒收穫

對我們的建議：________________________________

____

____

____

請貼
郵票

11466
台北市內湖區瑞光路 76 巷 65 號 1 樓

秀威資訊科技股份有限公司 收

BOD 數位出版事業部

（請沿線對折寄回，謝謝！）

姓　　名：＿＿＿＿＿＿＿＿　年齡：＿＿＿＿　性別：□女　□男

郵遞區號：□□□□□

地　　址：＿＿＿＿＿＿＿＿＿＿＿＿＿＿＿＿＿＿＿＿

聯絡電話：(日)＿＿＿＿＿＿＿＿＿＿(夜)＿＿＿＿＿＿＿＿＿＿

E-mail：＿＿＿＿＿＿＿＿＿＿＿＿＿＿＿＿＿＿＿＿